AGATHA CHRISTIE COMPLETE COLLECTION

THE MIRROR CRACK'D FROM SIDE TO SIDE

AGATHA CHRISTIE COMPLETE COLLECTION

THE MIRROR CRACK'D FROM SIDE TO SIDE

깨어진 거울 애거서 크리스티 장편 소설 | 한은경 옮김

THE MIRROR CRACK'D FROM SIDE TO SIDE

Copyright © 1962 Agatha Christie Limited.

All rights reserved.

AGATHA CHRISTIE, MARPLE and the Agatha Christie Signature
are registered trademarks of
Agatha Christie Limited in the UK and elsewhere.

All rights reserved.

Korean Translation Copyright © Minumin 2008, 2013, 2021

Korean translation edition is published by arrangement with
Agatha Christie Limited through Shinwon Agency.

이 책의 한국어판 저작권은 신원 에이전시를 통해
Agatha Christie Limited와 독점 계약한 ㈜민음인에 있습니다.
저작권법에 의해 한국 내에서 보호를 받는 저작물이므로 무단 전재와 무단 복제를 금합니다.

정식 한국어 판 출간에 부쳐

나는 한국에서 우리 할머니의 작품을 정식으로 출간한다는 소식을 듣고 무척 기뻤다. 할머니가 1920년부터 1970년 무렵까지 오랜 세월에 걸쳐 집필한 작품들은 21세기인 지금 읽어도 신선하고 재미있다. 등장 인물들이 워낙 자연스러워서 요즘 사람들과 다를 바 없고 이들이 등장하는 상황과 장소가 전 세계 사람들의 애정과 향수를 자극하기 때문이다. 한국 독자들은 이번에 새로 나온 정식 한국어 판을 통해 그 동안 접하지 못했던 애거서 크리스티의 일부 작품들을 읽을 수 있을 것이다. 덕분에 한국에 새로운 세대의 애거서 크리스티 팬들이 탄생할지도 모르겠다는 생각을 하면 가슴이 벅차다.

애거서 크리스티는 대표적인 두 명의 주인공으로 기억되는 작가이다. 14권의 작품에 등장하는 마플 양은 영국의 작은 시골 마을에서 평온한 나날을 보내며 뜨개질과 수다로 소일하는 미혼의 할머니

이지만, 놀라운 기억력과 날카로운 두뇌 회전으로 주변에서 벌어진 살인 사건을 해결한다.

그리고 마플 양과 상반되는 성격을 지닌 에르큘 푸아로는 자신만만하고 콧수염을 포함한 자신의 외모와 벨기에라는 국적에 대한 자부심이 상당하다. 그는 이집트와 이라크를 비롯한 세계 각지에서 수수께끼를 해결하며 『오리엔트 특급 살인 *Murder On The Orient Express*』, 『나일 강의 죽음 *Death On The Nile*』, 『애크로이드 살인 사건 *The Murder Of Roger Ackroyd*』 등 애거서 크리스티의 여러 대표작에 모습을 드러낸다.

황금가지의 대담하고 참신한 표지와 전반적인 디자인 덕분에 작품의 성격이 잘 살아난 것 같아 기쁘다. 또한 한국 독자들이 할머니의 원작이 지닌 참된 묘미를 느낄 수 있도록 충실한 번역을 위해 애써 준 점도 높이 사고 싶다.

할머니의 작품이 20세기의 그 어떤 작가들보다 많이 팔리고 있는 이유는 나이와 국적에 상관없이 읽을 수 있는 재미와 감동을 갖추었기 때문이다. 모쪼록 한국 독자들도 황금가지에서 선보이는 애거서 크리스티 작품들을 즐겁게 감상하기를 바란다.

매튜 프리처드
애거서 크리스티의 손자
ACL 이사장

존경하는 마거릿 러더퍼드에게

거미줄이 넓게 떠다닌다.
거울이 양쪽으로 깨졌다.
"내게 저주가 내렸다."고
레이디 샬럿이 외쳤다.

─ 앨프레드 테니슨

차례

정식 한국어 판 출간에 부쳐 — 5

1장 — 13
2장 — 27
3장 — 37
4장 — 52
5장 — 67
6장 — 80
7장 — 98
8장 — 107
9장 — 123
10장 — 142
11장 — 156
12장 — 167
13장 — 180
14장 — 202
15장 — 221
16장 — 242
17장 — 260
18장 — 267
19장 — 274
20장 — 284
21장 — 293
22장 — 309
23장 — 327

1장

I

제인 마플 양은 창가에 앉아 정원을 내다보았다. 한때 자부심을 안겨 주던 정원이었지만 요즘 들어서는 정원을 내다보다가도 몸을 움찔하곤 했다. 한동안은 밖에 나가 정원 일을 할 수 없을 것이다. 허리를 구부리거나 흙을 파는 것도, 식물을 심는 것도 안 된다. 기껏 해야 가지치기나 할 수 있을까? 레이콕 영감이 일주일에 세 번씩 와서 최선을 다해 일하기는 했다. 하지만 주인의 입장보다는 자신의 입장에서 보았을 때 최선(그다지 유별날 것도 없었다.)일 뿐이었다. 마플 양은 자신이 원하는 것이 무엇인지 정확히 알고 확실하게 지시를 내렸지만, 그때마다 영감은 자신만의 천재성을 발휘하여 실행을 미루고는 했다. 그 자리에서는 열심히 하겠다고 해놓고서 제대로 일을 하지 않는 것이 그의 특기였던 것이다.

"맞습니다, 부인. 저기에는 메코소피를 심고 담장을 따라 캔터베리를 심어야죠. 말씀하신 대로 다음 주까지 그렇게 하겠습니다요."

레이콕 영감은 늘 조리에 맞는 핑계를 늘어놓았다. 『보트의 세 남자』에 나오는 조지 선장이 항해를 피해 보려고 둘러대는 핑계와 대단히 비슷했다. 선장에게는 바람이 부는 방향이 늘 문제였다. 해안 쪽으로 불거나 해안 밖으로, 아니면 믿지 못할 서풍이 불거나 위험천만한 동풍이 불었다. 영감의 핑계는 날씨였다. 너무 건조하거나 아니면 습기가 많거나 혹은 침수되거나 서리가 내릴 기운이 있었다. 또는 양배추나 브뤼셀 스프라우츠(양배추의 일종 — 옮긴이) 등 자기가 대량으로 키우고 싶어 하는 종류를 우선 심어야 한다는 등이었다. 영감은 정원 일을 할 때 단순한 원칙을 내세웠는데, 아무리 아는 게 많은 주인이라도 그 점에서만은 영감을 꺾을 수 없었다.

영감의 원칙이란 달콤하고 독한 차를 듬뿍 마셔서 힘을 얻어야 하고, 가을에는 주로 낙엽을 쓸며, 여름에는 '멋진 광경을 연출'(그의 표현이다.)하게끔 국화와 샐비어 등 자기가 좋아하는 식물을 어느 정도 화단에 심어야 한다는 것이었다. 그는 잔디에 장미를 심는 데는 찬성했지만, 실천에 옮기기까지는 한참 뜸을 들였다. 스위트피는 땅을 깊이 파서 심어야 한다고 지적하면 자기가 가꾼 스위트피를 반드시 봤어야 한다고 반박하곤 했다! 작년에는 그나마 제대로 했지만 그전에는 별 볼일이 없었다.

레이콕 영감은 고용주들의 비위를 어느 정도 맞추었고, 정원 일도 고용주들이 원하는 방향으로 하려고 노력하는 편이었다.(실질적으로 힘든 노동이 필요하지 않은 한도 내에서였지만.) 그러면서도 탐스러운 사보이 양배추나 끝이 말린 케일 같은 채소야말로 진짜 중요하다고 여겼다. 반면 꽃은 시간이 한가한 여자들이 사족을 못 쓰는 사치스러운 것에 불과하다고 생각했다. 그래도 영감은 국화와 샐비어, 로벨리아, 여름 국화로 자신의 충성심을 과시했다.

"개발 단지에 들어선 새 주택에서 일을 좀 하고 있습죠. 거기 사람들이 정원을 꾸미고 싶어 해서요. 식물이 좀 남아서 가져왔습니다. 구닥다리 장미가 잘 피지 못하던 자리에 심어 두었습죠."

마플 양은 이런 일들을 떠올리면서 정원에서 시선을 떼고 뜨개질감을 집어 들었다.

현실을 직시해야 했다. 세인트 메리 미드는 과거와는 딴판이었다. 물론 어떤 의미에서 보면 그 어느 것도 이전과는 같지 않다. 전쟁(제1, 2차 세계대전)이나 젊은 세대, 직장 여성, 원자폭탄, 아니면 정부 탓을 해도 좋다. 그러나 사람은 늙게 마련이라는 사실만은 여전하다. 현명한 숙녀인 마플 양도 이 사실을 잘 알고 있었다. 아주 오랫동안 살아온 세인트 메리 미드에서 그 사실을 더욱 실감했다는 것이 뜻밖이긴 했지만.

마플 양이 살고 있는 세인트 메리 미드의 구시가지는 여전히 건재했다. '블루보어' 여관이며 교회와 목사관, 앤 여왕과 조지 왕풍의 저택들도 그대로였다. 하트넬 양의 집도 여전했다. 하트넬 양은 죽는 순간까지 개발에 저항할 것이다. 웨더비 양이 죽은 후에 그 집으로 이사 온 은행 지점장 가족은 문과 창문을 환한 파란색으로 칠해 새로 단장했다. 오래된 다른 주택에도 주로 새로 이사 온 사람들이 살고 있었지만 외관상 달라진 바는 거의 없었다. 그들은 '오래된 세계의 매력'이라고 떠벌리는 부동산 업자들의 말이 좋아서 샀기 때문이다. 그들은 욕실을 추가하거나 배관과 전기 조리 기구, 식기 세척기 등을 사는 데 많은 돈을 투자했다.

집들은 예전과 비슷했으나 마을 큰길가는 사정이 달랐다. 도로변 가게를 새로 인수한 주인들은 즉각 공을 들여 가게를 현대식으로 개조했다. 새로 설치한 최고급 유리창 뒤로 냉장된 생선이 번쩍거리는 생선 가게에서는 이제 예전의 흔적을 찾아보기 힘들었다. 그러나 정육점은 그대로였다. 좋은 고기만 있으면 손님은 오게 마련이고, 돈이 부족하면 더 싼 부위나 질긴 고깃덩이를 사고 만족하면 그뿐이기 때문이다. 야채 가게의 반스도 예전 모습 그대로 자리를 지켰다. 그래서 하트넬 양과 마플 양 등은 매일 하느님께 감사드렸다. 너무 친절하게도 계산대 옆에 편안한 의자도 마련해 주어서 베이컨이며 다양한 종류의 치즈에 대해 쾌적하게 이야기를 나눌 수 있었다. 그러나 한때 톰스 씨의 바구니 가게가 있던 도로 제일 끄트머리에는 번쩍거리는 새 슈퍼마켓이 들어섰다. 세인트 메리 미드의 노부인들에게는 혐오의 대상이었다.

"들어 보지도 못한 박스들이라니! 아침에 아이에게 베이컨과 달걀로 만든 제대로 된 식사를 주는 대신 커다란 상자에 든 시리얼이나 먹인다니까. 더군다나 직접 바구니를 들고 다니면서 물건을 골라야 해요. 원하는 걸 전부 찾는 데 15분이나 걸려요. 대개 너무 크거나 작아서 불편해요. 그 다음에는 길게 줄을 서서 돈을 내야 하고. 정말 힘든 일이죠. 물론 별 무리는 없을 거예요, '개발 단지'는……."
 하트넬 양이 불평을 하다 말고 입을 다물었다.
 이제는 다들 그 시점에서 말을 끝마쳤다. 요즘 말로는 '개발 단지' 다음에 마침표가 온다고들 했다. 하나의 실체로 존재하기 때문에 개발 단지는 따옴표로 표기되어야 했다.

II

 마플 양이 짜증 섞인 탄식을 늘어놓았다. 또 한 코를 놓쳤던 것이다. 그뿐만 아니라 얼마 전에도 놓쳤던 게 분명한데, 목 부분에서 땀수를 줄이고 수를 세는 단계에서야 그 사실을 깨달았다. 그녀는 뜨개질감을 빛이 잘 드는 옆쪽에 놓고 여분의 바늘을 꺼내 걱정스러운 눈으로 바라보았다. 새로 맞춘 안경도 아무 소용이 없었다. 으리으리한 대기실과 최신 장비, 눈에 비춰대는 환한 빛과 그 비싼 가격에도 불구하고 안경 업자들이 많은 것을 해 줄 수는 없는 법이다. 마플 양은 몇 년 전(실은 꽤 오래 전일 수도 있겠다.)만 해도 시력이 꽤 좋았다. 정원의 전망 좋은 곳에 자리를 잡고 앉아 세인트 메리 미드에서 벌어지고 있는 일들을 보고 있으면 그 어느 것도 그녀의 세심한 시선에서 벗어날 수 없었다! 조류 관찰경 덕택에(새에 관심을 가졌더니 정말 쓸모가 많았다!) 잘 볼 수 있었는데……. 그녀는 향수에 젖어 과거를 되돌아보았다. 앤 프로더로가 여름 드레스를 차려입고 목사관 정원으로 걸어간다. 프로더로 대령이 (불쌍하긴 해도 아주 지루하고 기분 나쁜 사람이었다.) 그런 식으로 살해되다니.(『목사관의 살인』의 내용이다 — 옮긴이) 마플 양은 고개를 저으며 젊고 예쁜 목사 사모였던 그리젤다를 떠올렸다. 사랑하는 그리젤다는 정말 좋은 친구였고, 지금도 매년 크리스마스 카드를 보낸다. 그녀의 귀여운 아기는 이제 건장한 체구의 젊은이로 성장해서 좋은 직장에 다닌다. 공학 쪽이었던가? 장난감 분해하는 걸 늘 좋아했는데. 목사관 너머로 목책을 넘어갈 수 있게 도와주는 발돋움 대와 들길이 있었고, 그 너머에는 농부 가일스의 소 떼가 풀을 뜯던 초원이 펼쳐졌었다. 그런데 지금은, 지금은·······.

개발 단지.

그게 어떻다고? 마플 양은 엄격하게 자문해 보았다. 모든 것이 필연적이었다. 집들이 더 필요했고, 또 건축도 아주 잘 되었다. 그렇지 않았다면 이미 불평이 나돌았을 것이다. '도시 계획'이라고들 했다. 그래도 왜 전부 '클로스'(울타리로 둘러막은 개인 소유의 대지 — 옮긴이)라고 부르는지는 도통 이해할 수 없었다. 오브리 클로스와 롱우드 클로스, 그랜디슨 클로스 등 나머지 모두가 그런 식이었다. 실제로는 모두 정말로 클로스도 아닌데 말이다. 마플 양은 클로스가 무슨 뜻인지 익히 알았다. 숙부가 치체스터 성당의 참사원 의원이라 그녀도 어렸을 때 숙부네 클로스에서 지내곤 했다.

그건 구식 물건이 가득 찬 마플 양의 응접실을 '라운지'라고 부르는 체리 베이커와 같았다. 마플 양이 "그건 응접실이에요."라고 점잖게 고쳐준 적도 있다. 체리는 젊고 친절해서 그 말을 잊지 않으려고 노력했지만, '응접실'이라는 단어를 아주 웃기다고 생각한 탓에 자기도 모르게 '라운지'라고 말하곤 했다. 그녀는 최근 들어서 '거실'이라는 단어로 타협을 보았다. 마플 양은 체리를 아주 좋아했다. 체리 베이커는 개발 단지에 살면서, 슈퍼마켓에서 장을 보고 세인트 메리 미드의 조용한 거리에서 유모차를 끌고 다니는 젊은 부인 중 하나였다. 그들은 모두 야무지고 옷도 잘 입었으며 머리는 구불거리게 파마를 했다. 크게 웃으며 수다를 떨고 전화도 주고받는 모습이 꼭 유쾌한 새 떼 같았다. 남편들이 모두 돈을 잘 버는데도 그들은 할부 판매라는 음험한 올가미 때문에 늘 급전이 필요했다. 그래서 남의 집에서 집안일이나 요리 같은 일을 해 주곤 했다. 체리는 빠르고 맛있게 요리하고, 머리가 좋아서 전화도 제대로 받았으며 가계부가 정확하지 못하면 곧 지적을 했다. 그래도 침대 매트리스를 뒤집는 일은 별로였다. 특히 설거지는 더 심해서 마플 양은 식품 저장실 문을 지날 때마다 체리가 설거지하는 모습을 보지 않기 위해 일부러 고개를 돌렸다. 체리는 모든 것을 싱크대에 집어넣고 세제를 눈보라처럼 풀어 댔다. 마플 양은 매일 사용하던 오래된 우스터제 다기 세트를 구석 찬장에 조용히 넣어 두고 특별한 날에만 사용하기로 했다. 대신 하얀 바탕에 옅은 회색 무늬가 있는 현대적인 그릇 세트를 구입했다. 금박 무늬가 전혀 없어서 싱크대에서 씻겨 나갈 염려도 없었다.

과거에는 정말 달랐다……. 예컨대 충실한 플로렌스는 하녀들 중 최고였고, 에이미와 클라라, 앨리스 등 '싹싹하고 귀여운 하녀들'도 있었다. 그들은 성 페이스 고아원 출신으로 이곳에서 '수련'을 받다가 더 나은 급료를 받고 다른 곳으로 갔다. 몇 명은 꽤 아둔했고 아데노이드 증세(만성 선증식 비대증으로, 얼굴 모양이 다소 이상해진다—옮긴이)도 많이 보였다. 특히 에이미는 머리가 나빴다. 그들은 마을의 다른 하녀들과 떠도는 소문을 주고받으며 수다를 떨었고, 생선 가게의 조수나 대저택의 보조 정원사, 혹은 야채 가게 반스 씨의 수많은 조수 중 하나와 데이트를 했다. 마플 양은 그들 사이에서 태어난 아기들을 위해 직접 뜨개질했던 작은 털 옷들을 애정 어린 마음으로 기억했다. 그들은 전화를 잘 받는 편이 아니었고 셈은 젬병이었지만 설거지나 침대 정리는 잘했다. 교육보다는 기술을 습득했기 때문이다. 요즘은 특이하게도 교육받은 여자들이 집안일을 도와주러 왔다. 외국 학생들, 오페어 걸(영어를 배우며 가정부 일을 하는 외국 소녀—옮긴이), 방학 중인 대학생, 새로운 건축 개발지인 무늬만 클로스에 사는 체리 베이커 같은 새댁 등이었다.

물론 나이트 양 같은 사람도 여전히 존재한다. 위층에서 나이트 양이 걷는 바람에 벽난로 선반의 가지 달린 촛대가 달그락거리자 마플 양은 불현듯 나이트 양에 대해 생각했다. 분명히 그녀는 오후의 휴식을 즐기고 나서 이제 산책을 나갈 것이다. 곧 읍내에서 사올 게 있냐고 물으러 내려오겠지. 나이트 양에 대한 생각은 평상시처럼 다른 생각으로 이어졌다. 물론 사랑하는 조카 레이먼드는 아주 관대하게 비용을 부담했고, 사실 나이트 양보다 더 친절한 사람도 없을 것이다. 마플 양은 기관지염 때문에 몹시 허약해졌고, 헤이독 의사 역시 밤에 혼자 자는 일이 절대로 있어서는 안 된다고 단언했다. 그래도……. 마플 양은 거기에서 생각을 멈추었다. '나이트 양 말고 다른 사람이었다면'이라고 생각해 봤자 아무 소용이 없었다. 나이 든 여자들에게는 선택의 폭이 그다지 넓지 않았다. 헌신적인 하녀란 이제 구닥다리 개념이 되었다. 진짜로 병이 들면 돈도 많이 들고 구하기도 힘들겠지만 적당한 병원 간호사를 들이면 된다. 입원할 수도 있다. 그러나 심각한 상태에서 호전되면 나이트 양 같은 사람이 맡게 마련이다.

마플 양은 나이트 양 같은 사람들이 상대를 돌게 만들 정도로 성가시다는 점만 제외하면 잘못하는 바가 없다고 여겼다. 그들은 대단히 친절했고, 자기네가 돌보는 사람들에게 애정을 갖고 기분을 북돋워 주며 유쾌하게 대했다. 정신적으로 고통 받는 아이 정도로 대한다고나 할까.

마플 양이 중얼댔다.

"내가 나이가 많긴 해도 정신지체아는 아닌데."

그때 나이트 양이 다소 가쁘게 숨을 내쉬면서(일종의 습관이었다.) 환한 표정으로 들어왔다. 그녀는 쉰여섯에 몸집이 크고 살이 좀 통통한 편이었다. 다소 세기 시작한 머리를 꼼꼼하게 빗었고, 안경을 썼으며 코는 길고 가늘었다. 그 아래로 성품이 좋아 보이는 입과 허약한 턱이 드러났다.

나이트 양이 구슬픈 황혼의 노부인에게 생기를 북돋을 요량으로 다소 소란스럽게 외쳤다.

"어머, 여기 계셨군요. 우리(영어에서 아이나 환자를 다정하게 부를 때 주로 사용한다 — 옮긴이), 낮잠 좀 주무셨어요?"

"나는 뜨개질을 하고 있었다오."

마플 양이 '나'라는 대명사를 강조하여 대답하고는 혐오와 수치감을 느끼며 약점을 고백했다.

"한 코를 빼먹었지만."

"아, 저런. 음, 우리는 금방 잘할 거예요. 그렇죠?"

나이트 양이 물었다.

"나이트 양은 그렇겠지만 난 그렇지 못해서."

마플 양이 약간 신랄하게 대꾸했는데도 상대는 전혀 눈치도 채지 못했다. 나이트 양은 늘 그렇듯이 진심으로 도와주고 싶어 했다.

잠시 후에 나이트 양이 말했다.

"다 되었어요, 자기. 이제 다 괜찮아요."

마플 양은 야채 가게의 여자나 벽지 가게의 아가씨가 '자기'(심지어 '언니')라고 부르는 건 좋아했지만 나이트 양이 '자기'라고 부르는 건 딱 질색이었다. 이것도 나이 든 여자들이 참아야 하는 부분이다. 그녀는 예의 바르게 나이트 양에게 고맙다고 말했다.

"저는 이제 걸음마를 떼어 볼까 해요. 오래 걸리진 않겠죠."

나이트 양이 농담하듯 말했다.

"서둘러 돌아올 생각은 하지 마요."

마플 양이 예의 바르고 진지하게 말했다.

"음, 너무 오래 혼자 계시게 하는 건 싫어요. 울적해지실지도 모르잖아요."

"나는 상당히 행복하다고 생각해요. 아마도 나에게 필요한 건…… 낮잠이지."

마플양이 말하면서 눈을 감았다.

"그거 좋죠. 뭘 좀 사 올까요?"

마플 양이 눈을 크게 뜨고 머리를 굴렸다.

"런던 가게에 가서 커튼이 다 되었는지 물어봐 줘요. 위슬리 부인에게 가서 파란 털 한 뭉치만 사오면 좋겠고. 약국에서는 산딸기 목사탕 한 갑만 사다 줘요. 그리고 도서관에서 빌려 온 책을 바꿔야 하거든. 하지만 내 목록에 있는 게 아니면 어떤 것도 받아오지 말아요. 바로 요전번에 빌려온 이 책은 너무 심했어. 읽을 수가 없는걸."

그녀가 『봄이 일어나다』를 내밀었다.

"어머, 저런, 저런. 맘에 들지 않으셨어요? 아주 좋아하실 줄 알았는데. 정말 예쁜 이야기 아닌가요?"

"너무 멀지만 않다면 핼릿츠에 가서 최신 달걀 거품기가 있는지 좀 알아봐 줄래요? 손잡이를 돌리는 식 말고."

마플 양은 그 가게에 그런 제품이 없다는 걸 잘 알았지만, 핼릿츠가 가장 멀리 있는 가게였다.

"너무 부담스럽지 않다면……."

마플 양이 중얼대자 나이트 양이 분명하고 신실하게 대답했다.

"천만에요. 아주 즐겁게 다녀올게요."

나이트 양은 쇼핑을 아주 좋아했다. 그녀에게 쇼핑은 인생의 활력이었다. 아는 사람을 만나면 수다를 떨게 마련이고 점원과도 잡담을 주고받았다. 또 다양한 가게에서 다양한 물건을 살펴볼 수도 있다. 그리고 이 즐거운 일에 빠지면 꽤 오랜 시간이 흐른 후에도 빨리 돌아가야 한다는 죄책감을 느끼지 않는다.

그래서 나이트 양은 너무나 평화로이 창가에 앉아 있는 연약한 노인을 한 번 쳐다보고 즐겁게 외출했다.

마플 양은 쇼핑백이나 지갑, 아니면 손수건을 챙기러(나이트 양은 아주 잘 잃어버리고 또 잘 돌아왔다.) 나이트 양이 돌아올 경우를 대비해서 몇 분간 기다렸다. 나이트 양이 좀 더 늦게 돌아오게 하기 위하여 필요하지도 않은 물건을 생각해 내느라 정신적으로 약간 피곤했다. 다시 기운을 차린 마플 양은 활기차게 일어나서 뜨개질거리를 밀쳐놓고 현관으로 향했다. 옷걸이에서 여름용 겉옷을 꺼내 걸친 후 홀스탠드(거울·코트걸이·우산꽂이 등이 달린 가리개 — 옮긴이)에서 지팡이를 꺼내 들었다. 그리고 침실용 슬리퍼를 단단한 보행용 신발로 바꾸어 신고 옆문으로 빠져나갔다.

"나이트 양이 오려면 최소한 1시간 30분은 걸릴 거야. 그 정도는 돼. 개발 단지 사람들과 어울려 쇼핑을 할 테니까."

마플 양이 가늠해 보았다.

마플 양은 런던 가게에서 나이트 양이 커튼이 다 되었냐고 쓸데없이 물어볼 장면을 떠올렸다. 그 추측은 상당히 정확했다. 바로 그 순간에 나이트 양이 큰 소리로 이렇게 말했다.

"내심 아직 다 되지 않았을 거라고 생각했어요. 그래도 어르신이 부탁하는 거라 알아보겠다고 했지요. 불쌍한 어르신들은 기대할 게 워낙 없거든요. 그분들을 즐겁게 해드려야 해요. 더군다나 그분은 아주 다정해요. 지금은 좀 쇠약하지만 당연하죠. 몸의 기능이 둔해지니까요. 저기, 그거 꽤 예쁜데 다른 색도 있나요?"

20분이 즐겁게 흘렀다. 마침내 나이트 양이 가게에서 나가자 수석 점원이 비웃으며 말했다.

"그 노인이 쇠약하다고? 직접 눈으로 봐야 믿겠어. 마플 양은 늙긴 해도 언제나 바늘처럼 날카로웠고, 아직도 그럴 거야."

이제 그 점원은 달라붙는 바지에 질긴 삼베 셔츠를 입은 젊은 여자에게 관심을 돌렸다. 여자는 욕실 커튼으로 게 무늬의 나일론 천이 있는지 물었다.

"딱 에밀리 워터스야. 그녀를 보면 에밀리가 생각난다니까."

마플 양이 혼자 중얼댔다. 어떤 사람의 성격을 예전에 알던 사람과 맞춰 보노라면 늘 만족스러웠다.

"둘 다 어지간히 돌머리였는데. 그래, 에밀리는 어떻게 되었지?"

마플 양은 별다른 일이 없었다는 결론에 이르렀다. 에밀리는 한때 교구 목사와 약혼까지 했지만 몇 년간 질질 끌다가 흐지부지해졌다. 그녀는 자신을 돌봐 주는 간병인에 대한 생각을 그만 접고 주변을 둘러보았다. 잰걸음으로 정원을 걸으면서 레이콕 영감이 하이브리드 티(장미의 한 종류 — 옮긴이)를 살리느라 구식 장미를 잘랐다는 것을 곁눈으로 슬쩍 확인했다. 그래도 기분이 상할 정도는 아니었다. 더욱이 혼자 외출하는 기회를 얻어 신나는 기분을 망칠 만큼도 아니었다. 모험이라는 행복한 기분을 느꼈다. 오른쪽으로 돌아 목사관 문 안으로 들어서서 목사관 정원에 난 길을 지나 오른쪽으로 나갔다. 과거 들길로 향하는 목책용 발돋움 대가 있던 자리에는 이제 아스팔트 도로와 이어지는 철제 회전문이 들어서 있었다. 길을 따라가다 시내에 놓여 있는 아담한 다리를 건너자 한때 소 떼가 노닐던 초원 대신 개발 단지가 나타났다.

2장

 마플 양은 콜럼버스가 신세계를 찾아 떠나는 기분으로 다리를 건너 길을 걷다가 4분 후쯤에 오브리 클로스에 도착했다.
 물론 마켓 베이싱로에서 개발 단지를 본 적은 있었다. 여러 클로스와 말끔하게 건축된 가옥들이 줄줄이 늘어선 것이며 텔레비전 안테나와 파랑, 분홍, 노랑, 초록색을 칠한 문과 창문을 멀리에서 보았던 것이다. 지금까지 그곳은 지도에만 존재하는 셈이었고, 그 안에 들어가 본 적은 없었다. 그런데 마침내 여기 와서 한창 번성하는 멋진 신세계, 어떤 면에서도 지금까지 알아 온 것들과는 완전히 딴판인 세계를 목격한 것이다. 그곳은 마치 아이들이 만든 조립식 장난감처럼 말끔하게 조립한 모형 같았다. 마플 양에게 그곳은 실제 있는 장소라는 기분이 거의 들지 않았다.
 그곳 사람들도 현실성이 없어 보였다. 바지를 입은 젊은 여자들,

다소 불길한 인상의 청년과 소년들, 15세 여자 애들의 터질 듯한 가슴까지. 마플 양에게 그들은 다들 대단히 타락한 것처럼 보였다. 그녀가 걸어가는데도 신경 쓰는 사람은 하나도 없었다. 오브리 클로스에서 나오니 곧 달링턴 클로스로 이어졌다. 그녀는 천천히 걸었다. 여자들이 유모차를 끌면서 나누는 이야기를 토막토막 주의 깊게 들었다. 또 젊은 남자들에게 말을 걸고 있는 소녀들과 인상이 험악한 불량배들(그녀가 보기에 불량배들 같았다.)이 나누는 음산한 대화를 들었다. 엄마들은 문간에 나와서 아이들을 불렀다. 아이들은 어디에서나 그러하듯이 하지 말라는 일들을 하느라 분주했다. 아이들은 절대로 변하지 않는 법이라고 마플 양은 감사한 마음으로 생각했다. 그리고 곧 미소를 지으면서 평상시대로 사람들을 감상하기 시작했다.

저 여자는 꼭 캐리 에드워즈 같은데. 검은 머리 여자는 후퍼네 여자애 같고. 메리 후퍼처럼 결혼 생활이 엉망이겠지. 소년들 중에서 검은 머리는 에드워드 리크와 똑같아. 말투는 거칠지만 악의는 없지. 사실 좋은 아이야. 금발머리는 베드웰 부인의 조시와 판박이네. 둘 다 괜찮은 아이들이지. 그레고리 빈스 같은 저 사람은 그다지 잘 되는 것 같지 않아. 아마도 어머니가 비슷할 거야…….

마플 양은 모퉁이를 돌아 월싱엄 클로스로 들어섰다. 점점 더 기분이 고조되었다.

신시가지는 구시가지와 똑같았다. 집들이 다르고 거리는 클로스라 불리고 옷이나 목소리도 달랐지만 인간은 예전과 늘 마찬가지였다. 어법이 조금 다르긴 해도 대화의 주제도 똑같았다.

탐험하느라 모퉁이를 여러 번 돌다가 마플 양은 그만 방향감각을 잃고 다시 주택 단지의 가장자리에 이르렀다. 이제 캐리스브룩 클로스였는데, 그중 절반 정도가 여전히 '공사 중'이었다. 거의 완공된 주택 2층 창가에 젊은 남녀가 서 있었다. 주거 시설에 대해 떠들어 대는 그들의 목소리가 들려왔다.

"해리, 위치가 좋다는 건 인정해야 해."

"다른 집도 마찬가진데."

"이 집은 방이 두 개 더 있어."

"그만큼 값을 더 지불해야겠지."

"음, 난 이 집이 좋은데."

"그러시겠지!"

"아, 그렇게 분위기를 깨지 마. 엄마가 뭐라고 하실지 알잖아."

"당신 어머니는 늘 쉬지 않고 말씀하시지."

"엄마를 흉보는 말은 하지 마. 엄마가 없다면 내가 어떻게 되었겠어? 엄마는 지금보다 더 지독하게 할 수도 있었어. 당신을 법정에 데려갈 수도 있었으니까."

"아, 릴리, 그만 좀 해."

"언덕이 잘 보이는데. 거의……."

릴리가 몸을 내밀더니 왼쪽으로 몸을 비틀었다.

"저수지까지도 거의……."

그녀가 더 몸을 내밀었다. 창문턱을 가로지른 판자에 자기 체중이 실린다는 것도 깨닫지 못한 모양이었다. 체중을 못 이긴 판자가 밖으로 미끄러지는 바람에 그녀의 몸이 동시에 앞으로 쏠렸다. 그녀는 균형을 잡으려고 애쓰면서 소리를 질렀다.

"해리!"

젊은이는 꼼짝 않고 그대로 서 있었다. 그녀보다 한두 걸음 정도 뒤에 있던 그는 한 걸음 더 물러서기까지 했다.

그녀는 필사적으로 벽을 붙잡으면서 몸을 바로 세운 후 무서웠다는 듯이 한숨을 내쉬었다.

"휴, 떨어질 뻔했네. 왜 안 잡아 줬어?"

"너무 순식간이라. 어쨌든 이제 괜찮잖아."

"당신이 아는 건 그 정도뿐이지. 난 떨어질 뻔했다고. 내 점퍼 좀 봐. 모두 엉망이야."

마플 양은 발걸음을 옮기다가 충동적으로 뒤로 돌아섰다.

릴리는 젊은이가 문을 잠그는 동안 길거리로 나왔다.

마플 양은 그녀에게 다가가 낮은 목소리로 빠르게 말했다.

"아가씨, 나라면 저 젊은이랑 결혼하지 않겠어요. 아가씨에게는 위험에 처했을 때 의지할 사람이 필요해. 이런 말 하는 걸 이해해 주길 바라요. 그래도 반드시 알아야 한다고 생각해서요."

릴리는 멀리 사라지는 마플 양의 뒷모습을 뚫어져라 쳐다보았다.

"음, 정말이지……."

그때 그녀의 애인이 다가왔다.

"릴, 저 할머니가 뭐라고 했어?"

릴리는 입을 열었다가 다시 닫았다.

"굳이 알고 싶다면, 집시의 경고였다고나 할까."

그녀는 신중하게 그를 바라보았다.

마플 양은 빨리 가고 싶은 마음에 모퉁이를 돌다가 돌부리에 걸려 넘어지고 말았다.

그때 주택가에서 한 여자가 달려 나왔다.

"어머나, 괜찮으세요? 다치지 않으셨어요?"

여자는 지나치다 싶을 정도로 다정하게 두 팔로 마플 양을 감싸 일으켰다.

"혹시 뼈가 부러진 건 아니죠? 이제 괜찮아요. 놀라셨죠?"

여자의 목소리는 크고 다정했다. 나이는 40대 정도로 보이고 살이 좀 쪘으며 체격이 좋았다. 눈은 파랗고 머리는 갈색이었는데 막 새치가 나기 시작했다. 마플 양은 놀란 가운데서도 크고 후해 보이는 입안에 하얗게 빛나는 치아가 가득 찬 것 같다는 생각을 했다.

"안에 들어와서 한숨 돌리고 차나 한잔하세요."

마플 양이 고맙다고 인사했다. 그녀는 파란 문 안으로 들어가 밝은 색의 사라사 천을 뒤집어씌운 의자와 소파가 가득한 작은 방으로 안내되었다. 마플 양을 도와 준 여자가 그녀를 쿠션이 좋은 안락의자에 앉혔다.

"여기, 편안히 앉아 있으세요. 주전자를 불에 올려놓고 올게요."

여자가 서둘러 나갔다. 그녀가 나가고 나니 훨씬 조용하고 편안했다. 마플 양은 깊이 숨을 내쉬었다. 다친 건 아니었지만 넘어지는 바람에 놀라긴 했다. 그녀 나이에 넘어지는 건 좋은 일이 아니었다. 그래도 운이 좋으면 나이트 양이 절대로 모를 거라고 죄책감까지 느끼며 생각했다. 팔과 다리를 세게 움직여 보았다. 부러진 데는 없었다. 무사히 집에 가기만 하면 될 텐데. 차나 한잔하고…….

이런 생각을 하고 있는데 여자가 차를 내왔다. 쟁반에는 달콤한 과자 네 조각을 담은 작은 접시도 있었다.

여자는 마플 양 앞의 작은 탁자 위에 쟁반을 내려놓았다.

"여기요. 제가 따라 드릴까요? 설탕을 듬뿍 넣는 게 좋겠어요."

"고맙지만 설탕은 필요 없어요."

"설탕은 꼭 넣어야 해요. 쇼크라든가, 아시죠? 제가 전쟁 중에 의료 지원팀으로 해외에 나가 봐서 알아요. 충격받았을 때에는 설탕이 좋거든요."

여자는 각설탕을 네 개나 넣고 열심히 저었다.

"이걸 드시면 기운을 회복할 거예요."

마플 양은 그 말이 옳다고 인정하며 생각했다.

'친절한 여자야. 저 여자를 보니 누군가가 생각나는데……. 누구였더라?'

"아주 친절하시군요."

마플 양이 미소를 지으며 말했다.

"아, 별 거 아닌걸요. 남을 도와주는 작은 천사, 그게 저라고나 할까요. 전 다른 사람을 돕는 게 아주 좋아요."

바깥 대문이 열리는 소리에 여자가 창밖을 내다보았다.

"남편이 집에 돌아왔네요. 아서, 손님이 와 계셔."

여자는 현관으로 나가 남편과 함께 돌아왔다. 그는 다소 당혹스러운 표정을 지었다. 여자의 남편은 마른 데다 안색이 창백하고 말이 느린 편이었다.

"이 노부인이 우리 집 대문 바로 앞에서 넘어지셨어. 그래서 안으로 모셨지."

"부인이 참 친절하세요. 성함이······."

"배드콕이라고 합니다."

"배드콕 씨, 제가 부인을 너무 귀찮게 하지 않았나 싶네요."

"아, 집사람에겐 전혀 귀찮은 일이 아니죠. 다른 사람들을 위해 일하는 걸 아주 좋아하거든요."

그가 호기심 어린 눈으로 그녀를 쳐다보더니 이어서 말했다.

"어딜 가시는 중이었나요?"

"아뇨, 그저 산책하는 중이었어요. 목사관 너머에 있는 세인트 메리 미드에 살지요. 전 마플이라고 해요."

"어머나, 세상에! 부인이 바로 마플 양이군요. 부인 이야기를 들은 적이 있어요. 살인을 도맡아 하시는 분이라고요."

헤더가 큰소리로 말했다.

"여보! 지금 무슨 말을······."

"아, 제 말뜻 아시죠? 실제로 살인을 하는 게 아니라 그걸 밝혀내신다고요. 그렇죠?"

마플 양이 한두 번 정도 살인 사건에 연루된 적이 있노라고 점잖게 대꾸했다.

"여기, 이 마을에서도 살인 사건이 있었다고 들었어요. 언젠가 빙고 클럽에서 그 이야기를 하더군요. 가싱턴 홀에서 살인 사건이 있었대요.(『서재의 시체』에 대한 언급이다 — 옮긴이) 저라면 살인 사건이 일어난 집은 사지 않을 거예요. 틀림없이 유령이 출몰할 테니까요."

"가싱턴 홀에서 살인 사건이 일어난 건 아니죠. 시체가 거기로 옮겨졌으니까요."

"서재의 벽난로 깔개에서 발견되었다고 하던데요?"

마플 양이 고개를 끄덕였다.

"영화로 찍을 거라던데 아세요? 그래서 마리나 그레그가 가싱턴 홀을 샀나 봐요."

"마리나 그레그?"

"예. 그 부부 말이에요. 남편 이름은 잊었어요. 제작자인가, 감독인가 그렇다더군요. 제이슨 뭐라고 하더라고요. 마리나 그레그는 정말 아름다워요. 물론 요즘은 영화에 많이 나오지 않지만요. 오랫동안 아팠대요. 그래도 그만한 여자는 없다고 생각해요.「카르메넬라」에 나온 거 보셨어요?「사랑의 대가」와「스코틀랜드의 메리」는요? 이제 젊지는 않지만 언제나 근사한 배우예요. 저는 그녀의 열성 팬이었죠. 10대 소녀일 때는 그녀 꿈을 꾸기도 했어요. 버뮤다의 성요한 의료 봉사단을 후원하는 큰 쇼에 마리나 그레그가 찾아왔던 건 정말 스릴 만점이었죠. 흥분해서 미칠 지경인데 바로 그날 열이 오르는 바람에 의사가 가지 말라는 거예요. 그래도 가만 있을 수 없었지요. 상태가 아주 나쁜 것도 아니었거든요. 그래서 자리에서 일어나서 화장을 잔뜩 하고 나갔어요. 그녀를 소개받은 후 3분이나 이야기를 나누었고 사인도 받았어요. 정말 끝내줬죠. 그날을 절대 잊을 수 없을 거예요."

마플 양이 그녀를 쳐다보다가 걱정스럽게 물었다.

"혹시 그 후에 병이 더 악화된 건 아니죠?"

헤더 배드콕이 웃었다.

"천만에요. 아주 좋았는걸요. 꼭 하고 싶은 일이 있으면 위험을 감수하라고 강조하고 싶어요. 전 언제나 그렇게 해요."

그녀가 다시 큰 소리로 웃었다. 행복해 보이지만 거슬리는 웃음소리였다.

"그 무엇도 헤더를 막을 수는 없어요. 늘 많은 일을 해내니까요."

아서 배드콕이 찬탄하며 말했다.

"앨리슨 와일드였어."

마플 양이 고개를 끄덕이며 만족한 어투로 중얼댔다.

"뭐라고 하셨나요?"

"아무것도 아니에요. 그저 예전에 알던 사람이 생각나서."

헤더가 궁금하다는 표정으로 그녀를 쳐다보았다.

"당신을 보면 그녀가 생각이 난다는 얘기예요. 그게 다예요."

"제가요? 그녀가 근사한 여자였으면 싶은데요."

"아주 근사했죠. 친절하고 건강하고 생기가 넘쳤으니까요."

마플 양이 느리게 말했다.

"그래도 결점은 있었겠죠? 전 있거든요."

헤더가 웃으며 말했다.

"음, 알리슨은 언제나 자기 견해를 분명하게 밝혔지만 그게 다른 사람들에게 어떤 식으로 보일지나 어떤 영향을 미칠지는 생각하지 못했죠."

"당신이 그 망할 초가집에서 쫓겨난 가족을 받아들였을 때와 비슷한데. 그 사람들이 우리 찻숟가락을 모두 들고 도망쳤잖아."

아서가 말했다.

"아서! 그래도 난 그들을 쫓아낼 수 없었어. 그건 친절한 행동이 아니니까."

"대대로 내려오는 숟가락이었죠. 조지 왕 시대의 유물이거든요. 어머니의 할머니가 물려주신 거니까요."

배드콕 씨가 슬픈 어조로 말했다.

"아, 그 오래된 숟가락들은 그만 잊어, 여보. 아직까지 바가지를 긁다니."

"내가 좀 기억을 잘하는 편이라서."

마플 양이 생각 어린 눈으로 그를 쳐다보았다.

"부인의 친구분은 지금 뭘 하나요?"

헤더가 친절과 관심이 어린 어투로 물었고, 마플 양은 잠시 주저하다가 대답했다.

"알리슨 와일드요? 아, 죽었어요."

3장

I

"돌아오니 좋은데요. 물론 좋은 시간을 보냈지만요."

밴트리 부인이 말했다.

마플 양은 알겠다는 듯이 고개를 끄덕이면서 친구가 건네는 차를 받아 들었다.

몇 년 전에 남편 밴트리 대령이 죽은 후에 밴트리 부인은 가싱턴 홀과 상당한 규모의 부속 토지를 팔고 '이스트로지'만 남겨 두었다. 주랑현관이 매력적인 그 별채는 워낙 불편해서 정원사조차 살고 싶어 하지 않던 곳이었다. 밴트리 부인은 본관에서 수도와 전기를 끌어들이고 현대 생활에 꼭 필요한 최신형 붙박이 부엌과 욕실 등을 새로 설치했다. 공사하는 데 돈이 무척 많이 들었지만 가싱턴 홀을 전부 고치려면 훨씬 더 막대한 비용이 들었을 것이다. 더욱이 그녀는 사생활을 보장받은 셈으로 나무들로 멋지게 둘러싸인 정원을 900평 가량 남겨 두고 이렇게 말했다.

"이제 가싱턴 홀에서 무슨 일이 일어나더라도 내가 직접 나서거나 걱정할 필요가 없어요."

그녀는 지난 몇 년간 세계 여러 곳에 흩어져 사는 자식과 손자네 집에 들렀다가 가끔씩 자신의 집으로 돌아와 혼자만의 생활을 만끽했다. 그 사이 가싱턴 홀은 주인이 두어 번 바뀌었다. 한 주인이 하숙을 치다가 망한 후에 네 명이 공동 구매했는데 집을 넷으로 나누다가 결국 분쟁으로 이어졌다. 마침내 보건부에서 애매한 용도로 그 집을 구매했지만 필요하지 않다는 결론을 내려 그 집을 다시 팔았는데, 지금 두 사람은 이번 매매에 대해 이야기를 나누는 중이었다.

"물론 소문을 들었어요."

마플 양이 말했다.

"그랬을 수밖에요. 찰리 채플린과 그 자식들 모두 여기에서 살 거라는 소문까지 나돌았으니. 그러면 진짜 재미있었을 텐데. 불행히도 사실이 아니었지만요. 어쨌든, 마리나 그레그가 산 게 분명해요."

밴트리 부인의 말에 마플 양이 한숨을 내쉬었다.

"정말 매력적인 여자죠. 초기에 찍은 영화들이 늘 생각나요. 그 미남 배우 조엘 로버츠와 공연한 「철새」와 스코틀랜드 메리 여왕으로 나온 영화도 있죠. 물론 대단히 감상적이었지만요. 「호밀밭을 헤치며 나오다」도 아주 좋았어요. 정말 오래전 일이죠."

밴트리 부인이 말했다.

"그래요. 현재 나이가 몇 살 정도나 되었을까요? 마흔다섯? 쉰?"

마플 양은 쉰에 가까울 거라고 생각했다.

"최근에 출연한 영화가 있나요? 난 요즘에는 극장에 잘 가질 않아서요."

"그냥 단역 정도인 것 같던데요. 스타 자리에서 물러난 지도 꽤 되었잖아요. 신경쇠약도 심하게 앓았고. 여러 번 이혼한 후에요."

"그렇게 남편이 많다니. 그것도 정말 지겨운 일이겠어요."

마플 양이 말했다.

"나와는 어울리지 않는 일이죠. 한 남자를 사랑해서 결혼하고 그의 방식에 익숙해지고 편안하게 정착한 마당에 모두 뱉어내고 또다시 시작하다니! 미친 짓 같아요."

밴트리 부인의 말에 마플 양이 노처녀답게 헛기침을 했다.

"나는 뭐라 말할 처지도 못 되죠. 한 번도 결혼을 안 했으니까. 그래도 불쌍해 보여요."

"정말 어쩔 수 없었을 거라고 생각해요. 그 사람들의 인생이 그러니까요. 알다시피 너무 공공연하잖아요? 예전에 그녀를 만난 적이 있어요."

밴트리 부인이 애매하게 말하며 이렇게 덧붙였다.

"마리나 그레그 말이에요. 캘리포니아에서였죠."

"어떤 여자였어요?"

마플 양이 관심을 갖고 물었다.

"매력적이죠. 너무나 자연스럽고 티 없고."

밴트리 부인이 신중하게 덧붙였다.

"실은 제복을 걸친 것 같았어요."

"뭐라고요?"

"티 없이 자연스러운 모습이 그렇다는 얘기예요. 어떻게 해야 하는지 배우고 나서는 원하지 않아도 늘 그렇게 해야 하죠. 상상해 봐요. 해야 할 일을 팽개치고 '아, 제발 그만 귀찮게 굴어요.'라고 말하는 건 꿈도 못 꾸죠. 그저 자기 방어용으로 파티를 열어서 술에 잔뜩 취하는 일밖에 할 수 없을걸요."

"남편이 다섯이었다죠?"

마플 양이 물었다.

"네, 적어도 다섯요. 첫 남편은 별 볼 일 없었죠. 외국 왕자인지 공작인지도 하나 있었고 그 다음엔 영화배우 로버트 트러스콧, 맞죠? 대단한 로맨스라고 했는데 겨우 4년 만에 깨졌어요. 다음은 극작가 이시도어 라이트였어요. 그 사람하곤 상당히 진지하고 조용한 관계였고, 아이도 낳았죠. 그녀는 언제나 아이를 기다렸어요. 심지어 고아를 몇 명 입양 비슷하게 했죠. 그러다가 진짜 자신의 아이가 태어난 거예요. 대단했죠. 진짜 모성애를 느낀 거죠. 그런데 아이가 바보라거나 뭐 이상하다고 했어요. 그 후부터 신경쇠약을 앓으면서 약에 손을 대는 바람에 중요한 배역을 다 놓쳤죠."

"그녀에 대해 아는 게 많군요."

마플 양이 말했다.

"음, 자연스럽게 그렇게 되더라고요. 그녀가 가싱턴을 구입했다는 말을 들으니 관심이 생기지 뭐예요. 2년 전에 현재 남편과 결혼했고, 지금은 괜찮다고 하던데요. 남편은 제작자인데, 참 내가 감독이라고 했나요? 늘 헷갈려요. 그 남자는 젊었을 때부터 그녀를 사랑했는데 그때만 해도 처지가 그저 그랬나 봐요. 이제는 상당히 유명해졌어요. 그 사람 이름이 뭐라더라? 제이슨 뭐라고 했는데. 제이슨 허드였나? 아니, 러드가 맞아요. 그 부부가 가싱턴을 구입한 건 회사에 편리하기 때문이랬는데……."

그녀는 잠시 주저하더니 뭔가 추측하듯 말했다.

"엘스트리였나?"

마플 양이 고개를 저었다.

"그건 아닐 거예요. 엘스트리는 런던 북쪽이니까."

"새로 생긴 영화사라고 해요. 헬링포스, 맞아요. 핀란드어 같다고 생각했죠. 마켓 베이싱에서 10킬로미터 정도 떨어진 거리에 있다는군요. 그녀는 오스트리아의 엘리자벳 황후에 대한 영화를 찍을 거라고 했어요."

"영화배우의 사생활에 대해 정말 많이 아는군요. 모두 캘리포니아에서 알게 된 건가요?"

마플 양이 물었다.

"그렇지도 않아요. 주로 미용실에 있는 잡지를 보고 정보를 얻죠. 대개의 스타들은 이름도 외우질 못하지만, 마리나 그레그 부부는 가싱턴을 구입했다기에 관심을 갖게 된 거예요. 잡지에서 떠들어대는 내용이란 정말 한심해요! 절반도 사실이 아닐걸요. 어쩌면 4분의 1도요. 마리나 그레그가 남자를 밝힌다거나 과음하고 심지어 마약을 한다는 기사는 믿을 수 없어요. 아마도 휴식을 취하고 싶어서 일을 그만둔 것 같고 신경쇠약 따윈 걸리지도 않았을걸요. 어쨌든 그녀가 이곳에서 살기 위해 온다는 건 사실이죠."

"다음 주라고 하던데요."

마플 양이 말했다.

"그렇게나 빨리요? 23일 성 요한 의료 봉사단을 후원하는 큰 축제 때 가싱턴을 개방한다는 이야기는 들었어요. 많이 수리했겠죠?"

"사실 전부죠. 집을 부수고 새로 짓는 편이 더 간편하고 값도 덜 들었을 거예요."

마플 양이 말했다.

"욕실은요?"

"욕실을 여섯 개 더 만들었다고 하던데요. 야자수로 둘러싸인 테니스장과 수영장도 있대요. 소위 전망창이라는 것도 달고, 또 당신 남편이 사용했던 서재와 도서관을 부숴서 음악실로 합친다고 하던데요."

"아서가 무덤에서 돌아눕겠네요. 그이가 음악을 얼마나 싫어했는지 아시잖아요. 불쌍하게도 음치였어요. 그이의 절친한 친구 초대로 오페라에 갔을 때 그이 표정을 보았는데 가관이었죠. 어쩌면 그이가 유령으로 출몰할지도 몰라요."

그녀가 불쑥 질문을 던졌다.

"가싱턴에 유령이 있을지도 모른다고 누가 혹시 넌지시 말하지 않던가요?"

마플 양이 고개를 저으며 단언했다.

"아뇨."

"사람들의 소문은 막을 수 없죠."

밴트리 부인이 지적했다.

"아무도 그렇게 말하지 않았어요."

마플 양이 잠시 말을 멈추었다가 다시 이었다.

"사람들이 그렇게 멍청하진 않아요. 마을에서는 못 그러죠."

"당신은 언제나 그 생각에 묶여 있어요, 제인. 그렇다고 당신이 틀렸다는 말은 아니에요."

밴트리 부인이 재빨리 그녀를 쳐다보더니 갑자기 미소를 지었다.

"예전에 살던 집에 낯선 사람이 살고 있는 걸 보면 너무 힘들지 않느냐고 마리나 그레그가 물어봤어요. 정말 친절하고 자상하기도 하죠. 전혀 힘들지 않다고 했는데, 그대로 믿은 것 같지는 않아요. 제인, 당신도 알겠지만 가싱턴은 우리 집이 아니었어요. 어렸을 때부터 살던 집도 아닌걸요. 그게 정말 중요한 건데. 사냥터와 낚시터가 달렸다는 이유로 그이가 은퇴하면서 산 집에 불과하죠. 관리하기도 쉽고 편할 거라고 생각했죠. 어떻게 그런 생각을 다 했는지 지금은 상상도 못하겠어요! 그 많던 계단이며 복도에 하인은 겨우 네 명뿐이었어요! 네 명이라고요! 그런 시대도 있었죠, 하하하."

밴트리 부인이 뜬금없이 질문을 던졌다.

"당신이 넘어진 거랑 이게 무슨 상관이죠? 나이트라는 여자가 당신을 혼자 나가게 해서는 안 되었는데."

"불쌍한 나이트 양의 잘못이 아니랍니다. 내가 쇼핑거리를 잔뜩 안겨 주고……."

"일부러 쇼핑 목록을 주었던 거군요. 이제 알겠어요. 그래도 그러면 안 돼요, 제인. 당신 나이에는 안 되죠."

"어디에서 그 이야기를 들었죠?"

밴트리 부인이 씩 웃었다.

"세인트 메리 미드에서는 어떤 비밀도 지킬 수 없어요. 당신도 종종 그렇게 말했죠. 미비 부인이 알려 주었어요."

"미비 부인이라뇨?"

마플 양이 모르겠다는 표정으로 물었다.

"매일 일하러 와요. 개발 단지에서요."

"아, 개발 단지."

여느 때처럼 거기에서 말이 끝났다.

"개발 단지에서 뭘 했어요?"

밴트리 부인이 궁금한지 물었다.

"그냥 보고 싶었어요, 그쪽 사람들이 어떤지."

"그래서 어떻던가요?"

"다른 사람들과 똑같죠. 그게 실망스러운지, 위안이 되는지는 잘 모르겠지만요."

"실망스러울 것 같은데요."

"아뇨, 나는 위안이 된다고 생각해요. 그건, 그러니까, 특정한 유형을 알아보게 해 주고, 그래서 무슨 일이 벌어지면, 왜 그런 일이 일어나는지 잘 이해하게 되는 거죠."

"예컨대 살인 같은 거요?"

마플 양이 깜짝 놀란 표정을 지었다.

"다들 왜 내가 늘 살인에 대해서만 생각할 거라고 여기는지 모르겠어요."

"그런 말 말아요, 제인. 범죄학자로서 사건을 해결해 왔다고 왜 선언하지 않는 거죠?"

마플 양이 활기차게 대답했다.

"난 전혀 그런 사람이 아니에요. 그저 인간의 본성에 대해 조금 알 뿐이죠. 평생 작은 마을에서 살다 보면 당연한 결과지만요."

"그래도 뭔가가 있을걸요. 물론 사람들은 대부분 인정하지 않겠지만요. 당신 조카인 레이먼드는 이곳이야말로 벽지 마을이라고 늘 말했죠."

밴트리 부인이 대꾸했다.

"사랑하는 레이먼드."

마플 양이 예뻐 죽겠다는 듯이 말하며 덧붙였다.

"그 애는 늘 다정했어요. 알겠지만, 나이트 양의 급료도 대고 있답니다."

마플 양은 나이트 양을 떠올리다가 결국 다른 생각까지 들어 자리에서 일어났다.

"이제 가야 할 것 같아요."

"여기까지 내내 걸어온 건 아니죠?"

"물론 아니죠. 인치를 타고 온걸요."

다소 수수께끼 같은 '인치'라는 단어를 밴트리 부인은 완벽하게 이해하고 받아들였다. 아주 오랜 옛날 인치 씨는 승합 마차 두 대로 동네 정거장에서 기차 손님을 태우거나 동네 숙녀들을 '약속' 장소까지 태워다 주었다. 다과회나 딸들을 동행한 무도회 등 즐거운 길이었다. 70대의 유쾌하고 붉은 얼굴의 인치는 때가 되자 '젊은 인치'(당시 45세였다.)라고 불리는 아들에게 자리를 넘겨주었다. 그래도 아들이 너무 젊어서 책임감이 없다고 여기는 나이 든 숙녀들은 여전히 노인 인치가 태워 주었다. 시대의 조류에 맞추어 젊은 인치는 마차를 자동차로 대체했다. 그러나 기계 쪽에는 별로 재주가 없어서, 얼마 후에 바드웰이라는 사람에게 회사를 넘겼다. 그래도 인치라는 이름은 건재했다. 또 시간이 흐르고 바드웰 씨는 로버츠 씨에게 회사를 넘겼지만 전화번호부에는 '인치의 택시 서비스'가 여전히 공식적인 회사명으로 게재되었고, 동네의 나이 든 숙녀들은 어딘가를 갈 때 여전히 "인치로 간다."고 말했다. 마치 성경에 나오는 요나가 그들이고 고래가 인치인 것처럼 말이다.

II

"헤이독 선생님이 전화하셨어요. 밴트리 부인 댁에 차 드시러 갔다고 했지요. 내일 다시 전화하시겠대요."

나이트 양이 책망조로 말했다. 그녀는 마플 양이 망토를 벗는 것을 도와주면서 비난 섞인 목소리로 말했다.

"우리 무척 피곤하겠어요."

"나이트 양은 그럴지도 모르지. 난 안 피곤해요."

마플 양이 대꾸했다.

"여기 불가에 편히 앉으세요."

나이트 양은 평상시처럼 마플 양의 말에 전혀 관심을 보이지 않으면서 말했다.("노인들의 말에 별로 주의할 필요가 없어요. 그저 즐겁게 해 드리면 되니까.")

"오발틴(우유 음료 — 옮긴이) 한 잔 어떠세요? 기분 전환삼아 홀릭스(맥아 음료 — 옮긴이)는요?"

마플 양은 고맙지만 드라이 셰리주나 작은 걸로 한 잔 달라고 했다. 나이트 양이 못마땅한 표정을 지었다.

"의사 선생님이 뭐라고 하실지 모르겠어요."

그녀가 술잔을 갖고 돌아오면서 말했다.

"내일 아침에 꼭 물어보도록 해요."

마플 양이 대꾸했다.

다음 날 아침 나이트 양은 현관에서 헤이독 의사를 맞이하면서 무언가 요구 사항을 속닥거렸다.

아침 공기가 추웠는지 노 의사가 두 손을 비비며 방으로 들어왔다.

"의사 선생님이 오셨어요. 장갑을 주시겠어요?"

나이트 양이 즐겁게 말했지만 의사는 탁자 위에 아무렇게나 장갑을 내려놓았다.

"여기 놔두면 됩니다. 상당히 쌀쌀한 아침인데요."

"셰리주 작은 거 한 잔 어떠세요?"

마플 양이 물었다.

"술을 마신다고 들었어요. 음, 절대로 혼자 마시면 안 돼요."

마플 양 옆의 작은 탁자에 이미 술병과 술잔이 놓여 있었다. 나이트 양이 방에서 나갔다.

헤이독 의사는 아주 오랜 친구였다. 그는 은퇴했지만 오래 알아 온 환자 몇 명은 아직도 진료를 봤다.

의사가 잔을 비우며 말했다.

"넘어졌다고 들었습니다. 부인 나이에 그러면 안 된다는 거 아시죠? 경고드리는 겁니다. 더군다나 샌포드도 부르지 않았다면서요?"

샌포드는 헤이독의 동료 의사였다.

"어쨌든 나이트 양이 그를 부른 건 아주 잘한 일이에요."

"타박상에다 약간 어지러웠을 뿐인데요. 샌포드 의사도 그렇다고 했어요. 선생님이 올 때까지 기다릴 수도 있는데."

"자, 명심하세요. 제가 언제까지나 할 수는 없어요. 샌포드는 저보다 실력이 더 좋아요. 일류급이죠."

"젊은 의사들은 다 똑같아요. 혈압을 재고 무슨 문제가 있는지 결정하고 나선 대량 생산된 다양한 신약을 주죠. 분홍색, 노란색, 갈색

알약들요. 요즘 의학은 슈퍼마켓에서 파는 물건처럼 모두 포장되어 있어요."

마플 양이 말했다.

"제가 거머리로 만든 약과 검은 설사약을 처방해 주고 장뇌기름으로 가슴을 문질러도 상관 없겠군요."

"기침이 나면 직접 그렇게 하는걸요. 그러면 정말 편해져요."

마플 양이 기운 좋게 대꾸했다.

"다들 나이 드는 걸 좋아하지 않아요. 그게 바로 핵심이죠. 저도 아주 싫어요."

헤이독 의사가 부드럽게 말했다.

"선생님은 나에 비하면 상당히 젊은걸요. 그리고 난 나이 드는 것 자체는 그다지 신경 쓰지 않아요. 그것보다 더 모욕적인 게 있어요."

마플 양이 말했다.

"무슨 뜻인지 알 것 같군요."

"절대로 혼자 있지 못하는 거죠! 혼자서 몇 분이라도 나가는 것조차 힘들어요. 심지어 뜨개질도 그래요. 난 늘 뜨개질에서 위안을 얻죠. 그런데 요즘은 노상 코를 빠뜨려요. 더군다나 빠트렸다는 것도 모를 때가 많다니까요."

헤이독이 사려 깊게 그녀를 바라보다가 두 눈을 반짝였다.

"언제나 반대도 있답니다."

"무슨 뜻이죠?"

"뜨개질하는 게 힘들면 반대로 풀어 보는 건 어떠십니까? 페넬로

페도 그랬죠."

"그녀와 같은 입장이 아닌데요."

"그래도 풀어내는 게 부인의 특기가 아니었나요?"

그가 자리에서 일어났다.

"가 봐야겠습니다. 근사하고 흥미진진한 살인 사건을 처방해 드리지요."

"정말 터무니없는 말이군요!"

"그런가요? 하지만 부인은 여름날 파슬리가 버터에 얼마나 빠졌는지 그 깊이만 보고도 사건을 해결하실 수 있잖아요. 전 언제나 그게 궁금했어요. 예전에는 유능한 홈즈를 좋아했지요. 요즘은 역사극이 되었지만, 그래도 결코 잊을 수 없겠죠."

의사가 간 후에 나이트 양이 소란스럽게 들어왔다.

"아까보다 훨씬 더 즐거워 보이시네요. 의사 선생님이 강장제라도 추천해 주셨나요?"

"살인 사건에 관심을 보이라고 추천해 주던데요."

"재미있는 추리 소설 말씀이신가요?"

"아니, 실제 상황."

마플 양의 말에 나이트 양이 소리를 질렀다.

"어머나! 이런 조용한 곳에서 살인 사건이 벌어질 것 같지는 않은데요."

"살인 사건은 어디에서나 일어날 수 있어요. 실제로도 그렇고."

마플 양이 대꾸했다.

"어쩌면 개발 단지에서라면요? 어린 남자애들이 칼을 들고 다닌다고 하던데요."

나이트 양이 말했다.

그러나 살인 사건은 개발 단지에서 일어나지 않았다.

4장

밴트리 부인은 한두 걸음 물러나서 거울에 비친 자신의 모습을 바라보며 모자를 살짝 고쳐 쓰고(그녀는 모자 쓰는 게 어색했다.) 고급 가죽 장갑을 끼었다. 그리고 집에서 나가 조심스럽게 현관문을 닫았다. 앞으로의 일을 생각하니 기분이 아주 좋았다. 마플 양과 이야기를 나눈 지 3주 정도가 지났다. 그 사이 마리나 그레그 부부는 가싱턴 홀로 이사 와서 이럭저럭 자리를 잡았다.

오늘 오후에 그곳에서 성 요한 의료 봉사단을 후원하는 축제와 관련해 주요 인사들이 모임을 가질 예정이었다. 밴트리 부인은 위원회에 속하지는 않았지만 미리 차를 함께 마시자는 전갈을 마리나 그레그에게서 받았다. 그녀는 캘리포니아에서 만났던 일을 언급하면서 마지막에 '진심을 다해, 마리나 그레그'라고 직접 서명까지 했다. 그러니 밴트리 부인으로선 기분이 좋고 우쭐하지 않을 수 없었다. 결국 유명한 영화배우는 유명한 영화배우이고, 이곳 중년 부인들이 아무리 자기 동네에서 유지라고 해도 유명 인사의 세계에서는 별 볼일 없는 존재라는 점을 잘 알기 때문이었다. 밴트리 부인은 특별 대접을 받은 아이처럼 기분이 들떴다.

그녀는 저택으로 난 길을 걸어가면서 예리한 두 눈으로 열심히 관찰했다. 주인이 계속 바뀐 이후 저택은 깔끔하게 변모해 있었다.

"돈을 아끼지 않았어."

그녀는 만족해서 고개를 끄덕이며 중얼댔다. 길에서 꽃밭이 전혀 보이지 않는다는 점이 꼭 마음에 들었다. 까마득한 옛날 가싱턴 홀에 살던 시절, 특별히 초본식물(草本植物)을 심어 울타리를 두른 꽃밭은 그녀 자신만의 특별한 즐거움이었다. 그녀는 아쉬움과 향수에 젖어 자신이 가꾸던 붓꽃을 떠올렸다. 이 나라에 있는 그 어떤 화원과도 견줄 수 없는 최고의 붓꽃 화원이었다는 자신감에 가슴이 벅찼다.

그녀는 갓 칠한 페인트가 인상적인 현관문에 도착하자 초인종을 눌렀다. 곧 신속하게 문이 열렸다. 이탈리아 사람이 분명한 집사가 과거 밴트리 대령이 사용했던 서재로 안내해 주었다. 큰 서재와 작은 서재를 하나로 합쳤다는 이야기는 진즉에 들었다. 정말 대단했다. 벽에 패널이 붙어 있고 쪽마루가 깔려 있었다. 한구석에는 그랜드 피아노가 자리를 잡고 있고 벽을 따라 반쯤 간 곳에 최고급 전축이 놓여 있었다. 맞은편에는 페르시아 양탄자 위에 차 탁자와 의자 몇 개가 있었는데 마치 작은 섬 같았다. 탁자 옆에 마리나 그레그가 앉아 있었다. 밴트리 부인은 벽난로에 기댄 남자를 보고 평생 그렇게 못생긴 남자는 처음 본다고 생각했다.

밴트리 부인이 초인종을 누르려고 손을 뻗기 몇 분 전에 마리나 그레그는 부드럽지만 열정적인 목소리로 남편과 대화를 나누는 중이었다.

"이곳은 최고야, 징크스. 정말 최고야. 늘 내가 바라던 곳이야. 조용한 것도 영국풍이고 전원도 영국풍이지. 이곳이라면 평생이라도 살겠어. 또 영국식 풍습도 지켜서 오후면 내 사랑스러운 조지 왕조 다기 세트에 중국 차를 담아 마실 거야. 창밖의 잔디와 영국식 녹색 울타리도 내다보면서. 드디어 집에 돌아왔다는 기분이 들어. 여기에 정착하면 평온하고 행복해질 거라는 기분도 들고. 여기가 바로 내 집이 될 거야. 내 기분이 그래. 드디어 집에 온 거라고."

제이슨 러드(그의 아내는 그를 징크스라고 불렀다.)가 아내에게 미소를 지었다. 아내의 말을 인정하고 다 받아 준다는 미소였지만 한편으로는 유보하는 면도 있었다. 그런 이야기를 이미 여러 번 들었기 때문이다. 이번에는 진짜일지도 모른다. 여기가 마리나 그레그가 집이라고 느끼는 그런 곳일지도 모른다. 그러나 아내가 처음에는 유별나게 열정을 보인다는 점을 그는 익히 알고 있었다. 그녀는 드디어 바라던 것을 찾았다고 언제나 확신했다. 그가 낮은 목소리로 말했다.

"잘됐어, 여보. 정말 잘됐어. 당신이 좋다니 나도 기뻐."

"좋다고? 찬탄할 지경인데. 당신은 안 그래?"

"물론이지, 물론이야."

제이슨 러드가 대답했다.

그는 아주 나쁘지는 않은 편이라고 생각했다. 좋다. 건축은 견실하고 볼품은 별로 없지만 빅토리아 양식이었다. 견고함과 안전성은 인정하지 않을 수 없었다. 터무니없을 정도로 불편한 시설 중에서 최악의 것을 해결하고 나니 꽤 안락하게 지낼 만했다. 가끔씩 찾아올 만한 곳이었다. 운이 좋았다는 생각이 들었다. 아마도 2년 내지 2년 반 정도는 마리나가 싫증내지 않을 거라고 추측해 보았다. 다 나름이지만.

마리나가 살짝 한숨을 내쉬며 말했다.

"다시 건강하다고 느끼니 참 좋아. 건강하고 힘이 넘치고, 여러 가지 일을 대처해 나갈 수 있고."

그가 다시 말했다.

"물론이지. 물론이야."

그때 이탈리아 인 집사가 밴트리 부인을 안내하기 위해 문을 열고 들어왔다.

마리나 그레그는 매혹적인 태도로 손님을 환대했다. 두 손을 내밀며 부인을 다시 만나 정말 반갑다고 말했다. 샌프란시스코에서 만난 지 2년 후에 자기 부부가 한때 밴트리 부인의 소유였던 집을 사게 되다니 정말 대단한 우연의 일치라고 했다. 그리고 집을 수리한 것에 지나치게 유념하지 말기를 진심으로 바란다고 했다. 더욱이 자기네를 그곳을 침입한 못된 사람들이라고 여기지 말아 달라고도 당부했다.

"당신 부부가 여기 와서 산다는 건 이곳에서 일어난 일 중에서 가장 흥미로운 거죠."

밴트리 부인이 즐겁게 대꾸하면서 난롯가로 시선을 돌렸다. 그러자 마리나 그레그가 생각났다는 듯이 말했다.

"제 남편은 초면이시죠? 제이슨, 이분이 밴트리 부인이셔."

밴트리 부인은 관심을 갖고 제이슨 러드를 쳐다보았다. 이렇게 못생긴 남자는 처음이라는 첫인상은 정확했다. 그의 두 눈은 흥미로웠다. 지금까지 본 어떤 눈보다도 깊숙이 박힌 눈이라고 밴트리 부인은 생각했다. 그녀는 로맨스 작가라도 된 기분으로 깊고 조용한 웅덩이라고 중얼댔다. 얼굴의 나머지 부분은 유별날 정도로 울퉁불퉁하고 균형이 맞지 않아 우스울 지경이었다. 그의 들창코에 빨간 물감을 조금만 칠한다면 순식간에 광대의 코로 바뀔 것 같았다. 더욱이 그의 입은 광대처럼 크고 슬퍼 보였다. 지금 이 순간에 그가 실제로 격노했는지 아니면 늘 격노한 것처럼 보이는지 그녀로서는 알 수 없었다. 뜻밖에도 목소리는 호감이 갔다. 낮고 느릿했다.

"남편이라는 존재는 늘 나중에 생각나게 마련이죠. 그래도 부인을 여기에서 맞이하게 되어 대단히 기쁘다는 데는 아내와 동감입니다. 그 반대여야 했다고 느끼지 마시길 바랍니다."

"내 집에서 날 쫓아냈다는 생각 같은 건 하지 마세요. 여긴 내 오랜 집이 아니었으니까요. 집을 판 다음에 즐거워하고 있는걸요. 관리하기 불편한 집이죠. 정원은 좋았지만 집에는 걱정거리만 쌓여

갔어요. 이제 전 세계에 흩어져서 사는 결혼한 딸들과 손주, 친구들을 보러 다니면서 즐겁게 지내고 있답니다."

밴트리 부인이 말했다.

"딸들이라고요? 아들도 있지 않나요?"

마리나 그레그가 물었다.

"아들 둘에 딸 둘이죠. 다들 멀리 떨어져 있어요. 케냐와 남아프리카, 텍사스에 살죠. 다행히 하나는 런던에 살아요."

"넷이군요. 손자는?"

"모두 아홉이랍니다. 할머니가 된다는 건 아주 재미있죠. 부모로서의 책임감 따위에 얽매일 필요가 없으니까요. 손자들의 응석을 맘껏 받아 주고……."

제이슨 러드가 그녀의 말에 끼어들었다.

"햇빛에 눈이 부시겠어요."

그는 창가로 가서 블라인드를 조정하고 돌아오며 말했다.

"이 즐거운 마을에 대해 전부 이야기해 주십시오."

그가 차 한 잔을 건넸다.

"따끈한 스콘 빵이나 샌드위치, 아니면 이 케이크는 어떠세요? 이탈리아 인 요리사가 과자와 케이크 만드는 솜씨가 상당하답니다. 이제 영국식으로 마시는 오후 차 시간을 우리가 꽤 좋아한다는 걸 알게 될 거예요."

"차가 맛이 좋은데요."

밴트리 부인이 향기로운 차를 홀짝대며 말했다.

마리나 그레그는 미소를 지으며 행복한 표정을 지었다. 바로 얼마 전에 제이슨 러드가 포착했던, 신경질적으로 떨리던 그녀의 손가락도 다시 얌전해졌다. 밴트리 부인은 찬탄에 가까운 표정으로 여주인을 쳐다보았다. 마리나 그레그가 전성기일 때는 여성의 가슴, 허리, 엉덩이 둘레가 중요하다고 여겨지기 전이었다. 그래서 섹스 심벌이니 '가슴', '육체파' 등의 별명으로 불리지 않았다. 얼굴과 머리의 골격은 그레타 가르보와 비슷한 아름다움을 풍겼다. 영화에서도 단순한 성적 매력보다는 성격과 배우의 특성을 가미했다. 머리를 홱 돌리거나 깊고 아름다운 눈을 뜨는 모습, 입이 살짝 떨리는 것 등은 숨이 넘어갈 정도로 아름다웠다. 이목구비가 뚜렷해서가 아니라 관객을 무의식중에 사로잡는 육체의 마법이었다. 지금은 좀처럼 드러나지 않지만 아직 그런 특성이 남아 있었다. 영화나 연극에 등장하는 여러 여배우처럼 그녀도 마음대로 성격을 개조할 수 있어 보였다. 그녀가 혼자만의 세계로 빠져 들어 조용하고 부드럽고 외로운 모습을 보이면 열렬한 팬은 실망할지도 모른다. 그러다가 갑자기 고개를 돌리거나 손을 움직이면서 미소를 보이면 다시 마법이 찾아오게 마련이다.

　마리나가 출연했던 영화 중에서는 「스코틀랜드 여왕 메리」가 최고였다. 밴트리 부인은 지금 그녀를 바라보면서 그 영화에서 보여 준 연기를 떠올렸다. 그녀의 시선이 남편에게 옮겨 갔다. 그 역시 마리나를 바라보고 있었는데, 잠시 방심한 그의 얼굴에 감정이 또렷하게 드러났다.

'어머나, 저 남자는 자기 부인을 정말 좋아하는구나.'

밴트리 부인은 그 모습을 보고 자기가 왜 그렇게 놀랐는지 몰랐다. 신문에서 연일 떠들어대는 영화배우들의 연애담을 직접 목격할 줄은 상상하지 못했기 때문이리라. 그녀는 충동적으로 말했다.

"당신 부부가 이곳 생활을 즐기면서 오랫동안 머물면 좋겠군요. 이 집을 오랫동안 소유할 예정인가요?"

마리나가 놀라서 눈을 크게 뜨며 고개를 돌렸다.

"언제나 여기에서 지내고 싶어요. 물론 밖에도 많이 나가게 되겠죠. 아직 확정된 건 아니지만 내년에 북아프리카에서 영화를 찍을 것 같아요. 그래도 여기가 내 집이죠. 여기 돌아올 거고, 언제나 돌아올 수 있을걸요. 너무나 근사해요. 마침내 집을 갖게 되다니."

그녀가 한숨을 내쉬었다.

"그렇군요."

밴트리 부인은 동시에 이런 생각을 했다.

'그렇게 될 거라고는 전혀 믿을 수 없어. 당신은 한 군데 정착할 사람이 아니니까.'

그녀는 얼른 제이슨 러드를 은밀하게 쳐다보았다. 이제 그는 얼굴을 찌푸리지 않고 미소를 지었다. 아주 다정해 보이는 뜻밖의 미소였지만 슬퍼 보였다.

'저 사람도 아는구나.'

밴트리 부인이 생각했다.

문이 열리고 한 여자가 들어왔다.

"제이슨 씨, 바틀릿 씨 전화입니다."
"나중에 걸겠다고 해 줘."
"급한 일이랍니다."
그는 한숨을 내쉬며 일어났다.
"밴트리 부인, 제 비서 엘라 질린스키입니다."
엘라 질린스키가 미소를 지으며 만나서 반갑다고 인사하자 마리나가 말했다.
"차 한 잔 들어."
"샌드위치를 먹을게요. 중국 차는 별로라서."
엘라가 대답했다.
엘라 질린스키는 서른다섯 살 정도 되어 보였다. 재단이 잘된 정장과 레이스 블라우스를 입었는데 자신감이 넘쳐 보였다. 검은 단발에 이마가 시원했다.
"전에 여기 사셨다는 말씀 들었어요."
그녀가 밴트리 부인에게 말했다.
"아주 오래전이죠. 남편이 죽은 후에 이 집을 팔았는데, 여러 번 주인이 바뀌었어요."
밴트리 부인이 대답했다.
"밴트리 부인은 우리가 이 집에 꾸며놓은 것들이 싫지 않다고 하셨어."
마리나가 말했다.
"변화가 없었다면 오히려 실망했을걸요. 기대에 부풀어 찾아 왔답니다. 마을에 소문이 쫙 퍼졌어요."

밴트리 부인이 말했다.

질린스키 양이 사업가처럼 샌드위치를 씹으며 말했다.

"이 동네에서 배관공 구하는 게 이렇게 어려운지 몰랐어요. 사실 제 일은 아니지만요."

"모든 게 당신 일이야, 엘라. 당신도 알잖아? 집안일이며 배관, 건축업자와 싸우는 일 모두."

마리나가 말하자 엘라가 창을 바라보며 말했다.

"이 시골에서는 전망창이라는 단어도 들어보지 못한 것 같아요. 근사한 풍경이라는 건 인정하지만요."

"아름답고 고풍스러운 영국의 시골 풍경이지. 이 집에는 분위기가 있어."

마리나가 말했다.

"나무만 아니라면 그다지 시골로 보이진 않을걸요. 지금도 주택단지가 계속 개발되고 있으니까요."

엘라 질린스키가 말했다.

"내가 오고 나중에 생긴 거죠."

밴트리 부인이 말했다.

"부인이 여기 사실 때는 마을뿐이었다는 건가요?"

밴트리 부인이 고개를 끄덕였다.

"장 보기도 힘들었겠어요."

"그렇진 않았어요. 무척 쉬웠는데."

밴트리 부인이 대답했다.

"화원이 있는 건 이해하겠는데, 여기 사람들은 야채도 직접 키우는 것 같던데요. 사 먹는 게 훨씬 편하지 않을까요? 슈퍼마켓도 있던데."

엘라 질린스키가 말했다.

"그렇기도 하지만 맛은 같지 않겠죠."

밴트리 부인이 한숨을 내쉬었다.

"분위기를 망치지 마, 엘라."

마리나가 말했다.

문이 열리고 제이슨이 고개를 들이밀며 마리나에게 말했다.

"여보, 좀 귀찮은데 괜찮겠어? 이 문제에 대해 당신의 견해를 듣고 싶다고 해서 말이야."

마리나가 한숨을 쉬면서 일어나 나른하게 문 쪽으로 걸어가며 중얼댔다.

"늘 무슨 일이 있다니까. 죄송해요, 밴트리 부인. 1~2분이면 될 것 같아요."

마리나가 문을 닫고 나가자 엘라 질린스키가 말했다.

"분위기라! 부인도 이 집에 분위기가 있다고 생각하세요?"

"그런 생각은 해 본 적 없어요. 그냥 집이었죠. 꽤 불편했지만 상당히 근사하고 안락했어요."

"저도 그렇게 생각해야겠어요."

엘라 질린스키가 밴트리 부인을 똑바로 쳐다보며 물었다.

"분위기 이야기가 나와서 말인데, 대체 언제 여기에서 살인 사건이 일어났죠?"

"여기에서는 살인 사건이 일어난 적이 없어요."

"아, 그러지 마세요. 들은 이야기가 있어요. 소문은 언제나 나돌게 마련이죠. 바로 저기 벽난로 깔개였죠?"

질린스키 양이 난롯가를 향해 고개를 까닥하며 물었다.

"그래요, 바로 저기였죠."

"그러니까 살인 사건이 있었던 거네요?"

밴트리 부인이 고개를 저었다.

"살인 사건은 여기에서 일어난 게 아니었어요. 살해된 여자가 이 방으로 옮겨진 거죠. 우리와는 아무 상관도 없었어요."

질린스키 양이 흥미를 보이며 물었다.

"사람들이 그 말을 잘 안 믿었겠네요?"

"그랬죠."

"언제 발견하셨죠?"

"아침 일찍 하녀가 차를 들고 왔어요. 알겠지만 그때는 다들 하녀가 있었죠."

"알아요. 바스락거리고 무늬 있는 드레스를 입고요."

질린스키 양이 말했다.

"무늬 있는 드레스는 잘 모르겠어요. 당시에는 가슴받이가 달린 옷을 입었죠. 어쨌든 그 하녀가 갑자기 방으로 뛰어들어와서 서재에 시체가 있다고 했어요. 그래서 말도 안 된다고 하고 남편을 깨워서 아래층으로 내려갔죠."

"그랬더니 거기 있었던 거군요. 맙소사, 그런 식으로도 일이 벌어지다니."

질린스키 양이 얼른 문 쪽을 쳐다보다가 다시 밴트리 부인에게 고개를 돌렸다.

"그레그 양에게는 말씀하지 않으셨으면 해요. 그다지 좋은 일 같지는 않아서요."

"물론 한마디도 안 할 거예요. 사실 그 일에 대해서는 절대로 말하지 않아요. 너무 오래전 일이니까. 하지만 그녀가, 그러니까 그레그 양이 어쨌든 알게 되지 않을까요?"

"그녀는 현실 세계와 그다지 접촉이 많지 않아요. 영화배우들은 상당히 격리된 생활을 해요. 또 그렇게 되도록 주변에서 신경을 써야 하죠. 신경이 곤두설 수 있으니까요. 특히 그녀는 더 그래요. 지난 1~2년 정도 몹시 아팠는데, 1년 전에 겨우 컴백했어요."

"이 집을 좋아하는 것 같아요. 여기에서 행복하다고 느끼는 모양이던데."

밴트리 부인이 말했다.

"1~2년 정도는 그럴 거라고 생각해요."

엘라 질린스키가 말했다.

"그보다는 더 길지 않을까?"

"음, 아마 그렇지 않을걸요. 마리나는 마음속 깊이 바라던 것을 드디어 발견했다고 늘 생각하는 사람이죠. 그렇지만 어디 인생이 그렇게 호락호락한가요?"

"그럼요, 호락호락하지 않죠."

밴트리 부인이 강하게 말했다.

"그녀가 여기에서 행복할 수만 있다면 그에게는 의미가 아주 클 거예요."

질린스키 양이 말했다. 그녀는 마치 급하게 기차를 타야 해서 음식을 쑤셔 넣는 사람처럼 샌드위치 두 조각을 성급하게 삼켰다.

"그는 천재에요. 그가 감독한 영화를 보신 적 있나요?"

밴트리 부인은 그 질문에 다소 당황했다. 그녀는 영화를 볼 때에 영화에만 신경을 썼다. 길게 나열된 출연진이나 감독, 제작자, 카메라와 그 외 나머지는 모두 관심 밖이었다. 배우의 이름을 제대로 확인하지 않은 경우도 있었다. 그래도 그런 약점을 강조하고 싶은 마음은 없었다.

"좀 헷갈리네요."

"물론 그는 경쟁할 것이 많았어요. 다른 것들은 물론이고 그녀까지 손에 넣었지만 그녀를 행복하게 해 주기란 쉽지 않았어요. 사람들을 행복하게 하는 건 쉽지 않죠. 만약, 그러니까, 그들이……."

그녀가 주저했다. 밴트리 부인이 그녀의 말을 거들며 이렇게 덧붙였다.

"그들이 행복을 즐기는 부류가 아니라면. 비참한 걸 즐기는 사람들도 있으니까요."

엘라 질린스키가 고개를 흔들며 말했다.

"아, 마리나는 그 정도는 아니에요. 그보다는 감정의 기복이 심한 편이라고 해야겠죠. 너무 행복해하면서, 모든 일에 너무 감사하고 즐거워하다 보면 기분이 정말 좋아지죠. 그러다가 사소한 일 하나만 부딪혀도 반대편 극한 상황으로 떨어지죠."

"기질이겠죠."

밴트리 부인이 애매하게 말했다.

"맞아요. 기질이죠. 사람들 모두 조금씩 차이는 있어도 다 그래요. 마리나는 보통 사람들보다 정도가 심하지만요. 그걸 모르다니! 해 드릴 이야기가 정말 많은데."

그녀는 하나 남은 샌드위치 조각을 마저 먹었다.

"제가 사교 활동만 담당하고 있는 비서라서 다행이죠."

5장

가싱턴 홀 정원에서 열린 성 요한 의료 봉사단 후원 파티에는 상당히 많은 사람이 모였다. 1실링의 입장료로 상당한 수익을 올릴 정도였고, 청명한 여름답게 날씨도 좋았다. 물론 이 '영화계 사람들'이 가싱턴 홀을 어떻게 꾸몄는지 궁금해하는 마을 사람들의 호기심이야말로 그 원동력이었다. 사람들의 화려한 상상력은 그대로 들어맞았다. 특히 사람들은 수영장을 보고 만족해했다. 할리우드 배우라면 이국적인 분위기의 수영장 가에서 일광욕을 할 거라고 항상 상상했던 것이다. 세인트 메리 미드보다 할리우드의 날씨가 수영장에 더 어울린다는 것은 문제도 되지 않았다. 영국이라도 여름이면 아주 더운 때가 있게 마련이고 일요일자 신문에 '시원하게 지내는 법', '시원한 저녁 식사와 음료 만들기' 등의 기사가 늘 실리니까. 수영장은 사람들이 기대한 대로였다. 규모도 크고 파란색 물에, 탈의실로 쓰이는 이국적인 천막 등을 대단히 인공적인 나무 울타리와 관목으로 높이 둘러쌌다. 사람들은 예상대로 반응을 보이면서 다양한 평가를 내렸다.

"아, 정말 근사한데요!"
"여기라면 물장구를 칠 만하겠어요!"
"지난 휴가 때 캠프가 생각나네요."
"사악한 호사라고 하고 싶어요. 허용해서는 안 되죠."
"저 근사한 대리석 좀 봐요. 엄청 비싸겠는데요."
"저 사람들이 왜 여기까지 와서 돈을 허비하는지 모르겠어요."
"텔레비전에 나올지도 몰라요. 재미있겠는데요."

세인트 메리 미드에서 가장 연로한 샘슨 씨도 관절염에 걸린 다리를 지팡이에 의지한 채 어기적거리며 와서 이 흥분된 광경을 목격했다. 친척들은 모두 그를 86세로 알고 있지만 자신은 96세라고 자랑하고 다녔다. 그런 샘슨 씨가 나름대로 최고의 찬사를 했다.

"아, 여기에서는 사악한 일이 너무 많이 일어날 거야. 벌거벗은 남녀가 술을 마시고 자기들끼리 페이퍼라고 부르는 마리화나를 피워대겠지. 다들 그럴 거야. 그럼, 사악함이 너무 많을 거야."

그는 아주 즐거워하며 말했다.

오후의 행사야말로 마지막 절정 단계였다. 1실링만 더 내면 집 안으로 들어가서 새로 만든 음악실과 응접실 등 여러 군데를 흥미롭게 관찰할 수 있었다. 더욱이 짙은 오크재와 스페인 가죽으로 장식된 응접실에서는 예전 모습을 전혀 찾아볼 수 없었다.

"이곳이 가싱턴 홀이라고는 아무도 생각 못할 거예요. 그렇지 않아요?"

샘슨 씨의 며느리가 말했다.

밴트리 부인은 느지막하게 올라와 봤다. 그녀는 입장료가 잘 걷히고 놀랄 정도로 사람들이 많이 왔다는 것을 즐거운 마음으로 지켜보았다.

차가 준비된 넓은 천막은 사람들로 미어터질 지경이었다. 밴트리 부인은 롤빵이나 돌렸으면 좋겠다고 기대했다. 상당히 유능해 보이는 여자들이 천막을 관리하고 있었다. 그녀는 다년생 초본식물을 심어 울타리를 만든 곳으로 가서 부러움이 어린 눈으로 바라보았다. 초본식물 울타리에 아낌없이 돈을 써서인지 조경이며 배치가 흠잡을 데가 없어서 기분이 좋았다. 분명 한 개인의 솜씨로는 보이지 않았다. 틀림없이 유능한 조경 회사가 계약을 따내고 백지위임장과 날씨의 도움으로 제대로 일을 했을 것이다.

밴트리 부인은 주변을 둘러보면서 버킹엄 궁의 가든 파티와 어렴풋이 비슷한 것 같다고 느꼈다. 다들 하나라도 놓치지 않으려고 목을 뺐고, 가끔씩 선택된 몇 사람이 좀 더 비밀스러운 집 안으로 인도되었다. 곧 그녀에게도 구불구불한 장발에 호리호리한 청년이 다가왔다.

"밴트리 부인이신가요? 밴트리 부인 되시죠?"

"그래요, 내가 밴트리 부인이에요."

그가 손을 내밀었다.

"헤일리 프레스턴이라고 합니다. 저는 러드 씨를 위해 일하고 있죠. 2층으로 올라가시겠어요? 러드 씨 부부가 특별히 친구 몇 분을 초대하셨습니다."

밴트리 부인은 기분이 우쭐해져서 그를 따라갔다. 과거 이 집에 살던 시절에 정원 문이라 불리던 곳을 지나고 나니 본관 계단 아래에 붉은 줄이 둘러져 있었다. 헤일리 프레스턴이 그 줄의 고리를 열고 그녀를 들여보냈다. 바로 앞에 시 의원 앨콕 부부가 있었다. 건장한 체구의 앨콕 부인이 거칠게 숨을 내쉬며 말했다.

"정말 대단하게 고치지 않았나요? 욕실도 보고 싶지만 그럴 기회는 없을 것 같아요."

부인의 목소리에 기대가 가득했다.

층계 꼭대기에서 마리나 그레그와 제이슨 러드가 특별히 선택한 이 특권층을 맞이했다. 한때 여분 침실로 사용하던 곳이 층계참으로 확장되어 대단히 넓어 보이는 효과를 자아냈다. 손님들 사이로 집사 주세페가 음료수를 들고 다녔다.

제복 차림의 건장한 남자가 손님들의 이름을 호명했다.

"시 의원 앨콕 부부입니다."

그의 목소리가 울렸다.

밴트리 부인이 마플 양에게 말했던 대로 마리나 그레그는 자연스럽고 매력이 넘쳤다. 나중에 앨콕 부인이 "그렇게 유명한데도 너무나 순수해요."라고 말하는 목소리가 들리는 듯했다.

마리나는 앨콕 의원 부부가 참석해 줘서 정말 감사하고 오후 시간을 즐기길 바란다고 말했다.

"제이슨, 앨콕 부인을 부탁해."

앨콕 의원 부부를 넘겨받은 제이슨은 음료수를 권했다.

"아, 밴트리 부인, 친절하게도 와 주셨군요."

"무슨 일이 있어도 이런 기회를 놓칠 수는 없지요."

밴트리 부인이 대답하고 먼저 마티니 쪽으로 이동했다. 헤일리 프레스턴이라는 청년은 그녀를 상냥하게 인도해 주고는 손에 쥔 작은 목록을 보면서 다시 밖으로 나갔다. 물론 선택된 이들을 어전에 인도할 요량일 것이다. 밴트리 부인은 모든 일이 제대로 돌아간다고 생각하면서 마티니를 손에 쥔 채 다음 손님을 보려고 고개를 돌렸다. 마르고 금욕적인 교구 목사가 약간 당황하고 멍한 표정으로 서 있다가 마리나 그레그에게 진지하게 말했다.

"불러 주셔서 감사합니다. 나는 텔레비전이 없지만, 물론 나는, 음, 나는 젊은 친구들 덕에 수준을 맞출 수는 있습니다."

그가 무슨 말을 하는지 아무도 몰랐다. 역시 근무 중인 질린스키 양이 친절한 미소를 지으며 그에게 레모네이드 한 잔을 건넸다. 배드콕 부부가 다음 순서였다. 헤더 배드콕은 의기양양하고 상기된 표정으로 남편보다 약간 앞장서서 왔다.

"배드콕 부부입니다."

제복 남자가 외쳤다.

교구 목사가 몸을 돌리고 손에 레모네이드를 쥐고 말했다.

"배드콕 부인은 협회의 가장 부지런한 간사죠. 일도 누구보다 열심히 해요. 사실 부인이 없다면 세인트존 봉사단이 어찌 될지 모를 지경입니다."

"아주 훌륭하시네요."

마리나가 말했다.

헤더가 다소 어울리지 않게 물었다.

"절 기억하지 못하시겠죠? 하긴 수백 명을 만나실 테니까요. 몇 년 전이었죠. 세상 하고 많은 곳 중에서 어디였냐면, 바로 버뮤다였답니다. 그때 전 우리 의료 봉사단 제복을 입고 갔었어요. 오래전 일이지만."

"그랬군요."

마리나 그레그가 다시 한 번 매력적인 미소를 내보이며 말했다.

"전 전부 기억해요. 정말 완전히 흥분했었죠. 당시엔 어린 소녀였으니까요. 마리나 그레그를 실제로 볼 수 있다는 생각만으로도! 아, 전 언제나 당신의 열렬한 팬이었죠."

"정말 너무 고마워요. 너무 고마운데요."

마리나는 다정하게 대꾸하면서 헤더의 어깨 너머로 새로 올 사람들을 향해 시선을 옮기기 시작했다.

"시간을 뺏고 싶지는 않지만, 이건 꼭……."

헤더가 말했다.

"불쌍한 마리나 그레그, 늘 이런 일이 생기겠지. 정말 인내심이 필요하겠어."

밴트리 부인이 중얼댔다.

헤더가 단호하게 자기 이야기를 늘어놓기 시작했다.

밴트리 부인의 어깨 옆에서 앨콕 부인이 거칠게 숨을 내쉬었다.

"여기를 얼마나 바꿔 놓았는지 직접 보기 전까지는 믿지 못할 거예요. 돈은 또 얼마나 들었을지……."

"전…… 정말로 그렇게 아픈 기분도 아니었고…… 제 생각에는 그저……."

앨콕 부인이 자기 잔을 의심스럽게 쳐다보았다.

"보드카라네요. 러드 씨가 한번 마셔 보겠냐고 했어요. 아주 러시아식처럼 들렸죠. 그다지 맘에 들지 않는데……."

"……스스로에게 말했죠, 이대로 패배할 수는 없어! 저는 얼굴에 화장을 잔뜩 하고……."

"잔을 아무 데나 내려놓으면 무례할까요?"

앨콕 부인은 무척 힘들어 보였다.

밴트리 부인은 그녀를 안심시켰다.

"천만에요. 보드카는 목구멍으로 바로 넘겨야 해요."

앨콕 부인이 놀란 것 같았다.

"그래도 연습이 필요하죠. 탁자에 내려놓고 집사의 쟁반에서 마티니나 한 잔 집으세요."

밴트리 부인은 고개를 돌리고 헤더 배드콕의 의기양양한 장광설을 들었다.

"그날 당신이 얼마나 근사했는지 평생 잊지 못할걸요. 100배는 가치가 있었어요."

그러나 이번에는 마리나가 자동적으로 대꾸하지 않았다. 헤더 배드콕의 어깨 너머를 떠돌던 그녀의 눈이 이제 계단 중간의 벽에 고정되었다. 마리나가 섬뜩한 표정으로 노려보는 것을 보고 밴트리 부인이 한 걸음 앞으로 나갔다. 혹시 기절하진 않을까? 도대체 뭘 보고 저렇게 파충류 같은 표정을 짓는 걸까? 그러나 그녀가 옆으로 다가가기 전에 마리나가 제자리로 돌아왔다. 그녀는 흐릿하고 초점이 맞지 않는 눈을 다시 헤더에게 돌리고 매력적인 태도로 응수했다. 무의식적인 그늘이 있긴 했지만.

"정말 근사한 이야기군요, 자, 뭘 좀 드시겠어요? 제이슨! 칵테일은 어때요?"

"음, 레모네이드나 오렌지 주스가 좋겠어요."

"그보다는 좋은 걸 드셔야죠. 오늘이 축제 날이라는 거 잊지 말아주세요."

마리나가 말했다.

제이슨이 술잔 두 개를 내밀었다.

"미국식 다이키리(칵테일의 한 종류 — 옮긴이)를 권합니다. 마리나가 제일 좋아하는 것이지요."

그는 아내에게 한 잔을 건넸다.

"더 마시면 안 되는데. 이미 석 잔이나 마셨는걸."

그러면서도 마리나는 잔을 받았다.

헤더도 제이슨에게서 잔을 받았다. 마리나는 다음 손님을 맞이하러 가 버렸다.

밴트리 부인이 앨콕 부인에게 말했다.
"욕실이나 보러 가요."
"아, 그래도 될까요? 좀 무례하진 않을까요?"
"그렇지 않을걸요."
밴트리 부인이 제이슨 러드에게 말했다.
"러드 씨, 당신의 근사한 새 욕실을 탐험하고 싶은데요. 순전히 가정적인 이 호기심을 만족시켜도 될까요?"
제이슨이 씩 웃었다.
"물론입니다. 숙녀분들은 가서 맘껏 즐기세요. 원한다면 목욕도 하시고요."
앨콕 부인이 밴트리 부인을 따라 복도를 걸었다.
"정말 친절해요, 밴트리 부인. 나 혼자라면 감히 못했을 텐데요."
"어딜 가고 싶으면 용감해져야 해요."
밴트리 부인이 말했다.
그들은 복도를 따라 걸으면서 여러 문을 열어 보았다. 두 여자가 추가로 무리에 합류했고, 곧 앨콕 부인과 새로 합류한 두 여자의 입에서 온갖 탄성이 새나왔다.
"분홍색이 좋아요. 아, 분홍색이 정말 좋은데요."
앨콕 부인이 말했다.
"돌고래 타일이 맘에 들어요."
다른 여자가 말했다.
밴트리 부인은 여주인 역할을 하며 아주 즐거워했다. 그 집이 더 이상 자기 집이 아니라는 사실도 잠시 잊었다.

앨콕 부인이 경탄했다.

"샤워 시설 좀 봐요! 샤워를 별로 좋아하진 않지만요. 머리에 물을 적시지 않고 샤워하는 방법을 도무지 모르겠어요."

다른 여자가 기대에 차서 말했다.

"침실도 보고 싶은데, 그건 너무 주제넘은 거겠죠? 어떻게 생각하세요?"

"아, 그건 안 될 것 같은데요."

앨콕 부인이 대답했다. 두 사람은 희망에 찬 눈으로 밴트리 부인을 바라보았다.

"음, 그래서는 안 되겠······."

밴트리 부인은 이렇게 부인하다가 동정심에 말을 바꾸었다.

"그래도 살짝 들여다보면 누가 알까 싶은데요."

그녀는 문 손잡이에 손을 올려놓았다.

그러나 침실 문은 이미 잠겨 있었다. 다들 몹시 실망했다.

"그들도 사생활이 필요하니까요."

밴트리 부인이 이해심 많게 말했다.

그들은 복도를 따라 돌아왔다. 밴트리 부인은 층계참의 창문으로 밖을 내다보았다. 집안일을 봐주는 미비 부인(개발 단지 출신)이 레이스가 달린 오건디 드레스를 놀랄 정도로 멋지게 차려입고 밴트리 부인의 아래 쪽에 서 있었다. 그 옆에는 마플 양의 일을 봐주는 체리도 보였다. 그녀의 성이 뭐였는지 떠오르지 않았다. 그들은 웃고 떠들면서 재미있어하는 것 같았다.

밴트리 부인은 불현듯 그 집이 낡고 오래되고 매우 인공적이라고 느꼈다. 새로 칠도 하고 수리도 해서 반짝거리지만 본질적으로 낡고 오래된 낡은 빅토리아풍의 저택일 뿐이다.

'이 집에서 나가길 잘했어. 집도 다른 거나 마찬가지야. 전성기일 때가 있지. 이 집에도 전성기가 있었어. 리모델링을 했지만 전혀 도움이 되지 않아.'

두런두런 들리던 목소리 사이에서 갑자기 살짝 높은 소리가 들렸다. 옆에 있던 두 여자가 앞으로 나갔다.

"무슨 일이죠? 무슨 일이 일어난 것 같은데요?"

한 여자가 말했다.

그들은 복도를 따라 계단 쪽으로 걸어갔다. 엘라 질린스키가 서둘러 옆을 지나갔다. 그녀는 침실 문을 열려다가 얼른 말했다.

"아, 빌어먹을. 당연히 전부 잠가 놨겠지."

"무슨 일이라도 있나요?"

밴트리 부인이 물었다.

"누가 좀 아파요."

질린스키 양이 짧게 대답했다.

"아, 저런. 제가 좀 도와 드릴까요?"

"여기 의사가 있을까요?"

"동네 의사는 아무도 못 봤지만 틀림없이 한 명 정도는 와 있을 거예요."

밴트리 부인이 말했다.

"지금 제이슨 씨가 전화하고 있어요. 하지만 상황이 아주 안 좋아 보여요."

엘라 질린스키가 말했다.

"누군데요?"

밴트리 부인이 물었다.

"배드콕 부인이라고 하던데요."

"헤더 배드콕요? 방금 전만 해도 아주 좋아 보이던데."

엘라 질린스키가 더 이상 참지 못하고 말했다.

"발작을 일으켰어요. 그녀에게 심장이나 뭐 다른 데 이상이 있는지 아세요?"

"사실 그녀에 대해 아는 바가 없어요. 새로 이사를 왔으니까요. 개발 단지 출신이죠."

"개발 단지요? 아, 그 주택 단지를 말씀하시는 거군요. 그녀의 남편이 어디 있는지, 어떻게 생겼는지도 모르세요?"

"중년에 금발이고 유순한 인상이에요. 아내와 같이 왔으니까 틀림없이 근처에 있을걸요."

엘라 질린스키가 욕실로 들어갔다.

"뭘 갖다 줘야 할지 모르겠어요. 각성제 같은 건 어떨까요?"

"기절했나요?"

"그 이상이죠."

"내가 도와줄 게 있는지 볼게요."

밴트리 부인은 몸을 돌려서 계단 꼭대기를 향해 빠르게 걸어갔다. 그녀는 모퉁이를 돌다가 제이슨 러드와 부딪혔다.

"엘라 봤어요? 엘라 질린스키?"

"저기 욕실로 들어갔어요. 뭘 찾던데요. 각성제나 그런 거요."

"이제 그럴 필요 없어요."

제이슨 러드가 말했다.

밴트리 부인은 그의 어투에 놀라 얼른 그를 올려보았다.

"상황이 나쁜가요? 정말 나빠요?"

"그렇다고 할 수 있죠. 그 불쌍한 여자가 죽었어요."

"죽었다고요?"

밴트리 부인은 크게 충격을 받고 방금 전에 했던 말을 한 번 더 되풀이했다.

"방금 전만 해도 아주 좋아 보이던데."

"저도 알아요. 알고 있습니다. 이런 일이 다 일어나다니."

제이슨이 얼굴을 찌푸렸다.

6장

I

"자, 여기 우리 왔답니다. 오늘 아침에는 기분이 어떠세요? 커튼을 걷으셨네요."

나이트 양이 마플 양 옆의 탁자에 아침 식사 쟁반을 내려놓으며 말했다. 그녀의 목소리에 못마땅해하는 어조가 살짝 담겨 있었다.

"일찍 일어났지. 내 나이가 되면 나이트 양도 그럴 거야."

"30분쯤 전에 밴트리 부인이 전화하셨어요. 통화하고 싶다고 하셨지만 아침 식사 후에 다시 전화해 달라고 했어요. 차나 뭐라도 드시기 전인데 그런 시간을 방해하고 싶지 않아서요."

"내 친구가 전화를 하면 말해 주는 편이 더 좋은데요."

"죄송합니다. 명심할게요. 그래도 상대를 배려하지 않는 것 같았어요. 향기로운 차와 달걀 반숙, 버터 바른 빵부터 드세요."

"30분 전이라면, 8시겠군."

마플 양이 곰곰 따져보고 말했다.

"너무 이르죠."

나이트 양이 새삼 강조했다.

"밴트리 부인이 특별한 이유도 없이 그때 전화했을 리가 없어요. 보통 아침 일찍 전화를 걸지 않으니까."

나이트 양이 달래듯이 말했다

"아이, 그런 일로 신경 쓰지 마세요. 곧 다시 전화하시겠죠. 아니면 제가 전화를 걸어 볼까요?"

"아니, 됐어요. 아침 식사는 따뜻할 때 먹어야지."

"제가 뭘 빠트리진 않았나 모르겠어요."

나이트 양이 즐겁게 말했다.

그러나 그녀가 빠트린 건 아무것도 없었다. 차는 끓는 물에 제대로 우려졌고 달걀은 정확히 3분 45초 동안 가열되고 토스트는 갈색으로 골고루 구워졌다. 버터는 작은 덩어리로 준비했고 그 옆에는 작은 꿀단지까지 놓여 있었다. 분명 나이트 양은 여러 면에서 보물 같은 존재였다. 마플 양은 즐겁게 아침 식사를 했다. 곧 아래층에서 진공청소기가 윙 소리를 내며 돌아갔다. 체리가 온 것이다.

진공청소기의 윙 소리에 경쟁하듯이 정확한 음정으로 최신 가요를 부르는 목소리가 들렸다. 나이트 양이 아침 쟁반을 가지러 왔다가 고개를 저었다.

"저 젊은 여자가 노래를 부르면서 집 안을 돌아다니지 말았으면 좋겠어요. 도저히 예의 바르다고는 못하겠네요."

마플 양이 미소를 지었다.

"체리는 자기가 예의를 갖춰야 한다고 절대로 생각하지 않을 거예요. 왜 그래야겠어요?"

나이트 양이 코웃음을 쳤다.

"예전과는 아주 다르죠."

"당연하죠, 시대는 변하니까. 그건 인정해야 해요."

마플 양은 이렇게 덧붙였다.

"이제 밴트리 부인에게 전화해서 무슨 용건인지 알아봐 줘요."

나이트 양이 부산하게 나갔다. 일이 분 후에 문을 탁탁 두드리는 소리가 들리더니 곧 체리가 들어왔다. 그녀는 경쾌하고 신이 난 것 같았고 무척 예뻐 보였다. 감색 드레스를 입고 그 위에 선원과 해군 문장의 무늬가 있는 비닐 앞치마를 둘렀다.

"헤어스타일이 멋진데."

"어제 파마를 했어요. 아직 곱슬거리지만 괜찮아지겠죠. 소식 들으셨나 해서 올라와 봤어요."

"무슨 소식?"

"어제 가싱턴 홀에서 벌어진 사건이오. 거기에서 성 요한 의료 봉사단을 후원하는 큰 파티가 있었던 거 아시죠?"

마플 양이 고개를 끄덕였다.

"그런데요?"

"축제 때 누가 죽었어요. 배드콕 부인이라고 하던데요. 저희 집 모퉁이 건너편에 살아요. 아마 모르실걸요."

마플 양이 놀란 목소리로 말했다.

"배드콕 부인이라고요? 아는 사람인데. 그래, 바로 그 이름이었지. 지난번에 넘어졌을 때 그 여자가 집에서 나와 일으켜 줬어요. 아주 친절했지."

"아, 헤더 배드콕은 아주 친절해요. 너무 친절해서 간섭하는 것 같다고들 해요. 어쨌든 죽었어요."

"죽었다고! 왜요?"

"저도 몰라요. 성 요한 의료 봉사단의 총무라서 초대되었대요. 시장이며 그런 사람들과 함께요. 뭘 마시고 나서 5분 후에 몸이 안 좋다고 하더니 손도 쓰지 못하고 곧바로 죽었대요."

"정말 충격적인 사건이군요. 심장에 무슨 문제라도 있었나요?"

마플 양이 물었다.

"아주 건강했다는데요. 물론 아무도 모르는 일이지만요. 심장에 문제가 있어도 주변에서 전혀 모를 수 있어요. 어쨌든 아직 집으로 보내지 않았대요."

마플 양은 무슨 말인지 알아채지 못하고 반문했다.

"무슨 뜻이죠? 집으로 보내지 않았다니?"

체리가 여전히 유쾌한 어조로 대답했다.

"시신 말이에요. 의사가 부검이 필요하다고 했대요. 사후 부검이라나 뭐라나. 그 의사는 그녀를 진찰한 적이 없기 때문에 사인도 모르겠대요. 웃기는 소리 아닌가요?"

"웃기다니 무슨 뜻이죠?"

마플 양이 물었다.

"음, 웃겨요. 배후에 뭔가 있는 것 같아요."

"남편이 제정신이 아니겠네."

"백지장처럼 창백해졌죠. 그렇게 충격 받은 사람은 처음 본다고 들 해요."

오랜 세월 동안 미묘한 차이에 민감했던 마플 양의 귀가 호기심 많은 새처럼 한쪽으로 기울여졌다.

"부인에게 아주 헌신적이었나요?"

"부인이 시키는 대로 했고, 부인에게는 자기 맘대로 하게 했대요. 그렇다고 늘 헌신적이라는 뜻은 아니죠. 그렇지 않나요? 혼자 일어날 용기가 없을 수도 있죠."

"체리는 그녀를 좋아하지 않았어요?"

마플 양이 물었다.

"실은 잘 알지도 못하는걸요. 아니, 예전에 몰랐다고요. 싫어하지도, 아니 예전에 싫어했다고도 할 수 없어요. 하여튼 제 타입은 아니었어요. 간섭이 너무 심했거든요."

"꼬치꼬치 파고든다는 뜻인가?"

"아뇨, 전혀 그런 뜻은 아니에요. 그녀는 아주 친절하고 언제나 다른 사람들을 위해 일했어요. 또 언제나 최선을 다한다고 확신했죠. 단지 다른 사람들의 생각에는 신경 쓰지 않았어요. 저도 그런 이모가 한 분 있었어요. 시드 케이크(캐러웨이 향과 야채의 씨를 듬뿍 넣은 케이크 — 옮긴이)를 너무 좋아해서 다른 사람들에게도 구워서 갖다 주곤 했어요. 상대가 그 케이크를 좋아하는지 알려고 하지도 않았죠. 그 케이크를 역겨워하거나 캐러웨이 향을 싫어하는 사람들도 있게 마련인데요. 음, 헤더 배드콕이 좀 그런 사람이었어요."

마플 양이 생각에 잠겨 대꾸했다.

"그래, 아마 그녀도 그랬을 거예요. 나도 그런 사람을 알아. 그런 사람들은 자기도 모르게 위험하게 살게 마련이거든."

체리가 그녀를 빤히 쳐다보았다.

"이상한 말씀이네요. 무슨 뜻인지 잘 모르겠어요."

나이트 양이 부산스럽게 들어왔다.

"밴트리 부인이 외출한 것 같아요. 어디로 간다고는 말하지 않으셨대요."

"어딜 갔는지 알 만해요. 아마 여기로 오는 중일 거예요. 그만 일어나야겠네."

II

마플 양이 창가에 있는 가장 좋아하는 의자에 막 앉았을 때 밴트리 부인이 도착했다. 숨이 약간 가빠 보였다.

"제인, 할 말이 아주 많아요."

"축제에 대해서인가요? 어제 축제에 갔죠? 나도 오후 일찍 잠시 들렀어요. 차 대접하는 천막에 사람이 아주 많더군요. 사람들이 많이 모인 것 같던데요. 마리나 그레그는 구경도 못해서 좀 실망스러웠어요."

나이트 양이 탁자의 먼지를 살짝 털고 밖으로 나가면서 즐거운 어조로 말했다.

"이제 두 분이서 즐겁게 대화를 나누세요."

"저 여자는 아무것도 모르는 것 같은데요?"

밴트리 부인이 예리한 눈으로 친구를 쳐다보았다.

"제인, 당신은 틀림없이 알 거예요."

"어제의 죽음 말인가요?"

"당신은 늘 뭐든 다 아는군요. 어떻게 그런지 모르겠어요."

"음, 사람들이 늘 뭐든지 알게 되는 바로 그 방법으로 아는 거죠. 매일 집안일을 도와주는 체리 베이커가 소식을 알려 주었어요. 나이트 양은 이제 정육점에서 소식을 듣겠죠."

마플 양이 대답했다.

"그래서 당신 생각은 어때요?"

밴트리 부인이 물었다.

"내 어떤 생각 말이죠?"

마플 양이 반문했다.

"괜히 그러지 말아요. 무슨 뜻인지 아주 잘 알잖아요? 어떤 여자가 있었어요. 이름이야 상관없지만……."

"헤더 배드콕이에요."

마플 양이 거들었다.

"그 여자는 기운이 넘치는 활기찬 상태로 도착했어요. 그녀가 왔을 때 나도 그 자리에 있었거든요. 15분 정도 후에 그 여자가 몸이 좋지 않다면서 의자에 앉았어요. 그러더니 숨을 헐떡이다 죽었어요. 어떻게 생각해요?"

"성급하게 결론을 내서는 안 돼요. 물론 의사의 진단이 가장 중요하죠."

마플 양이 말하자 밴트리 부인이 고개를 끄덕였다.

"수사와 사후 검시가 진행될 거라고 해요. 그들이 어떻게 생각하는지 보여 주는 게 아닐까요?"

"반드시 그런 건 아니죠. 누구라도 병에 걸려서 갑자기 죽을 수 있고, 그런 경우에도 사인을 알아내려고 검시를 할 테니까요."

"그 이상이었어요."

"당신이 어떻게 알죠?"

마플 양이 물었다.

"샌포드 의사가 집에 돌아와서 경찰에게 전화했어요."

"누구한테서 그 이야기를 들었죠?"

마플 양이 굉장히 관심을 갖고 물었다.

"브릭스 영감요. 영감이 직접 말해 준 건 아니지만. 영감은 저녁때면 샌포드 의사의 정원을 봐 주러 가는데, 서재 옆에서 가지를 치다가 의사가 머치번햄의 경찰서에 전화하는 걸 들었대요. 영감은 딸에게 말했고 딸은 다시 우편배달부 여자에게 전했고 그 여자가 나에게까지 알려 준 거죠."

밴트리 부인의 말에 마플 양이 미소를 지었다.

"그렇군요. 세인트 메리 미드는 예전과 크게 다르지 않아요."

밴트리 부인도 동의했다.

"소문이야 그렇게 뻗어가게 마련이죠. 제인, 이제 어떻게 생각하는지 말해 봐요."

"물론 남편에 대해 생각하죠. 그 사람도 그 자리에 있었어요?"

마플 양이 골똘히 생각하다가 물었다.

"그래요, 그 사람도 그 자리에 있었어요. 당신도 자살이라고는 여기지 않는 거죠?"

"틀림없이 자살은 아니죠. 그럴 유형은 아니니까."

마플 양이 단호하게 말했다.

"어떻게 그 여자를 알게 된 기예요?"

"요전번에 개발 단지로 산책을 나갔다가 그 여자 집 근처에서 넘어졌어요. 친절의 화신처럼 아주 다정한 여자였어요."

"남편도 봤어요? 부인에게 독약을 먹일 것처럼 생겼나요?"

마플 양이 약간 항의하는 표정을 짓자 밴트리 부인이 얼른 말을 이었다.

"내 말뜻이 뭔지 알잖아요? 당신이 과거에 알던 스미스 대위나 버티 존스, 그 밖의 아내에게 독약을 먹였거나 그런 시도를 했던 사람이 생각나느냐는 거죠."

"아니, 배드콕 씨를 보면서라면 내가 아는 그 누구도 떠올리지 않앉어요. 하지만 그 여자는 아니었죠."

"누구, 배드콕 부인이오?"

"그래요. 헤더 배드콕을 보고 있자니 알리슨 와일드라는 사람이 생각났으니까요."

"알리슨 와일드는 어떤 사람이었어요?"

"그 여자는 이 세상이 어떤 곳인지 전혀 몰랐어요. 사람들이 어떤지도 몰랐죠. 다른 사람들에 대해 전혀 생각하지 않았으니까요. 그래서 자기에게 무슨 일이 벌어져도 전혀 대처하지 못했어요."

마플 양이 느릿느릿 말했다.

"당신이 무슨 말을 하는지 전혀 이해하지 못하겠어요."

밴트리 부인이 말하자 마플 양이 사과하듯 말했다.

"정확하게 설명하기는 힘들어요. 자기중심적인 성격에서 시작되는 거지만 그렇다고 이기적이라는 뜻은 아니죠. 친절하고 이타적이고 심지어 신중하죠. 그래도 알리슨 와일드와 비슷한 사람이라면 자기가 무슨 일을 하는 건지 절대로 모를 거예요. 그러니 자기에게 어떤 일이 벌어질지도 모를 수밖에요."

"좀 더 분명하게 설명해 줘요."

밴트리 부인이 말했다.

"음, 대신 비유를 해 보죠. 실제로 일어난 일은 아니고 지금 생각나는 대로 말해 보죠."

"얼른 해 봐요."

"음, 가게에 갔다고 가정해 봐요. 가게 주인에게 비행 청소년 유형의 아들이 있어요. 그 아이의 엄마에게 당신 집에 돈이나 보석이 있다고 말하는 것을 그 아들이 들은 거죠. 당신은 너무나 흥분하고 즐거운 나머지 떠벌리고 싶었던 거예요. 그리고 어느 날 저녁에 외출할 거라고 했어요. 집에 문을 잠근 적이 없다고도 했죠. 당신은 자신이 말하는 것, 다시 말해서 그녀에게 말하는 것에만 관심이 있어요. 온통 그 생각뿐이니까요. 그리고 외출하기로 한 저녁에 뭘 잊어버려서 집에 돌아와 보니 그 나쁜 아들이 집에 들어와서 물건을 훔치고 있었어요. 그 아들은 몸을 돌려 당신을 후려치죠."

"요즘은 거의 누구에게라도 그런 일이 생길 수 있어요."

밴트리 부인이 말했다.

"꼭 그런 건 아니죠. 사람들은 대부분 방어 감각이라는 게 있으니까요. 상대가 누군지, 또 그 성격이 어떤지 돌이켜보고 말이나 행동을 조심하게 되죠. 하지만 알리슨 와일드는 자기 자신에 대해서만 생각해요. 자기가 한 일과 보고 듣고 느끼는 것에 대해서만 말하는 그런 사람이죠. 다른 사람들의 말이나 행동에 대해서는 전혀 언급하지 않아요. 그들은 인생이 일종의 일방통행로이고 자기가 그 길을 뚫고 지나간다고 생각해요. 그들에게 다른 사람들이란 방 안의 벽지 같은 존재일 뿐이죠."

마플 양은 말을 잠시 끊었다가 덧붙였다.

"헤더 배드콕도 그런 유형이었던 것 같아요."

"그 여자가 자기가 뭘 하는지도 모르고 주제넘게 어떤 일에 끼어들었다는 건가요?"

밴트리 부인이 물었다.

"위험한 일이라는 것도 깨닫지 못하고 말이죠. 그녀가 왜 살해되었는지 다른 설명은 떠오르지 않는군요. 물론 살해되었다고 가정했을 때의 이야기지만."

"그 여자가 다른 사람을 협박했을 거라고는 생각하지 않나요?"

밴트리 부인이 물었다.

"아, 아니에요. 친절하고 착한 여자였어요. 그런 종류의 일은 절대로 하지 않았을 거예요."

마플 양은 친구를 안심시키며 초조하게 덧붙였다.

"이 모든 것에 개연성이 너무 결여된 것 같아요. 만약……."

"무슨 뜻이죠?"

밴트리 부인이 그녀에게 재촉했다.

"만약 잘못된 살인이었던 건 아닐지 궁금해요."

마플 양이 골똘히 생각하며 말했다.

문이 열리면서 헤이독 의사가 들어오고 나이트 양이 뭐라 떠들며 따라왔다.

헤이독 의사가 두 부인을 바라보며 말했다.

"아, 벌써 시작하셨군요."

그러고는 마플 양을 보며 말했다.

"건강이 어떤지 보러 왔는데, 여쭤볼 필요도 없겠군요. 제가 제안했던 치료법을 벌써 받아들이셨다는 걸 알겠습니다."

"치료법이라면?"

헤이독 의사가 그녀 옆의 탁자에 놓인 뜨개질감을 가리켰다.

"풀어 보라고 했지요. 제가 맞죠?"

마플 양이 어린 여자처럼 눈을 살짝 깜박였다.

"농담 마세요, 선생님."

"제 눈은 못 속여요, 부인. 너무 오랫동안 알아온 사이 아닙니까? 가싱턴 홀에서 갑자기 누가 죽은 바람에 세인트 메리 미드 사람들이 모두 떠들어 대고 있어요. 그렇지 않나요? 아직 검시 결과가 나오지도 않았는데 벌써부터 살인 사건이라고 수군거리죠."

"검시는 언제 시작되나요?"

마플 양이 물었다.

"모레입니다. 그때쯤이면 부인들이 사건의 전후를 모두 살펴보고 평결을 결정하고 다른 여러 면에 대해서도 판결을 내리겠죠. 음, 여기에서 지체하면 안 되겠어요. 도움이 필요 없는 환자에게 시간을 낭비하는 건 좋지 않아요. 부인의 안색이 분홍색이고 눈이 반짝이는 걸 보니 인생을 즐기기 시작했군요. 인생에 관심을 가질수록 좋죠. 저는 갑니다."

그가 다시 뚜벅 걸어 나갔다.

"샌포드보다는 저이가 늘 낫죠."

밴트리 부인이 말했다.

"나도 그래요. 또 좋은 친구죠."

마플 양이 신중하게 덧붙였다.

"전진 신호를 보내려고 온 것 같은데요."

"그렇다면 살인 사건이 맞네요."

둘은 서로를 바라보았다.

"어쨌든 의사 선생님이 그렇게 생각한다니까."

나이트 양이 커피를 가져왔지만 두 사람은 방해받는 것을 도저히 참을 수 없었다. 나이트 양이 나가자마자 마플 양이 입을 열었다.

"돌리, 당신이 거기에서······."

"그 사건이 벌어지는 것을 두 눈으로 봤어요."

밴트리 부인이 자랑스럽게 말했다.

"대단해요. 그러니까, 음, 내가 무슨 말 하는 건지 알죠? 그녀가 도착한 순간부터 어떤 일이 벌어졌는지 정확하게 말해 봐요."

"나는 안내를 받으며 집 안에 들어갔죠. 유명인이라도 된 것 같았어요."

"누가 안내했죠?"

"아, 수양버들처럼 마른 청년이었어요. 마리나 그레그의 비서쯤 돼 보였어요. 그 사람을 따라 집 안의 계단을 올라갔어요. 계단 꼭대기에서 특별히 사람들을 다시 환대했거든요."

"층계참에서요?"

마플 양이 놀라서 물었다.

"아, 전부 달라져 있었어요. 탈의실과 침실을 모두 없애고 넓은 공간으로 꾸며서 큰 홀이나 마찬가지였는데, 아주 근사했죠."

"알겠어요. 거기 누가 있었죠?"

"마리나 그레그요. 자연스럽고 매력적이었죠. 늘씬한 회녹색 드레스가 아주 아름다웠어요. 물론 남편도 참석했고, 전에 말했던 엘라 질린스키라는 여자도 있었죠. 그레그 부부의 사교 비서죠. 또 사람들이 대략 열 명 정도 있었던 것 같아요. 아는 사람과 처음 보는 사람들이 섞여 있었어요. 영화사 사람들은 모르겠고. 교구 목사와 샌포드 의사 부인도 있었어요. 의사는 나중에야 참석했죠. 클리터링 대령 부부와 주 장관도 왔어요. 언론사에서 온 사람도 있었어요. 그리고 커다란 카메라를 들고 사진을 찍는 젊은 여자도 있었고."

마플 양이 고개를 끄덕였다.

"계속해 봐요."

"헤더 배드콕 부부는 바로 내 뒤에 왔어요. 마리나 그레그가 나에게 예의바르게 인사하고 그 다음에는 다른 사람, 그러니까 교구 목사에게 인사했어요. 그 다음으로 헤더 배드콕 부부가 왔어요. 알다시피 그녀가 성 요한 의료 봉사단의 간사거든요. 누군가가 그녀가 간사인 데다 누구보다 열심히 일하고 매우 중요한 사람이라고 했더니 마리나 그레그가 인사치레를 했죠. 그건 그렇고 배드콕 부인이 좀 질리게 하는 유형이라는 건 짚고 넘어가야겠어요. 그녀가 오래 전에 어딘가에서 마리나 그레그를 만났다면서 길게 이야기를 늘어놓았죠. 정확히 몇 년 전이고 몇 년도였는지 등을 시시콜콜하게 억지로 늘어놓는데, 참 대책이 없어 보이더군요. 영화배우나 보통 사람 모두 자기가 정확히 몇 살이라고 확인받는 걸 싫어한다고 확신해요. 그 여자는 그런 건 생각도 못 했을걸요."

"그래요, 그녀는 그런 걸 생각할 유형이 아니죠. 그래서요?"

마플 양이 물었다.

"음, 마리나 그레그가 평상시처럼 행동하지 않았다는 것만 제외하면 특별한 건 없었어요."

"짜증이라도 냈어요?"

"아뇨, 그런 뜻이 아니에요. 사실 단 한 마디도 듣지 않는 것 같았어요. 배드콕 부인이 자기가 아파서 누워 있다가 몰래 빠져나가 마리나를 만나 사인을 받았다는 시시한 이야기를 늘어놓았을 때 그녀는 배드콕 부인의 어깨 너머만 노려보았죠. 그때 그녀의 얼굴을 봤어요."

"누구? 배드콕 부인이오?"

"아니, 마리나 그레그의 얼굴. 배드콕이 하는 말을 한마디도 듣지 않는 것처럼 어깨 너머의 벽만 노려봤어요. 어떤 표정이었는지 말로 표현할 순 없지만……."

"한번 해 봐요, 돌리. 중요할지도 몰라요."

마플 양의 말에 밴트리 부인이 적당한 단어를 애써 찾아 말을 이었다.

"얼어붙은 표정이었어요. 뭔가를 본 것처럼요. 아이, 왜 이렇게 설명하기 힘들지? 저기, 레이디 샬럿(운명을 거슬러 란슬롯을 사랑했다가 결국 죽는 여인―옮긴이) 생각나요? 거울이 양쪽으로 깨졌다. '내게 불운이 내렸다.'고 레이디 샬럿이 외쳤다. 음, 그녀의 표정이 바로 그랬어요. 요즘 사람들은 테니슨을 무시하지만, 레이디 샬럿을 읽을 때면 젊었을 때나 지금이나 난 여전히 설렌답니다."

마플 양이 골똘히 생각하듯 그녀의 말을 따라 했다.

"얼어붙은 표정? 배드콕 부인의 어깨 너머로 벽을 노려보았군요. 벽에 뭐가 있었죠?"

"아, 그림이었어요. 뭐, 이탈리아 거죠. 벨리니의 성모 마리아를 복제한 것 같았어요. 확실하지는 않지만. 성모 마리아가 웃는 어린 예수를 안고 있는 그림이죠."

마플 양이 얼굴을 찡그렸다.

"그림 때문에 그런 표정을 지었다니 이유를 모르겠군요."

"더군다나 그 그림을 매일 봤을 텐데요."

밴트리 부인이 맞장구를 쳤다.

"사람들이 계속 계단을 올라왔겠네요?"

"아, 그럼요."

"누구였는지 기억나요?"

"계단을 올라오는 누군가를 봤을지도 모른다는 뜻인가요?"

"그래요. 그럴 수도 있잖아요?"

"음, 그러네요. 한번 돌이켜보죠. 시장이 한껏 정장을 차려입고 체인(공직자의 상징으로 목에 거는 일종의 목걸이 — 옮긴이)까지 달고 부인과 함께 왔고, 요즘 사람들처럼 우스꽝스러운 턱수염을 기른 장발의 남자가 있었죠. 꽤 젊어 보였는데. 또 어떤 여자는 카메라를 계단에 설치해 놓고 계단을 올라오는 사람들 모습이며 마리나와 악수하는 모습을 찍었어요. 또 모르는 사람이 둘 있었어요. 영화사 사람 같던데요. 로워 목장의 그라이스 부부도 왔고. 더 있었겠지만 기억나는 건 그 사람들이 전부예요."

"그다지 도움이 될 것 같지 않은데요. 다음에 어떤 일이 있었죠?" 마플 양이 물었다.

"제이슨 러드가 부인을 쿡쿡 찔렀던 것 같아요. 그녀가 갑자기 정신을 차리더니 미소를 지으면서 배드콕 부인에게 평상시대로 다시 이야기를 했으니까요. 상냥하고 자연스럽고 매력적인 그런 모습이었죠."

"다음에는요?"

"제이슨 러드가 음료수를 건넸어요."

"어떤 음료수였죠?"

"다이키리였던 것 같아요. 자기 부인이 가장 좋아하는 거라고 했죠. 하나는 부인에게 주고 또 하나는 배드콕 부인에게 주었어요."

"그거 아주 흥미로운데요. 정말 흥미로워요. 다음에 무슨 일이 있었죠?"

"나도 몰라요. 실은 여자들 몇 명을 데리고 욕실 구경을 갔거든요. 그 다음에 여비서가 급히 달려와서 누가 아프다고 했던 게 내가 아는 전부죠."

7장

 검시는 너무 간단해서 실망스러울 정도였다. 남편이 신원을 확인했고, 증거라고는 의료적인 것뿐이었다. 헤더 배드콕은 하이-에틸-덱실-바르보-킨데-로리테이트인가 하는 이름의 약물을 네 알 복용한 결과 사망했다. 어떻게 복용하였는지 그 증거는 없었다.
 검시 배심은 2주일 연기되었다.
 이러한 결론이 내려진 후에 프랭크 코니시 경위가 아서 배드콕에게 다가갔다.
 "이야기 좀 나눌 수 있을까요, 배드콕 씨?"
 "물론입니다, 물론이죠."
 아서 배드콕은 예전보다 더 침울해 보이는 표정으로 중얼거렸다.
 "이해할 수 없어요. 도저히 이해가 안 갑니다."
 "차를 대기시켰는데, 댁까지 타고 가도 되겠습니까? 그편이 더 안정되고 조용할 것 같은데요."

코니시가 말했다.

"고맙습니다, 경위님. 그럼요, 그럼요. 훨씬 좋겠습니다."

차는 알링턴 클로스 3번지에 있는 파란 페인트칠이 된 아담한 현관 문 앞에서 멈추어 섰다. 아서 배드콕이 앞장서고 경위가 그 뒤를 따라갔다. 그가 열쇠를 꺼내 문에 집어넣기도 전에 안에서 문이 열렸다. 아서 배드콕은 깜짝 놀랐고, 문을 열어 준 여자는 다소 당황한 표정으로 뒤로 물러섰다.

"메리!"

"차를 준비하는 중이었어요, 아서. 검시를 마치고 돌아오면 차를 마셔야 할 것 같아서요."

아서 배드콕이 감사해하며 말했다.

"정말 감사합니다. 음, 여기는 코니시 경위님이고 이쪽은 베인 부인입니다. 옆집에 살죠."

"그렇군요."

코니시 경위가 말했다.

"차를 더 가져올게요."

베인 부인이 말한 후 가 버리자 아서 배드콕이 다소 불안한 표정으로 현관 오른편에 있는 사라사 직물로 뒤덮인 거실로 경위를 안내했다.

"아주 친절한 부인입니다. 언제나 친절하죠."

"오랫동안 알고 지낸 사이인가요?"

"아, 아뇨. 여기 온 후에 알게 된걸요."

"여기 오신 지 2년이 되었다죠, 아니면 3년인가요?"

"이제 3년째입니다. 베인 부인은 6개월 전에 이사 왔어요. 아들이 근처 직장에 다니고 남편도 죽고 해서 이쪽으로 왔다고 합니다. 아들과 같이 살죠."

그때 부엌에서 베인 부인이 쟁반을 들고 나타났다. 마흔 정도의 나이에 인상이 어둡고 다소 강렬했다. 검은 머리와 검은 눈에 어울리게 집시 분위기가 풍겼다. 눈동자가 다소 특이했다. 경계하는 눈빛이었다. 그녀가 쟁반을 내려놓자 코니시 경위는 인사치레의 말을 건넸다. 그는 직업적인 본능으로 상황을 주목했다. 여자의 경계하는 눈빛이며 아서 배드콕이 자기를 소개할 때 여자가 약간 놀라던 것들을 주시했다. 그는 법의 권위를 무의식적으로 침해한 사람들이 자기를 보면서 당연히 놀라거나 불신하며 불편해하는 상황을 자주 겪어왔다. 그 외에 다른 유형도 있었는데, 이 여자는 바로 그 유형에 속하는 것 같았다. 베인 부인은 과거에 경찰과 연관된 적이 있어서 이렇듯 경계하고 불편해하는 것이다. 그는 메리 베인에 대해 좀 더 조사해야겠다고 생각했다. 그녀는 쟁반만 내려놓더니 같이 마시자는 청을 거절하고 자기 집으로 갔다.

"좋은 여자 같군요."

코니시 경위가 말했다.

"아, 그럼요. 아주 친절하고 동정심이 많은 이웃집 여자입니다."

"부인과도 좋은 사이였나요?"

"아뇨, 그런 정도는 아니었죠. 이웃인 데다 사이도 좋았지만 그 이상은 아니었습니다."

"알겠습니다. 배드콕 씨, 당신에게서 되도록 많은 정보를 들었으면 합니다. 검시 결과에 놀라지 않으셨나요?"

"아, 그렇습니다, 경위님. 물론 경찰 측에서도 문제가 있다고 여길 줄 알았고, 저도 그런 생각을 했습니다. 헤더는 늘 건강했으니까요. 사실 단 하루도 아픈 적이 없었습니다. 그래서 '틀림없이 문제가 생길 것'이라고 생각했지만 믿기 힘들군요. 제가 무슨 말을 하는지 이해하시겠어요? 그 약물, 바이-에틸-헥스······."

그가 말을 하다 말았다.

"더 쉬운 이름이 있습니다. 칼모라는 이름으로 팔리는데 들어 본 적이 있나요?"

경위가 묻자 아서 배드콕이 당황해서 고개를 저었다.

"여기보다는 주로 미국에서 사용되죠. 거기에서는 아주 자유롭게 처방한다고 합니다."

"무슨 용도로 쓰이나요?"

"행복하고 평온한 정신 상태를 유발한다고 합니다. 긴장 상태에 있는 사람들에게 처방하는 약이죠. 근심이나 우울, 불면증, 또 여러 이유로 고통 받는 사람들에게요. 제대로 처방된 용량은 위험하지 않지만 과용해서는 안 됩니다. 부인께서 적정량의 6배를 더 드신 것 같습니다."

배드콕이 그를 노려보았다.

"헤더는 평생 그런 걸 먹어본 적이 없습니다. 확신합니다. 어쨌든 약을 먹는 사람이 아니었어요. 한 번도 우울해하거나 걱정한 적도 없습니다. 누구보다 쾌활한 여자였죠."

경위가 고개를 끄덕였다.

"알겠습니다. 그렇다면 의사가 부인에게 이런 종류를 처방한 적이 없겠군요?"

"없습니다. 확실히 없어요. 틀림없습니다."

"주치의가 누구였죠?"

"심스 박사가 담당이었지만 여기 온 후로 한 번도 가 본 적이 없었던 것 같습니다."

코니시 경위가 신중하게 질문을 던졌다.

"다시 말해서 부인이 그런 약을 필요로 하거나 먹었을 유형이 아니라는 거군요?"

"그럼요, 경위님. 확신합니다. 실수가 분명합니다."

"상상하기 힘든 실수로군요. 그날 오후에 부인이 먹거나 마신 게 뭡니까?"

"음, 점심으로는……."

"점심까지 올라갈 필요는 없습니다. 그 정도 양이면 아주 신속하고 갑자기 작용했을 겁니다. 차가 좋겠습니다. 무슨 차를 마셨죠?"

"음, 우리는 정원에 있는 큰 천막으로 갔습니다. 사람들로 붐볐지만 결국 빵 한 조각과 차 한 잔씩을 얻었죠. 천막 안이 너무 더워서 빨리 먹어 치우고 다시 밖으로 나갔습니다."

"빵 한 조각과 차 한 잔이 전부인가요?"

"그렇습니다."

"그리고 집 안으로 들어갔죠. 맞습니까?"

"예, 어떤 젊은 여자가 다가오더니 마리나 그레그 양이 아내를 만나고 싶어 한다면서 안으로 들어오겠냐고 물었습니다. 물론 아내는 좋아라 했죠. 며칠 전부터 마리나 그레그 이야기만 했거든요. 모든 사람이 흥분했죠. 아, 아시겠지만, 다른 사람들도 모두 그랬다는 겁니다."

"압니다. 제 아내도 흥분했죠. 음, 사방에서 모여든 사람들이 모두 1실링을 내고 가싱턴 홀 안으로 들어가서 구경하고 마리나 그레그도 만나고 싶어 했다더군요."

경위가 말했다.

"그 여자가 우리를 집 안으로 데려갔습니다. 계단 위에서 파티가 열렸죠. 층계참에서 파티가 열렸는데, 그전과는 아주 딴판이라고 하더군요. 안쪽을 깊이 파내고 의자도 갖다 두고 탁자에 음료수까지 준비해서 방처럼 보였죠. 대략 열 명 정도 있었던 것 같습니다."

코니시 경위가 고개를 끄덕였다.

"거기에서 누군가 접대를 했겠군요. 누구였죠?"

"마리나 그레그가 직접 했습니다. 남편도 같이 있더군요. 그 사람 이름은 기억이 나지 않습니다."

"제이슨 러드입니다."

코니시 경위가 말했다.

"아, 맞아요. 처음에는 그 사람이 그다지 눈에 띄지 않았습니다. 어쨌든 그레그 양이 헤더를 아주 친절하게 맞이했고, 즐거워하는 것 같았어요. 헤더는 오래전에 서인도제도에서 그레그 양을 만났던 이야기를 늘어놓았고 모든 것이 아주 좋아 보였습니다."

"모든 것이 좋아 보였다, 그리고요?"

코니시 경위가 그의 말을 따라 하며 다시 물었다.

"그레그 양이 뭘 마시겠냐고 물은 다음에 남편인 러드 씨가 헤더에게 칵테일을 갖다 주었어요. 딕커리 비슷한 이름이었습니다."

"다이키리죠."

"맞아요. 그가 두 잔을 가져와 하나는 헤더에게 주고 또 하나는 그레그 양에게 주었습니다."

"당신은 뭘 마셨습니까?"

"전 셰리주를 마셨습니다."

"알겠습니다. 그 자리에서 셋이 함께 마셨나요?"

"음, 꼭 그런 건 아닙니다. 사람들이 계속 계단을 올라왔으니까요. 시장을 비롯해서 다른 사람들이 있었습니다. 미국 출신의 신사 숙녀였던 것 같습니다. 우리는 자리를 조금 옮겼죠."

"그리고 부인이 다이키리를 마셨군요?"

"음, 아닙니다. 그렇지 않습니다."

"음, 그때 마신 게 아니라면 언제 마신 거죠?"

아서 배드콕은 기억해 내느라 얼굴을 찌푸렸다.

"헤더가 탁자에 잔을 내려놓은 것 같아요. 거기에서 친구들을 만났거든요. 성 요한 의료 봉사단과 관계된 인사가 머치번햄에서 운전해서 온 모양이었습니다. 어쨌든 그 사람과 이야기를 주고받았죠."

"술은 언제 마셨습니까?"

아서 배드콕이 다시 얼굴을 찌푸렸다.

"잠시 후였습니다. 사람들이 꽤 몰리기 시작했죠. 누군가가 헤더의 팔꿈치를 치는 바람에 잔이 쓰러졌어요."

"뭐라고요? 부인의 잔이 쓰러졌다고요?"

경위가 날카롭게 쳐다보았다.

"예, 그랬다고 기억합니다……. 헤더가 잔을 집어서 한 모금 마시더니 얼굴을 찌푸린 것 같았어요. 칵테일을 그다지 좋아하지 않았으니까요. 어쨌거나 헤더가 거기 서 있는데 누가 그만 팔꿈치를 치는 바람에 잔이 넘어졌죠. 헤더의 드레스는 물론이고 그레그 양의 드레스에까지 튄 것 같았어요. 그레그 양은 더할 나위 없이 친절했죠. 얼룩도 남지 않을 테고 전혀 문제 될 게 없다면서 헤더에게 자기 손수건을 줘서 닦게 했어요. 또 들고 있던 자기 잔까지 주면서 '이걸 드세요. 아직 입도 대지 않은 거랍니다.'라고 했어요."

"그녀가 자기 음료수를 건네주었다는 말이군요. 그 부분은 확신합니까?"

경위가 묻자 배드콕이 말을 멈추고 잠시 생각하다가 대답했다.

"예, 확신합니다."

"부인이 그 잔을 받았나요?"

"음, 처음에는 그러지 않으려고 했죠. '아, 아뇨. 그럴 수 없어요.'

라고 했더니 그레그 양이 웃으면서 '전 이미 너무 많이 마신걸요.'라고 했습니다."

"그래서 부인이 그 잔을 받아서 어떻게 했습니까?"

"아내는 몸을 약간 돌리고 마셨어요. 꽤 빨리 마셨다고 생각합니다. 그리고 우리는 복도를 걸으며 그림과 커튼을 감상했습니다. 커튼이 예전에 본 거와는 전혀 다르게 아주 고왔습니다. 나는 친구인 앨콕 의원을 만나 그와 이야기를 나누다가 주위를 보니 헤더가 의자에 앉았는데 표정이 좋지 않았어요. 그래서 '무슨 일 있어?'라고 물었더니 아내가 기분이 좀 이상하다고 했습니다."

"어떻게 이상하다는 거죠?"

"저도 모릅니다. 시간이 없었어요. 아내의 목소리가 아주 이상하고 답답한 것 같더니 고개가 살짝 돌아갔어요. 그러더니 갑자기 숨을 몰아쉬다가 고개를 푹 떨어뜨렸어요. 그리고 죽었습니다. 죽었어요, 경위님."

8장

I

"세인트 메리 미드라고 하셨습니까?"

경감 크래독이 날카로운 시선으로 올려 보자 부국장이 약간 움찔했다.

"그래, 세인트 메리 미드라네. 왜 그러나? 혹시……."

"실은 별 거 아닙니다."

더못 크래독이 대답했다.

"꽤 작은 동네지만 요즘 공사가 한창 진행 중이라더군. 세인트 메리 미드에서 머치번햄까지 말일세. 헬링포스 스튜디오가 세인트 메리 미드 맞은편 마켓 베이싱 쪽으로 있지."

부국장이 궁금한 표정을 거두지 않자 더못 크래독은 설명이 필요하겠다고 느꼈다.

"거기 아는 사람이 있습니다. 세인트 메리 미드에요. 노부인이죠. 아마 지금은 아주 연로하실 텐데, 어쩌면 돌아가셨을지도 모릅니다. 그렇지 않다면……."

부국장은 부하가 하려는 말을 이해했거나 최소한 이해한 것 같아 보였다.

"그래, 어떤 면에서 '내부 인사'를 알고 있는 셈이로군. 동네 소문도 필요하니까. 처음부터 끝까지 기묘한 사건이지."

"그 지역에서 도움을 요청했습니까?"

더못이 물었다.

"그래. 여기 경찰서장의 편지가 있네. 그 지역에서 해결할 만한 사건이 아니라고 판단한 게지. 그 일대에서 가장 큰 저택인 가싱턴 홀을 최근에 영화배우 마리나 그레그 부부가 샀네. 그 부부는 헬링포스의 새 스튜디오에서 영화를 제작하는데, 마리나가 출연한다더군. 성 요한 의료 봉사단을 후원하는 축제가 그 집 정원에서 열렸어. 죽은 여자는 헤더 배드콕 부인이라고 하는데, 그 병원의 지역 간사라 축제의 행정 일을 맡았지. 유능하고 똑똑해서 동네에서 꽤 인정받는 편이었다네."

"잘난 척하는 여자였습니까?"

크래독이 넌지시 물었다.

"그럴 가능성이 높지. 그래도 경험상 잘난 척하는 여자들이 살해되는 경우는 드물어. 이유는 모르겠다만. 그런 면에서 꽤 안됐지. 축제에 인파가 몰리고 날씨도 좋아서 모든 게 계획대로 진행됐어. 마리나 그레그 부부는 가싱턴 홀 실내에서 따로 손님을 맞았지. 삼사십 명 가량이 초대받았어. 지역 유지와 성 요한 의료 봉사단의 관련 인사들, 마리나 그레그의 친구들, 스튜디오와 관련된 사람들이었지. 평화롭고 근사하고 즐거운 날이었어. 그런데 거기에서 헤더 배드콕이 독살되었다니 황당하고 기이한 노릇이라네."

더못 크래독이 골똘히 생각하며 대꾸했다.

"기이한 장소를 골랐군요."

"경찰서장도 바로 그렇게 생각하더군. 하필이면 왜 그 장소와 시간을 선택했을까? 헤더 배드콕을 독살하고자 한다면 더 간단한 방법이 수백 가지는 될 텐데. 어쨌거나 이삼십 명이 왔다갔다 하는데 칵테일에 치명적인 독약을 넣는 건 위험천만한 일이야. 틀림없이 누군가가 뭔가를 목격했겠지."

"음료수가 결정적인 사인입니까?"

"그렇지. 결정적으로 음료수에 들어 있었네. 여기 자세한 내용이 있네. 의사들이 좋아하는 난해한 이름의 약인데, 실은 미국에서 꽤 흔한 처방약이라더군."

"미국에서요?"

"아, 우리나라도 마찬가지네. 그래도 이런 건 대서양 건너편에서 더 자유롭게 거래되지. 소량만 먹는다면 도움이 된다네."

"처방전이 필요한 겁니까, 아니면 아무나 자유롭게 구입할 수 있는 겁니까?"

"처방전이 필요하지."

"정말 기이하군요. 헤더 배드콕이 이 영화사 사람들과 관련이 있나요?"

더못이 물었다.

"전혀 없네."

"그녀 가족 중에서 누가 이 일에 관련이 있습니까?"

"남편이지."

"남편이라고요."

더못이 신중하게 말하자 그의 상관이 맞장구를 쳤다.

"그래, 언제나 그런 식으로 생각하게 되지. 하지만 그 지역의 코니시 경위는 아무 근거도 찾지 못했네. 남편이 예민하고 불편해 보인다고 보고했지만, 분별 있는 사람이라도 경찰의 추궁을 받으면 그러게 마련이라는 의견이더군. 그리고 부부 금실이 상당히 좋았다고 하더군."

"다시 말해서 용의자로 생각하지 않는다는 거군요. 음, 정말 흥미로운 사건입니다. 제가 맡으면 그곳으로 내려가야겠죠?"

"그래. 가능한 한 빨리 가는 게 낫지. 누굴 데려가겠나?"

더못은 잠시 고려했다.

"티들러를 데려가겠습니다. 유능한 데다 영화배우이기도 하니까요. 도움이 될 듯합니다."

부국장이 고개를 끄덕였다.

"행운을 비네."

II

마플 양이 기쁘고 놀라운 마음에 얼굴을 붉히며 외쳤다.

"어머나! 정말 뜻밖인데요. 내가 무척이나 좋아하는 젊은이 아닌가요, 잘 지냈어요? 이젠 젊은이라고도 못하겠지만. 지금은 직위가 어떻게 되죠? 경감이나 서장쯤 되나요?(더못 크래독은 『비뚤어진 집』,『살인을 예고합니다』 등 크리스티의 이전 작품에서는 경위로 등장한다―옮긴이)"

더못이 자신의 직위를 알려 주었다.

"무슨 일로 여기 내려왔는지 물어보지 않아도 알겠어요. 우리 동네에서 벌어진 살인 사건을 런던 경시청에서 주목한 거군요."

"저희에게 넘어왔습니다. 그래서 여기 내려오자마자 당연히 본부로 찾아왔습니다."

더못이 대꾸했다.

"그 말은……."

마플 양이 살짝 몸을 떨었다.

"그렇습니다, 마플 양. 마플 양께서 바로 본부죠."

더못이 장난치듯 말했다.

마플 양이 유감이라는 투로 대꾸했다.

"요즘은 그다지 아는 게 없어요. 외출을 잘 안 하는 편이라."

"외출했다가 넘어져서 어느 한 여인의 도움을 받았는데 그 여인이 열흘 후에 살해되었다죠?"

더못 크래독이 반박하자 마플 양이 한때 '끌끌 혀를 차는 소리'라고 표현했던 그런 소리를 냈다.

"어디에서 그런 이야기를 들었는지 모르겠네요."

"마을에서는 모두가 모든 것에 대해 안다고 직접 말씀하셨잖아요? 그리고 이건 사적인 질문입니다만, 그녀를 보자마자 살해될 거라고 생각하셨나요?"

"물론 아니죠. 아니라고요. 어떻게 그런 생각을."

마플 양이 소리쳤다.

"그렇다면 그녀 남편의 눈을 보면서 해리 심슨이나 데이빗 존스 등 몇 년 후에 아내를 절벽 너머로 밀어 버린 사람을 떠올리진 않았습니까?"

"아니, 아니에요! 배드콕 씨는 절대로 그렇게 사악한 일을 할 사람이 아니죠."

마플 양이 신중하게 덧붙였다.

"거의 확신해요."

"사람의 본성이 어느 편이냐 하면······."

크래독이 짓궂게 중얼댔다.

"맞아요. 처음에는 당연히 슬퍼하겠지만 그 기간이 지나면 그다지 부인을 그리워하지 않을 거라고 믿어요······."

"왜죠? 부인이 남편을 구박이라도 했나요?"

"아, 아니에요. 하지만 그녀는, 음, 그녀는 사려 깊은 여인은 아니었어요. 친절하긴 했지만 사려 깊은 건 아니었죠. 남편을 좋아해서

병이 나면 간호해 주고 식사를 챙겨 주고 좋은 주부 역할을 했을 거예요. 그래도 절대로 그녀가 절대로……. 음, 그녀는 남편의 생각이나 느낌을 몰랐을 것 같아요. 남자로서는 꽤 외로웠겠죠."

"아, 이제 앞으로는 그의 인생이 덜 외로워지겠군요?"

더못이 물었다.

"그가 재혼할 거라고 생각해요. 어쩌면 꽤 빨리요. 안됐지만 결국 같은 유형의 여자와 하겠죠. 자신보다 개성이 강한 사람과 결혼할 거라는 뜻이죠."

"누구 떠오르는 사람이 있나요?"

"아는 사람은 없어요."

마플 양이 유감스러운 어투로 덧붙였다.

"아는 게 워낙 없어서요."

"음, 이 사건을 어떻게 생각하십니까? 생각하시는 데 있어서라면 마플 양께서는 절대로 퇴보하는 일이 없으니까요."

더못 크래독이 재촉했다.

"밴트리 부인을 만나야 한다고 생각해요."

뜻밖에도 마플 양이 이렇게 대답했다.

"밴트리 부인이라뇨? 누구죠? 영화사 사람인가요?"

"아뇨. 가싱턴의 이스트로지에 사는 부인인데, 그날 파티에 참석했어요. 남편인 밴트리 대령과 함께 가싱턴의 주인이었죠."

"파티장에 참석한 부인이군요. 그녀가 목격한 거라도?"

"자기가 목격한 내용을 당신에게 직접 말해야 한다고 생각하고 있어요. 그 내용이 이 사건과 무슨 관계가 있냐고 여길 수도 있지만, 아마도, 정말 아마도 단서를 줄 거라고 생각해요. 내가 보냈다고 말하세요. 아, 레이디 샬럿을 언급하는 편이 차라리 낫겠어요."
더못 크래독은 고개를 약간 기울이고 그녀를 쳐다보았다.
"레이디 샬럿이라, 그게 암호군요?"
"그렇게 표현해도 될지는 모르겠어요. 어쨌든 그녀는 내 말뜻을 알겠죠."
마플 양의 대답을 들은 후 더못 크래독은 일어나면서 통고하듯 말했다.
"다시 오겠습니다."
"언제든지요. 시간이 나면 차라도 한잔해요. 아직도 차를 마신다면."
그녀가 기대에 차서 덧붙였다.
"요즘 젊은 사람들은 밖에 나가 먹고 마신다는 거 알아요. 오후의 차 마시는 시간을 구닥다리라고 여기죠."
"저도 그렇게 젊지는 않습니다. 알겠습니다. 언제 차 한 잔 마시러 오겠습니다. 차를 마시면서 마을 이야기나 실컷 하죠. 그건 그렇고 영화배우나 영화사에 대해 아는 사람 있으세요?"
"아무것도 없어요. 주워들은 걸 제외하면."
마플 양이 대답했다.
"음, 마플 양께서는 평상시에 듣는 이야기가 많으시군요. 안녕히 계세요. 만나서 반가웠습니다."

III

더못 크래독이 자신을 소개하자 밴트리 부인이 약간 놀라면서 인사했다.

"아, 안녕하세요? 만나게 되어 정말 흥분되는군요. 늘 부하와 같이 다니시지 않았나요?"

"물론 경사를 데려왔지만 바빠서요."

크래독이 대답했다.

"의례적인 수사인가요?"

밴트리 부인이 희망에 차서 물었다.

"그런 종류입니다."

더못이 진지하게 말했다.

그녀가 그를 작은 거실로 안내하며 말했다.

"제인이 보냈군요. 꽃꽂이를 하던 참이었죠. 오늘은 아무리 해도 잘 안 되는 날이에요. 꽃들이 서지 않아야 할 자리에 서 있거나 눕히고 싶은데 눕질 않아요. 다른 일이 생겨서 고마운데요. 꽤 흥미로운 사건이잖아요. 정말 살인 사건이라는 거죠?"

"살인 사건이라고 생각하셨습니까?"

"음, 사고일 가능성도 있다고 봤어요. 공식적으로는 결정적인 발표가 없었거든요. 증거도 없이 누가 어떤 방식으로 독약을 투약했는지에 대해 다소 한심한 소문만 나돌았죠. 물론 다들 살인 사건이라고 봤어요."

"누가 그렇게 했다고 보십니까?"

"그게 이상한 부분이죠. 우리는 몰라요. 누가 그런 짓을 했는지 도무지 모르겠어요."

"그 말씀은 실제로 가능하지 않다는 뜻입니까?"

"음, 아니요. 그건 아니죠. 어렵긴 하겠지만 불가능하지는 않다고 봐요. 내 말은 누가 그런 짓을 하고 싶어 했는지 모르겠다는 거죠."

"아무도 헤더 배드콕을 죽이고 싶어 하지 않았을 거라고 생각하십니까?"

"음, 솔직히 말해서 헤더 배드콕을 죽이고 싶었던 사람이 있다고는 상상할 수 없어요. 그녀를 꽤 여러 번 만났어요. 뭐, 지역 일 때문이죠. 여학생 안내단이나 성 요한 의료 봉사단, 교회 일이죠. 그녀는 상당히 노력하는 유형이었어요. 매사에 열정적이고 말할 때도 다소 과장하는 부분이 있고 감정을 내세우는 편이었죠. 하지만 죽이고 싶을 정도는 아니라고 봅니다. 그녀가 현관으로 다가오는 게 보이면 하녀(예전에는 다들 있었고 아주 유용했죠.)에게 '집에 없다.'거나 '찾아오는 사람이 있으면 집에 없다.'(하녀가 양심적이라면)고 시킬 그런 정도의 유형이죠."

"배드콕 부인을 피해 보려고 애는 쓰겠지만 영원히 제거할 필요는 못 느낀다는 뜻이군요."

"아주 적절한 표현이군요."

밴트리 부인이 인정하며 고개를 끄덕였다.

"사실 돈도 별로 없어서 그녀가 죽는다고 해서 이득을 볼 사람도 없습니다. 증오할 만큼 그녀를 싫어한 사람도 없는 것 같고요. 누구를 협박하진 않았겠죠?"

더못이 물었다.

"그녀는 그런 일은 꿈도 꾸지 못할걸요. 양심적이고 원칙주의자거든요."

밴트리 부인이 대답했다.

"남편이 바람을 피운 건 아닙니까?"

"그건 모르겠어요. 파티장에서 본 게 다인데요. 그 사람은 씹다 버린 끈 같았어요. 이럭저럭 괜찮지만 축축한."

"별로 건질 게 없지 않습니까? 결국 그녀가 무언가를 알았다는 가정에 힘이 실리는데요."

더못 크래독이 말했다.

"뭘 알았다고요?"

"다른 사람에게 해가 될 만한 내용 말입니다."

밴트리 부인이 다시 고개를 저었다.

"아닐걸요. 그건 아닐 거예요. 그녀는 누구에 대해 뭔가를 알았다면 말하지 않고는 못 배기는 성격이죠."

"음, 그 가능성마저 사라지는군요. 그래서 부인을 만나러 온 겁니다. 제가 가장 존경하고 찬탄하는 마플 양께서 레이디 샬럿에 대해 부인과 이야기해야 한다고 하셨습니다."

"아, 그거요."

밴트리 부인이 말했다.

"네. 그거죠! 그게 뭔지는 모르겠지만."
크래독이 그녀의 말을 받아넘겼다.
"요즘 사람들은 테니슨의 시를 별로 읽지 않아요."
"저는 몇 구절이 떠오르는군요. '그녀가 카멜롯을 쳐다보았다.' 맞습니까?

거미줄이 넓게 떠다닌다.
거울이 양쪽으로 깨졌다.
'내게 저주가 내렸다.'고
레이디 샬럿이 외쳤다."

"정확해요. 그녀가 그랬죠."
"죄송합니다만 누가 어땠다고요?"
"그렇게 보였어요."
"누가 어떻게 보였다는 거죠?"
"마리나 그레그요."
"아, 마리나 그레그요. 언제였죠?"
"제인 마플이 말해 주지 않던가요?"
"아무 말도 하시지 않고 부인께 가 보라고 하셨습니다."
"참, 제인도 너무하지. 나보다 설명을 더 잘하면서 그런다니까요. 남편은 내가 너무 뜬금없이 말해서 무슨 이야기를 하는 건지 모르겠다고 했어요. 내 상상에 불과할지도 몰라요. 하지만 누가 그런 것처럼 보일 때 기억하지 않을 수 없죠."

"자세히 말씀해 주십시오."

"음, 파티장에서였어요. 파티라고 부르도록 하죠. 딱히 적당한 말이 없으니까요. 계단 꼭대기 공간을 움푹 파낸 곳에서 열린 일종의 축하 연회라고 할 수 있죠. 그 자리에 마리나 그레그와 남편이 있었어요. 일부를 집 안으로 초대했죠. 한때 그 집의 주인이었다는 이유로 날 부른 것 같아요. 헤더 배드콕 부부는 축제의 자질구레한 일들을 주관한 인연으로 초대되었고요. 마침 우리는 거의 동시에 계단을 올라갔어요. 그래서 내가 그 자리에서 그걸 보게 된 거랍니다."

"알겠습니다. 언제 무엇을 보셨습니까?"

"음, 보통 사람이 유명 인사를 만나면 그러는 것처럼 배드콕 부인이 이야기를 길게 늘어놓았어요. 정말 화려하고 흥미진진하고 또 늘 만나고 싶었다는 그런 이야기죠. 그러더니 오래전에 그녀를 어떻게 만났는지, 또 얼마나 흥분했는지 떠들어댔죠. 그걸 보면서 저런 말에도 상냥하게 대해야 하다니 유명 인사들도 참 불쌍하다는 생각이 절로 들더군요. 그때 마리나 그레그가 상냥하게 대꾸하는 게 아니라는 걸 알게 되었어요. 그녀는 그저 노려보기만 했어요."

"배드콕 부인을 노려보았다는 겁니까?"

"아뇨, 아니에요. 그녀는 배드콕 부인을 완전히 잊은 것 같았어요. 무슨 말이냐면, 배드콕 부인의 이야기를 듣지 않더라고요. 그녀는 그저 노려보았죠. 그녀의 표정이 바로 무시무시한 것을 목격한 레이디 샬럿 같았죠. 자기가 보면서도 믿을 수 없고 차마 볼 수도 없이 두려운 것이죠."

"내게 저주가 내렸다?"

더못 크래독이 물었다.

"예, 바로 그거죠. 그래서 그 순간을 레이디 샬럿 표정이라고 부른 거죠."

"그녀가 뭘 보고 있었습니까?"

"음, 나도 그게 궁금해요."

"그녀가 계단 꼭대기에 있었다고 하셨죠?"

"그녀는 배드콕 부인의 머리 너머를 보았어요. 아니, 그보다는 한쪽 어깨 너머였던 것 같아요."

"계단 한가운데 말씀입니까?"

"약간 한쪽으로 기운 것 같았어요."

"사람들이 계속 계단을 올라왔죠?"

"아, 그래요. 대여섯 명 정도였던 것 같아요."

"그녀가 특히 누굴 주목해서 봤습니까?"

"잘 모르겠어요. 그쪽을 보지 않았거든요. 난 계단을 등지고 서서 그녀를 봤어요. 그녀가 그림을 보는 줄 알았죠."

"자기 집이니까 그 그림에 대해서도 잘 알지 않을까요?"

"아, 물론 그렇죠. 아뇨, 어떤 사람을 주목한 게 틀림없는 것 같아요. 정말 누군지 궁금하군요."

"찾아내도록 노력해야 합니다. 그곳에 온 사람들이 어떤 사람들이었는지 기억나십니까?"

더못 크래독이 물었다.

"글쎄요, 시장 부부가 온 건 생각나요. 또 기자도 있었죠. 빨간 머리였는데, 나중에 소개받았는데 이름이 생각나지 않아요. 원래 이름을 잘 안 듣는 편이라. 갈브레이드, 그런 이름 같았어요. 또 체구가 크고 검은 사람이 있었어요. 흑인은 아니고 피부색이 아주 검고 강해 보였어요. 어떤 여배우와 같이 있더군요. 지나치게 금발인 데다 육감적이었죠. 머치번햄에서 온 반스테이플 장군도 있었어요. 그 노장군이 이제 치매라니 불쌍하죠. 그 노친네가 누군가에게 불행한 운명을 가져다 줄 존재라고는 생각되지 않아요. 아, 농장의 그라이스 부부도 있었어요."

"그 사람들이 기억나는 사람 전부입니까?"

"글쎄요, 다른 사람들도 더 있었던 것 같아요. 특별히 주목하진 않았지만요. 시장과 반스테이플 장군, 미국인들이 그때쯤 도착했어요. 또 사진 찍는 사람들이 있었어요. 이 지역 남자가 하나 있고 런던에서 온 여자도 있었죠. 긴 머리에 꽤 큰 카메라를 들고 있었는데 예술가 같았어요."

"그중 누군가를 보고 마리나 그레그가 그런 표정을 지은 것이라고 생각하십니까?"

그의 말에 밴트리 부인이 솔직하게 대답했다.

"실은 아무 생각도 없었어요. 그녀가 도대체 왜 그런 표정을 지었는지 궁금했지만 그걸로 끝났죠. 물론 그런 건 나중에 생각나는 법이지요."

그녀가 다시 정직하게 덧붙였다.

"내 상상이었을지도 몰라요. 갑자기 치통이 도졌거나 안전핀에 찔렸거나 급하게 배탈이 났을지도 모르죠. 아무런 내색도 하지 않고 평상시처럼 보이려고 노력해도 결국 얼굴은 그렇게 처참해 보이거든요."

더못 크래독이 웃었다.

"부인께서 현실주의자라는 걸 알게 되어 기쁩니다. 그런 가능성도 있을 수 있죠. 그래도 중요한 지침이 될 수도 있는 흥미로운 사실입니다."

그는 고개를 내저으며 그 집에서 나와 머치번햄으로 향했다.

9장

I

"그러니까 지역 수사에서는 아무 결과가 없었단 말인가?"

크래독이 프랭크 코니시에게 담뱃갑을 내밀며 물었다.

"그렇습니다. 사이가 나쁜 사람이나 싸운 적도 없고 남편과도 금슬이 좋았답니다."

"남편이나 아내 중 내연 관계는 없었나?"

코니시가 고개를 저었다.

"없습니다. 그런 식의 소문은 전혀 없었죠. 부인이 그다지 매력적이진 않았습니다. 여러 위원회에 참가하다 보니 동네에서 사소한 알력은 있었지만 그 이상은 아닙니다."

"남편에게 결혼하고 싶어 했던 사람이 따로 있었나? 혹시 사내에서 맘에 둔 사람은 없고?"

"그는 부동산 중개와 감정 평가를 하는 회사인 '비들 앤드 러셀'에 다닙니다. 회사 동료 중 플로리 웨스트라는 여자는 아데노이드증이고, 그런들 양은 적어도 50세는 된 데다가 보릿자루처럼 평범하죠. 남자를 흥분시킬 만한 매력이라고는 전혀 없어요. 그 모든 점에도 불구하고 그가 곧 재혼한다고 해도 크게 놀라진 않을 것 같습니다."

크래독이 흥미를 보였다.

"이웃이 있어요. 과부죠. 검시 후에 그의 집에 함께 갔을 때 그 여자가 어느새 집 안에서 차도 만들어 주고 그를 돌봐 주었어요. 그는 놀라고 감사하는 것처럼 보였습니다. 그 여자는 그와 결혼하기로 마음을 정한 것 같은데, 그 불쌍한 친구는 아직 모르더군요."

"어떤 종류의 여자인가?"

"외모는 괜찮아요. 젊진 않아도 집시처럼 매력이 있어요. 혈색도 좋고 눈동자가 검어요."

"이름이 뭔가?"

"베인입니다. 메리 베인 부인이죠. 과부예요."

"남편은 무슨 일을 했었나?"

"모르겠습니다. 아들이 인근에 직장이 있어서 같이 산다고 합니다. 말이 없고 조신해 보였어요. 전에 본 것 같다는 기분이 듭니다."

그가 시계를 보았다.

"11시 50분입니다. 12시에 가싱턴 홀에서 약속을 잡아두었어요.

출발하시죠."

II

더못 크래독의 눈은 언제나 온화하고 무심해 보였지만 실은 가싱턴 홀을 꼼꼼하게 살펴보고 있었다. 코니시 경위는 헤일리 프레스턴이라는 젊은 남자에게 더못 크래독 경감을 인도하고는 적당히 때를 봐서 먼저 떠났다. 그 이후로 더못 크래독은 프레스턴 씨에게 내내 고개를 끄덕였다. 헤일리 프레스턴이 하는 일은 제이슨 러드의 홍보나 개인 전담 조수, 개인 비서이거나 혹은 이 모두를 합한 것처럼 보였다. 그는 편하고 길게 이야기하면서도 같은 말을 반복하지 않는 재주가 있었다. 즐거운 청년이었고, 팡그로스 의사(볼테르의 『캉디드』에 등장하는 대단히 낙천적인 인물 — 옮긴이)처럼 최고로 가능한 세계를 위해 자신의 견해를 자기가 아는 사람 누구와도 공유하고 싶어 안달인 것 같았다. 그는 이 사건이 얼마나 괴로운 일인지, 다들 얼마나 걱정하는지, 특히 마리나 양은 아주 기운이 빠졌고, 러드 씨는 표현할 수 없을 정도로 격노했으며 그런 일이 일어났다는 것 자체가 엄청난 일이라고 여러 번 각기 다른 식으로 말했다. 그는 특정한 약물에 알레르기 반응을 일으킨 건지도 모른다고 견해를 밝히기도 했다. 알레르기라는 것이 워낙 특별한 것이기 때문이다. 크래독 경감에게는 헬링포스 스튜디오나 관련자들이 어느 면으로든 협조를 아끼지 않을 것이라고 했다. 필요한 건 무엇이든 물어보고 또 원하는 곳은 어디든 가도 되며 어떤 면으로든 도움이 될 수 있다면 기꺼이 그렇게 하겠다고 말했다. 그들은 배드콕 부인을 최대한 존중하며, 그녀가 성 요한 의료 봉사단 협회에 보여 준 소중한 성과와 강한 사회 의식에 감사한다고 전했다.

그는 또다시 말을 이었는데, 같은 단어는 아니지만 내용은 대동소이했다. 그들은 누구보다 더 기꺼이 협조할 것이며 동시에 이 사건이 범접하기 힘든 스튜디오 세계와는 얼마나 딴판인지 모르지만 제이슨 러드 씨와 마리나 그레그 양, 그 외 집안 사람 누구라도 어떤 식으로든 도움이 되도록 최선을 다할 것이라고 강조했다. 그러고는 고개를 마흔네 번이나 끄덕였다. 더못 크래독이 그 틈을 이용해서 얼른 말했다.

"대단히 감사합니다."

그의 말투는 조용했지만 결단성이 느껴졌다.

"음……."

헤일리 프레스턴은 움찔해서 궁금한 표정으로 말을 멈추었다.

"질문해도 된다고 하셨습니까?"

"물론, 물론입니다."

"여기가 그녀가 죽은 곳인가요?"

"배드콕 부인 말인가요?"

"배드콕 부인이죠. 여기가 거긴가요?"

"예, 그럼요. 바로 여기죠. 그 의자도 보여 드릴 수 있는걸요."

그들은 층계참의 깊이 파인 공간에 서 있었다. 헤일리 프레스턴이 복도 쪽으로 걸어가더니 조금 어설퍼 보이는 오크재 안락의자를 가리켰다.

"바로 저기 앉아 있었죠. 기분이 좋지 않다고 했어요. 그래서 누가 뭘 갖다 주려고 간 사이에 바로 저기에서 죽었어요."

"그렇군요."

"최근 병원에 갔었는지는 잘 모르겠어요. 혹시 심장에 이상이 있다고 주의를 받았다면……."

"심장에는 아무 문제도 없었습니다. 건강한 여인이었죠. 최대 용량의 여섯 배나 초과해서 죽었어요. 공식 약명은 발음하기도 힘든데 보통 칼모라고 부르죠."

"저도 알아요. 저도 가끔 먹는걸요."

헤일리 프레스턴이 말했다.

"정말인가요? 흥미롭군요. 효과가 좋던가요?"

"끝내주죠. 기운 나게 하는 동시에 마음을 진정시키죠. 무슨 말인지 아시겠어요? 당연히 적정량을 복용해야 해요."

"이 집 안에도 그 약물이 있습니까?"

그는 이미 답을 알면서도 모르는 것처럼 질문을 던졌다. 헤일리 프레스턴이 아주 솔직하게 대답했다.

"아주 많아요. 여기 욕실 장 대부분에 그 약병이 있을걸요."

"우리 임무가 쉽지 않겠는데요."

"그렇죠. 그녀가 직접 약을 먹었다가 알레르기가 일어났을 수도 있고요."

크래독이 쉽게 용납하지 못하는 것 같자 헤일리 프레스턴이 한숨을 내쉬며 물었다.

"용량은 확실한가요?"

"아, 그럼요. 치명적인 양인 데다 배드콕 부인은 그런 걸 먹지 않았어요. 평소에 중탄산나트륨이나 아스피린 정도만 먹었다고 확인되었습니다."

헤일리 프레스턴은 고개를 내저으며 말했다.

"그거 참 문제군요. 정말 그렇겠어요."

"러드 씨와 그레그 양이 손님을 맞이한 곳이 어디인가요?"

"바로 여기죠."

헤일리 프레스턴이 계단 꼭대기 지점으로 갔다.

크래독 경감이 그 옆에 섰다. 그는 맞은편의 벽을 바라보았다. 벽 한가운데에 이탈리아 화가가 그린 성모 마리아와 아이의 그림이 있었다. 그는 유명한 그림을 제대로 복제한 모양이라고 추정했다. 푸른 옷의 성모가 어린 예수를 들어 올리고 모자가 함께 웃고 있었다. 양쪽에 사람들이 서 있는데 모두의 눈이 아이에게 향해 있었다. 즐거운 표정의 성모 마리아였다. 그림 오른쪽과 왼쪽으로 좁은 창이 두 개 나 있었다. 전체적으로 멋진 분위기이긴 해도 불운이 닥친 레이디 샬럿 같은 표정을 짓게 할 만큼 특별한 점은 없어 보였다.

"사람들이 계단 위로 올라왔겠죠?"

그가 물었다.

"그럼요. 한 번에 몰려오진 않고 이슬비처럼 조금씩 왔습니다. 제가 일부를 데려왔고, 러드 씨의 비서인 엘라 질린스키도 데려왔어요. 격식을 차리지 않고 즐거운 파티가 되기를 바랐으니까요."

"배드콕 부인이 올라왔을 때 당신도 이 자리에 있었습니까?"

"좀 부끄러운 이야기지만 기억이 나지 않습니다, 크래독 경감님. 명단을 들고 밖에 나가 사람들을 데려왔죠. 인사를 시키고 음료수를 준 다음에 다시 나가서 일행을 데려와야 했어요. 그때 배드콕 부인이라는 사람은 얼굴도 몰랐고 제 명단에도 없었어요."

"밴트리 부인이라는 사람은 어떻죠?"

"아, 예전에 이 집의 주인이었다죠. 그녀와 배드콕 부부가 동시에 올라왔던 것 같습니다."

그가 잠시 말을 멈추었다.

"시장님도 바로 그때 왔죠. 그는 커다란 체인을 달았고 부인은 금발에 프릴이 달린 감청색 옷을 입고 있었어요. 모두 기억납니다. 제가 그 사람들에게 음료수를 따라 주지는 않았어요. 다른 일행을 데리러 내려가야 했거든요."

"그러면 누가 음료수를 따라 주었죠?"

"글쎄요, 정확히는 모릅니다. 저희 중 서너 명이 근무를 섰으니까요. 제가 막 내려갈 때 시장님이 올라왔다는 건 알아요."

"당신이 내려갈 때 계단에 누가 또 있었는지 기억나십니까?"

"짐 갈브레이스요. 이 축제를 취재하는 신문사 기자였죠. 잘 모르는 사람이 서넛 있었어요. 사진사가 둘이었는데 하나는 이 지역 출신인데 이름이 기억나지 않습니다. 또 런던 출신의 예술가 같은 여자 사진 작가도 있었는데 다소 특이한 각도로 촬영하는 모습이 전문가 같았죠. 그레그 양이 손님을 접대하는 장면을 찍으려고 카메라를 한쪽 구석에 세웠더군요. 아, 생각해 보니 그때 아드윅 펜이 도착했던 것 같습니다."
"아드윅 펜이 누굽니까?"
헤일리 프레스턴은 그 질문에 충격 받은 것 같았다.
"대단한 인물입니다, 경감님. 텔레비전과 영화계의 거물이죠. 그가 이 나라에 있다는 것도 몰랐죠."
"그가 나타났다는 게 그렇게 놀라운 일인가요?"
"그렇고말고요. 그 자리에 왔다는 건 즐거운 일이고 또 상당히 뜻밖이었죠."
"그레그 부부의 오랜 친구였나요?"
"오래전에 마리나 양이 두 번째 결혼했을 때부터 알고 지낸 친구죠. 제이슨 씨와 어느 정도 친분이 있는지는 잘 모릅니다."
"어쨌거나 그가 온 게 놀랍고 반가웠던 거군요?"
"그럼요, 모두 기뻐했죠."
크래독은 고개를 끄덕이고 다른 주제로 넘어갔다. 그는 접대한 음료수와 성분, 누가 어떤 식으로 접대했는지, 또 집 안의 하인과 임시 하인들이 어떻게 일을 했는지 자세하게 물었다. 코니시 경위가 이미 지적한 대로, 서른 명 중 하나가 헤더 배드콕을 독살하기란 대단히 쉬웠지만 서른 명 중 하나가 그런 일을 저지르는 것 역시 대단히 쉽게 목격되었을 것 같았다! 크래독은 대담한 시도였다고 생각했다.

결국 그가 말했다.

"고맙습니다. 이제 괜찮다면 마리나 그레그 양과 이야기하고 싶은데요."

헤일리 프레스턴이 고개를 저었다.

"죄송합니다. 정말 죄송합니다만 불가능합니다."

크래독이 눈썹을 치켜떴다.

"왜죠?"

"지금 완전히 기진맥진했습니다. 그레그 양의 주치의가 여기 내려와 있습니다. 진단서를 써 주었는데 제가 갖고 있어요. 보여 드릴게요."

크래독이 진단서를 받아서 읽었다.

"그렇군요. 마리나 그레그 씨는 주치의가 늘 옆에 있습니까?"

"배우들은 모두 대단한 긴장 상태에 있습니다. 이곳의 생활이 긴장의 연속이니까요. 대스타들은 대개 자신의 몸과 정신 상태를 잘 이해하는 주치의를 두는 게 일반적입니다. 모리스 길크리스트는 명성이 자자한 의사로 오랫동안 그레그 양을 맡았습니다. 지난 4년간 그녀가 몹시 아팠다는 건 기사를 읽었으면 아실 겁니다. 오랫동안 입원도 했고, 겨우 1년 전에 원기와 건강을 회복했죠."

"그렇군요."

헤일리 프레스턴은 크래독이 더 이상 항의하지 않자 안심한 것 같았다.

"러드 씨를 만나시겠어요? 이제…….."
그가 시계를 보며 말을 이었다.
"……10분 후면 스튜디오에서 돌아올 겁니다. 그래도 괜찮으시겠어요?"
"아주 좋습니다. 지금 길크리스트 의사가 집에 있습니까?"
"그렇습니다."
"그렇다면 그분과 이야기하고 싶군요."
"아, 그러시죠. 당장 모셔 오겠습니다."
젊은이가 서둘러 나갔다. 더못 크래독은 계단 꼭대기에 서서 생각에 잠겼다. 밴트리 부인이 말했던 얼어붙은 표정은 오롯이 그녀의 상상이었을지도 모른다. 그녀는 성급하게 결론을 내리는 여자 같았다. 하지만 그녀가 성급하게 내린 결론이 맞을 수도 있었다. 자신에게 불운이 닥친 것을 알게 된 레이디 샬럿의 표정 정도는 아니더라도 마리나 그레그는 귀찮거나 성가신 무언가를 목격했을지도 몰랐다. 그래서 이야기를 나누던 손님에게 무심하게 굴었던 것이다. 누군가가 이 계단을 올라왔다. 예기치 못한 손님으로 설명될 수 있는 사람. 예기치 못한 손님이라면?
그는 발자국 소리에 고개를 돌렸다. 헤일리 프레스턴이 모리스 길크리스트 의사와 함께 다시 나타났다. 길크리스트 의사는 더못 크래독의 예상과는 딴판이었다. 침대맡에서 상냥하게 말하는 타입도 연극배우처럼 생긴 타입도 아니었다. 그는 분명히 퉁명스럽지만 현실적이고 진실되어 보였다. 트위드 양복을 입었는데, 영국인이 보기에는 다소 화려해 보였다. 숱이 많은 갈색 머리에 검은 눈동자가 주의 깊고 예리했다.

"길크리스트 선생님이십니까? 경감 더못 크래독입니다. 개인적으로 몇 말씀 나눠도 되겠습니까?"

의사가 고개를 끄덕이더니 복도를 돌아 거의 끝까지 가서 문을 열고 크래독에게 들어오라고 청했다.

"여기에서는 아무 방해도 받지 않을 겁니다."

의사가 사용하는 침실 같았는데, 아주 편안하게 장식된 방이었다. 길크리스트 의사가 자리에 앉으며 경감에게도 의자를 가리켰다.

"선생님께서 마리나 그레그 양이 이야기를 할 수 없다고 하셨다는데, 무슨 문제라도 있습니까?"

길크리스트가 어깨를 약간 으쓱해 보였다.

"신경쇠약입니다. 지금 질문을 받는다면 10분 내에 히스테리를 일으킬 겁니다. 그런 일은 허용할 수 없습니다. 경찰의를 보내신다면 기꺼이 제 견해를 말씀드리죠. 바로 이런 이유 때문에 검시에도 참석할 수 없습니다."

"그런 상태가 얼마나 지속될 것 같습니까?"

길크리스트 의사는 그를 보며 미소를 지었다. 호감이 가는 미소였다.

"의학적인 견해가 아니라 제 개인적인 견해를 물어보신 거라면 48시간 이내에 그녀는 기꺼이 경감님을 만나자고 먼저 청할 겁니다. 여기 사람들은 다 그러니까요."

그가 앞으로 몸을 기울였다.
"여기 사람들이 왜 그런 식으로 행동하는지 설명드리겠습니다. 영화계의 생활은 끊임없이 긴장이 이어지고 성공할수록 긴장도는 더해 갑니다. 언제나 사람들의 눈앞에서 사니까요. 촬영을 할 때도 오랜 시간 대단히 단조롭게 일합니다. 아침부터 기다리며 앉아 있죠. 조금 촬영하고 다시 또 찍고 또 찍습니다. 무대에서 연습한다면 한 막 전부나 일부를 연습하죠. 연속성이 있다면 인간미가 있고 믿을 만도 합니다. 그런데 영화를 촬영할 때는 아무런 연속성도 없습니다. 단조롭고 지루해서 진이 다 빠지죠. 물론 호화롭게 살면서 안정제를 복용하고 목욕하고 크림과 파우더를 바릅니다. 진료도 받고 쉬면서 파티를 즐기고 사람들을 만나지만 그래도 늘 사람들의 시선을 받죠. 조용히 즐길 수가 없는 겁니다. 정말이지 절대로 쉴 수 없죠."

"이해하겠습니다. 예, 이해해요."

더못이 말했다.

"또 있습니다. 만약 이 직업을 택해서 특별한 재능을 보이면 특정한 유형의 사람이 됩니다. 제 경험으로는 신경이 너무 예민해져서 내내 자신감 없이 고통 받게 되는 거죠. 자신이 이 역할에 적당하지 못하다는 괴로움이나 자신에게 요구되는 것을 해낼 수 없다는 걱정에 사로잡히는 겁니다. 배우들은 허영심이 강하다고들 하지만, 사실은 다릅니다. 그들은 자만심이 강하지 않습니다. 자신에게 집착하면서 늘 확인받으려고 합니다. 계속해서 확인을 받으려고 하는 거죠.

제이슨 러드에게 물어보면 그도 똑같은 이야기를 할 겁니다. 해낼 수 있을 거라고, 할 수 있다고 느끼게 해 주고 확신을 줘야 합니다. 계속 같은 이야기로 격려하다 보면 결국 원하는 결과를 얻는 거죠. 그래도 그들은 언제나 자신에게 회의적입니다. 그래서 보통 사람들 말로 신경질적이라는 평을 듣는 겁니다. 그들은 신경 상태가 최악일수록 일을 더 잘합니다."

"그거 흥미로운데요. 아주 흥미로워요."

크래독이 잠시 말을 끊었다가 다시 이었다.

"그런데 선생님이 왜……."

"마리나 그레그를 이해해 달라고 애쓰는 중입니다. 물론 그녀의 영화를 보셨겠죠?"

모리스 길크리스트가 물었다.

"훌륭한 배우죠. 훌륭해요. 개성과 미모를 갖춘 데다 공감을 주니까요."

더못이 말했다.

"그래요. 그녀는 그런 요소를 모두 갖추었지요. 그 효과를 발휘하기 위해 악마처럼 일해야 하는데, 그 과정에서 신경이 갈래갈래 찢어지는 거죠. 체력도 그다지 강인하지 못합니다. 필요할 만큼 강하지 못해요. 절망과 환희 사이를 오르락내리락 하는 기질이 있는데, 본인도 어쩔 수 없나 봐요. 그렇게 타고난 거니까요. 인생도 고통이 많았죠. 자신의 결점에서 비롯된 고통도 많았지만 그렇지 않은 부분도 있습니다. 이번 결혼을 제외하면 결혼 생활도 행복하지 못했어요. 다행히 이번에는 그녀를 진심으로 몇 년 동안 사랑해 온 남자와 결혼했어요. 이제 사랑에서 안식처를 찾고 행복해 합니다. 적어도 지금은 행복하죠. 이 행복이 얼마나 지속될지 아무도 장담할 수 없지만요. 모든 것이 동화처럼 실현되고 문제가 전혀 없고 다시는 절대로 불행해지지 않을 순간이나 장소를 자신이 마침내 찾았다고 생각하는 데 그녀의 문제가 있어요. 아니면 인생이 파멸되어 이전이나 이후에도 사랑과 행복을 누리지 못할 사람처럼 나락에 빠지고 말죠."

그가 아무 감정도 없는 사람처럼 덧붙였다.

"그녀가 이 양극 가운데에서 멈출 수 있다면 본인에게는 아주 좋을 거고, 이 세계는 좋은 여배우 한 명을 잃게 되겠죠."

그가 말을 멈추었지만 더못 크래독은 아무런 대꾸도 하지 않았다. 모리스 길크리스트가 왜 그런 말을 했는지 의아했다. 왜 마리나 그레그를 자세하게 분석한 것일까? 길크리스트가 그를 쳐다보았다. 더못에게 구체적으로 어떤 질문을 하라고 강요하는 것 같았다. 더못은 자기가 무슨 질문을 해야 하는 건지 궁금했다. 마침내 그가 천천히 신중하게 입을 열었다.

"그녀는 이곳에서 비극이 발생해서 몹시 당황했겠군요?"

"그렇습니다. 그랬죠."

"정도가 심했습니까?"

"보기 나름이죠."

"보기 나름이라뇨?"

"그렇게 당황하게 된 그녀의 이유 나름이죠."

더못이 신중하게 대꾸했다.

"충격을 받았겠죠. 파티 중간에 갑자기 누가 죽었으니까요."

그는 자기 앞의 사람이 거의 아무런 반응도 보이지 않자 다시 물었다.

"아니면 그 이상일 수도 있을까요?"

길크리스트 의사가 대답했다.

"물론 사람들이 어떤 식으로 반응할 거라고 말할 수는 없습니다. 그 사람들을 얼마나 잘 안다고 말할 수도 없죠. 마리나는 자기 식으로 처신할 수 있었어요. '아, 정말 불쌍한 여자예요. 이런 일이 일어나다니 정말 비통하군요.' 그녀는 그다지 신경을 쓰지 않으면서도 동정심을 보일 수 있었어요. 영화에서 때로 파티 중 죽는 장면이 연출되곤 하니까요. 아니면 흥미로운 일이 별로 없었다면 그녀는 연극처럼 처신해야겠다고 선택(무의식적으로 선택한다는 뜻이죠.)할 수 있었겠죠. 요란법석을 떨 수도 있었다는 겁니다. 아니면 아주 다른 이유가 있을 수도 있죠."

더못은 더 이상 빙빙 돌지 말아야겠다고 결심했다.

"실제로 무슨 생각을 하는지 말해 주셨으면 합니다."

"저도 모릅니다. 확신이 서지 않아요."

길크리스트 의사가 잠시 말을 끊었다가 다시 이었다.

"직업상의 윤리죠. 의사와 환자라는 관계가 있어서요."

"그녀가 당신에게 무슨 말을 했습니까?"

"거기까지 말하진 못하겠는데요."

"마리나 그레그가 헤더 배드콕이라는 여자를 알고 있었나요? 전에 만난 적이 있었습니까?"

"천지창조 때부터 알았다고는 생각하지 않습니다. 아뇨, 그건 문제가 아닙니다. 헤더 배드콕과는 전혀 상관이 없다고 말씀드리죠."

더못이 물었다.

"칼모라는 약물 말인데, 마리나 그레그가 직접 복용한 적이 있습니까?"

"그 약에 의지해서 살죠. 여기 다른 사람도 모두 그렇습니다. 엘라 질린스키나 헤일리 프레스턴도 먹고, 거의 절반이 먹고 있어요. 요즘 유행이라. 이런 약들은 다 그게 그겁니다. 어떤 약에 싫증이 나면 새로 나온 걸 먹어 보고 좋다고 여기죠. 그래서 차이가 생기는 겁니다."

"차이가 생기나요?"

"음, 차이가 좀 생기죠. 효과가 나름 있으니까요. 기분을 진정시키거나 원기를 북돋워 줘서 불가능하다고 여겼던 것도 할 수 있다고 느끼게 해 줍니다. 저는 필요 이상으로 처방하지 않지만, 적정량을 먹으면 위험하지 않아요. 스스로 헤쳐 나갈 수 없는 사람들에게 도움이 되니까요."

"선생님께서 무슨 말을 하고 싶어 하는 건지 알고 싶은데요."

더못 크래독이 말했다.

"제 의무가 무엇인지 판단하려고 노력하는 중입니다. 두 가지 종류의 의무가 있어요. 우선 의사로서 환자에 대한 의무가 있죠. 환자에게서 들은 건 비밀을 지켜야 하지만 또 다른 면도 있습니다. 환자에게 위험하다고 판단되면 그 위험을 피하려는 조치를 취해야 하니까요."

그가 말을 멈추었다. 크래독은 그를 바라보며 다음 말을 기다렸다. 길크리스트 의사가 다시 말했다.

"그래요. 어떻게 해야 할지 알 것 같습니다. 크래독 경감님, 제가 하는 이야기를 듣고 비밀을 지켜 달라고 부탁드립니다. 물론 당신 동료들에게는 상관없지만, 바깥 세계, 여기 이 집 안에서는 안 됩니다. 동의하시겠습니까?"

"장담은 못합니다. 어떤 일이 벌어질지 모르니까요. 그렇지만 일반적으로는 동의합니다. 그러니까 선생님이 어떤 정보를 주더라도 동료들에게만 알리도록 하죠."

길크리스트 의사가 말했다.

"제 이야기가 전혀 중요하지 않을 수도 있습니다. 마리나 그레그 같은 정신 상태의 여자라면 무슨 말이라도 할 겁니다. 그녀가 저에게 해 준 이야기를 하겠습니다. 전혀 아무것도 아닐 수도 있지만."

"뭐라고 했습니까?"

크래독이 물었다.

"그녀는 이 사건이 터진 후 신경쇠약에 걸려서 저를 불렀죠. 진정제를 투약하고 침상 옆에서 그녀의 손을 잡고 안정하라고, 모든 게 잘될 거라고 말해 주었죠. 그런데 그녀가 무의식 상태에 빠지기 전에 이렇게 말했어요. '날 겨냥한 거였어요, 선생님.'"

크래독이 빤히 앞을 노려보았다.

"그녀가 그렇게 말했다고요? 그 뒤, 그러니까 그 다음 날에도요?"

"다시는 그런 식의 말을 하지 않았습니다. 다시 그 이야기를 꺼냈지만 피하면서 이렇게 대꾸하더군요. '아, 선생님이 잘못 들은 게 분명해요. 나는 그런 말을 절대로 하지 않았다고 확신해요. 약에 취했나 봐요.'"

"그래도 그녀가 진담이었다고 생각하시죠?"

"그녀는 진담이었어요. 그렇다고 상황이 진짜로 그랬다는 건 아닙니다."

길크리스트가 경고의 말을 덧붙였다.

"살인범이 마리나를 독살하려 했는지, 아니면 헤더 배드콕을 독살하려 했는지는 모릅니다. 경감님이 저보다 더 잘 알겠죠. 그저 마리나 그레그가 그 독약이 자기를 겨냥했다고 믿는다는 이야기를 하고 싶었습니다."

크래독은 잠시 아무 말도 않다가 말했다.

"고맙습니다, 선생님. 말씀해 주셔서 감사드리고, 또 왜 그러셨는지도 알겠습니다. 마리나 그레그가 말한 것이 사실이라면 아직도 그녀에게 위험이 된다는 건가요?"

"바로 그겁니다. 그게 중요하죠."

"그럴 수도 있다는 이유가 있습니까?"

"아뇨."

"그녀가 그렇게 생각하는 이유를 아십니까?"

"아뇨."

"고맙습니다."

크래독이 일어났다.

"하나만 더 물어보겠습니다. 남편에게도 같은 말을 했는지 아십니까?"

길크리스트가 천천히 고개를 저었다.

"아뇨. 그건 확신합니다. 남편에게는 말하지 않았어요."

그의 눈과 더못의 눈이 잠시 마주쳤다. 그가 고개를 짧게 끄덕이며 말했다.

"더 이상은 저에게 볼 일이 없으시죠? 이제 환자를 보러 가야겠습니다. 가능해지는 대로 그녀와 이야기를 나누게 해 드리지요."

의사가 방에서 나갔다. 크래독은 아주 가늘게 휘파람을 불었다.

10장

"제이슨 씨가 오셨습니다. 저와 같이 가시겠어요? 방으로 모셔다 드리죠."

헤일리 프레스턴이 말했다.

제이슨 러드가 사무실과 거실 겸용으로 사용하는 방은 2층에 있었다. 호사롭지는 않았지만 편안했다. 방 주인의 개인적인 취향이 전혀 드러나지 않는 평범한 방이었다. 제이슨 러드가 책상 앞에서 일어나 더못 쪽으로 다가왔다. 더못은 그 방에 개성이 있을 필요가 전혀 없다고 생각했다. 방 주인이 개성이 너무 많았던 것이다. 헤일리 프레스턴은 능변의 수다쟁이였고 길크리스트는 힘과 설득력이 있었다. 더못은 이 사람만은 마음을 읽기가 쉽지 않을 거라고 즉각 인정했다. 크래독은 지금까지 직업상 많은 사람을 만나고 평가해 왔다. 이제는 상대의 잠재력을 깨닫고 접촉하는 사람들 대부분의 생각을 읽는 데 능숙해졌다. 그러나 제이슨 러드가 어떤 생각을 하는지는 스스로 허용하는 한에서만 추정할 수 있다는 느낌이 들었다. 움푹 들어간 두 눈은 생각에 잠겨 있었지만 쉽사리 드러낼 것 같지 않았다. 못생기고 울퉁불퉁한 두상은 특별한 지능이 있어 보였다. 광대 같은 얼굴은 혐오감을 줄 수도 있지만 매력적으로 작용할 수도 있다. 크래독은 신경을 집중하고 이야기를 들어야겠다고 생각했다.

"혹시 절 기다리셨다면 죄송합니다, 경감님. 스튜디오에서 갑자기 일이 있어서 오래 걸렸습니다. 음료 한 잔 드릴까요?"

"괜찮습니다, 러드 씨."

광대 모양의 얼굴이 갑자기 냉소와 흥미가 뒤섞인 표정으로 일그러졌다.

"음료수를 마실 집은 아니라고 생각하는 건가요?"

"사실대로 말씀드리자면 제가 하고 있던 생각은 그런 게 아니었습니다만."

"아니, 아니겠죠, 그렇지는 않으실 텐데. 음, 뭘 알고 싶은 건가요? 제가 무슨 이야기를 해 드려야 할까요?"

"프레스턴 씨가 제 질문에 아주 정확하게 대답해 주었습니다."

"도움이 되었나요?"

"예상보다 도움이 되지 못했죠."

제이슨 러드가 질문하는 표정을 지었다.

"길크리스트 의사도 만났습니다. 부인께서 아직 건강이 좋지 못해서 질문을 견디지 못할 거라고 하더군요."

"마리나는 아주 예민합니다. 솔직히 말해서 신경과민이죠. 더군다나 바로 옆에서 살인 사건이 터졌으니 그럴 만도 하죠."

"즐거운 경험은 아니죠."

더못 크래독이 냉랭하게 대꾸했다.

"어쨌든 제가 말씀드릴 것 이상으로 아내가 말씀드릴 게 있다고는 생각하지 않습니다. 그 일이 벌어졌을 때 저는 아내 옆에 서 있었고 솔직히 아내보다 관찰력이 뛰어나니까요."

"우선 질문하고 싶은 건, (선생님께서 이미 대답하셨을지도 모르지만 그럼에도 다시 질문하고 싶은 건) 선생님이나 선생님 부인께서 과거에 헤더 배드콕을 알았냐는 겁니다."

제이슨 러드가 고개를 저었다.

"전혀 아닙니다. 평생 그 여자를 본 적이 없습니다. 성 요한 의료봉사단 위원회를 대표해서 그녀가 보낸 편지를 두 번 받았지만 개인적으로 만난 적은 없고 그녀가 죽기 5분 전에 본 게 처음입니다."

"그녀가 부인을 만났었다고 주장했죠?"

제이슨 러드가 고개를 끄덕였다.

"예, 약 12년에서 13년 전이었다고 추정합니다. 버뮤다에서 마리나가 야전 병원을 위해 개최한 큰 정원 파티였다고 하더군요. 배드콕 부인은 소개를 받자마자 자기가 감기에 걸려 누워 있다가 그 파티에 참석하려고 간신히 일어나서 사인도 받았다고 장광설을 늘어놓더군요."

다시 냉소적인 미소가 그의 얼굴에 번졌다.

"그건 아주 흔한 일입니다, 경감님. 아내의 사인을 받으려고 많은 사람이 줄을 서고, 또 그 순간을 소중히 여기고 기억하죠. 그들의 삶에서 큰 사건이라고 할 만합니다. 아내가 사인을 원하던 수천 명 중에서 한 명을 기억하지 못하는 것도 역시 당연합니다. 솔직히 말해서 아내는 배드콕 부인을 만난 일을 전혀 기억하지 못했습니다."

"잘 알겠습니다, 러드 씨. 헤더 배드콕이 이야기하는 동안 부인이 잠시 정신이 흐트러졌다고 누가 말하더군요. 그런 일이 있었다는 데 동의하십니까?"

"그럴 수 있습니다. 마리나는 그다지 건강이 좋지 않습니다. 물론 아내는 제가 공공 사회 사업이라고 부르는 일에 익숙해서 거의 자동적으로 의무를 수행합니다. 그래도 힘든 하루가 끝날 무렵이면 종종 기운이 처지죠. 바로 그런 순간이었을 겁니다. 실은 저는 주목하지 못했지만요. 아니, 잠깐만요, 아닙니다. 기억납니다. 아내가 배드콕 부인의 말에 다소 느리게 응답했어요. 그래서 제가 아내의 옆구리를 살짝 찔렀던 것 같은데요."

"아마도 뭔가에 주의가 분산되셨던 모양이죠?"

더못이 물었다.

"그럴지도요. 피로 때문에 순간적으로 실수한 것일 수도 있죠."

더못 크래독은 잠시 아무 말도 하지 않고 창밖을 내다보았다. 가싱턴 홀을 둘러싼 숲 위의 풍경이 다소 침울해 보였다. 그는 벽에 걸린 그림들을 바라보다가 제이슨 러드를 보았다. 그의 표정은 예의 바르지만 그 이상은 아니었다. 그의 감정을 전혀 읽을 수 없었다. 그는 친절하고 아주 편해 보였다. 그러나 실제로는 전혀 그런 유형이 아닐 수 있다고 더못은 추측했다. 정신력이 대단한 사람이었다. 상대가 탁자에 카드를 내놓지 않는 한 그는 자기가 말할 준비가 되어 있지 않은 것을 상대에게 전혀 밝히지 않을 것이다. 더못은 정면 승부를 하기로 결심했다.

"러드 씨, 헤더 배드콕의 독살이 실은 우연일 거라고 생각해 보신 적 있습니까? 희생자로 지목된 사람이 실은 부인이었다고요."

침묵이 흘렀다. 제이슨 러드는 표정 하나 변하지 않았다. 더못은 아무 말 없이 기다렸다. 마침내 제이슨 러드가 깊이 숨을 내쉬더니 편한 표정을 지었다.

"그렇습니다. 경감님 말이 맞습니다. 내내 그럴 거라고 확신했습니다."

"하지만 그런 취지의 말씀은 전혀 안 하셨습니다. 코니시 경위에게나 검시 중에도."

"그렇습니다."

"왜 그러셨죠?"

"아무런 증거도 없이 순전히 제 개인적인 확신이었다는 게 대답이 될 것 같습니다. 경찰 측에서 다 아는 사실에 기초해서 그런 추리를 했으니까요. 경찰은 저보다 더 판단할 자격을 갖추었겠죠. 저는 배드콕 부인에 대해 개인적으로 아는 바가 전혀 없습니다. 그녀에게 적이 있을지도 모릅니다. 이 특별한 경우에 그녀에게 치명적인 약물을 투입해야겠다고 결정했을 그런 사람 말입니다. 비록 아주 기이하고 무리한 결정으로 보이지만요. 하지만 이런 공식 행사라면 혼란이 더욱 가중될 것이며 낯선 사람들이 상당히 많이 모였기 때문에 그런 일을 저지른 사람을 찾아내기가 더 어렵다는 이유로 일부러 선택할 수도 있죠. 지금까지 드린 말씀도 모두 사실이지만 솔직히 말씀드리죠. 이런 이유로 아무 말도 하지 않은 건 아닙니다. 진짜 이유를 말씀드리겠습니다. 아내가 간신히 독살을 피한 거라고 잠시라도 생각하지 말았으면 하고 바랐습니다."

"솔직히 말씀해 주셔서 감사합니다. 아무 말씀도 하시지 않은 이유를 제대로 파악한 건 아니지만요."

"이해가 잘 안 되실까요? 설명하기가 좀 힘듭니다. 마리나를 이해하려면 알아야 할 게 있습니다. 아내는 행복과 안전이 몹시도 필요한 사람입니다. 물질적으로 대단히 성공을 거두었고 예술적으로도 명성을 얻었지만 개인적으로는 무척 불행했어요. 아내는 자신이 행복을 찾았다고 생각하고 지나칠 정도로 기분이 좋아졌다가 희망을 내팽개치는 일을 여러 번 반복했습니다. 인생을 합리적이고 신중하게 바라볼 능력이 없었던 거죠. 과거에도 여러 번 결혼할 때마다 동화를 읽는 아이처럼 영원히 행복하게 살기를 기대했죠."

다시 광대처럼 못생긴 얼굴에 모순적인 미소가 떠오르더니 갑자기 기이하면서도 다정한 얼굴로 바뀌었다.

"그렇지만 결혼은 그런 게 아니죠. 영원히 환희가 지속될 수는 없습니다. 조용히 만족하면서 평온하고 고요한 행복과 애정을 누릴 수 있다면 정말 운이 좋은 거지요."

그가 질문을 덧붙였다.

"기혼이신가요, 경감님?"

더못이 고개를 저으며 중얼댔다.

"아직까지 전 그렇게 좋은 운명이나 나쁜 운명을 만나지는 못했습니다."

"우리 세계, 그러니까 영화계에서 결혼은 직업상 완전히 위험한 요소입니다. 영화배우들은 결혼을 자주 하는 편이죠. 행복할 때도, 불행할 때도 있지만 오래 지속하는 경우는 드물어요. 그런 점에서 마리나가 특별히 불평할 정도로 부당한 이유가 있다고 보지는 않습니다. 그래도 그녀는 기질상 그런 일을 깊이 느낍니다. 자기가 운이 없어서 어떤 것도 제대로 되지 않는다고 생각해 왔습니다. 그래서 사랑과 행복, 애정, 안전 등 늘 같은 것을 필사적으로 추구했습니다. 아이도 너무나 간절하게 바랐죠. 어느 의학적인 견해에 따르면 그런 열망이 너무 강하면 그 목적까지 좌절된다고 하더군요. 한 유명한 의사가 입양을 제안하면서 아기를 입양하면 엄마가 되고 싶은 강한 열망이 수그러들어 곧 진짜로 아기를 가질 수 있다고 했습니다. 그러자 마리나는 아이를 셋이나 입양했습니다. 잠시 동안 상당히 행복과 평정을 누렸지만 진짜는 아니었죠. 그러니 11년 전에 임신했다는 걸 알고 얼마나 기뻐했을지 상상해 보십시오. 그녀의 기쁨과 즐거움은 형용할 수 없을 정도였습니다. 임신 중에 건강도 좋았고 의사들도 모든 것이 잘될 거라고 확신했죠. 아실지 모르겠는데 비극이 일어났습니다. 정신적으로 문제가 있는 남자아이가 태어났고, 비참한 결과만 가져왔죠. 마리나는 심한 신경쇠약으로 요양원에 격리되었고, 몇 년 동안 몹시 아팠습니다. 더디긴 했지만 결국 회복했어요. 우리가 결혼한 직후에 그녀는 다시 삶에 흥미를 갖고 행복해질 거라고 느끼기 시작했죠. 처음에는 영화 계약을 제대로 따내기가 힘들었어요. 모두 그녀가 긴장 상태를 버텨낼지 확신하지 못했으니까요. 저는 그 일로 싸워야 했어요."

제이슨 러드가 입을 악다물었다가 다시 말했다.

"음, 결국은 성공했죠. 마침내 영화를 찍기 시작했어요. 그러면서 이 집을 사서 개조했습니다. 14일 전에 마리나는 자기가 정말 행복하다고, 마침내 행복한 가정 생활에 정착하게 되었고 문젯거리를 떨쳐냈다고 했죠. 평상시처럼 너무 낙관적인 기대라서 저는 약간 걱정이 되었어요. 그래도 그녀가 행복하다는 건 분명했어요. 신경증도 사라지고 예전에는 볼 수 없던 안정과 평온함이 있었죠. 모든 것이 잘되다가 그만……."

그가 말을 멈추었다. 그의 목소리가 갑자기 신랄해졌다.

"그런 일이 벌어졌어요! 그 여자가 죽다니, 그것도 여기에서! 그것만으로도 충격인데, 마리나 대신 그 여자가 죽은 것이라고 말할 수 없었어요. 그랬다가는 두 번째, 어쩌면 치명적인 충격을 받겠죠. 신경쇠약을 또 일으킬지도 모릅니다."

그는 더못을 뚫어져라 쳐다보았다.

"이제 이해가 되십니까?"

"선생님의 관점을 알겠군요. 그렇지만 지금 한 측면을 무시하는 것 아닙니까? 선생님께서는 부인을 독살하려는 시도가 있었다고 확신한다고 했습니다. 그렇다면 그 위험이 여전히 남아 있는 것 아닌가요? 만약 독살자가 성공하지 못했다면 또다시 시도할 가능성이 있다는 겁니다."

"당연히 그 점도 고려했죠. 하지만 아내의 안정을 위해 가능한 조처를 전부 취할 겁니다. 제가 아내를 감시하고 다른 사람들에게도 감시하게 시킬 겁니다. 가장 시급한 건 역시 어떤 위험도 없다고 아내가 믿는 겁니다."

"부인이 모를 거라고 생각하십니까?"

더못이 신중하게 물었다.

"그럼요. 아내는 몰라요."

"확신하십니까?"

"예, 아내는 그런 건 절대로 생각하지 않을걸요."

"선생님께선 하지 않았습니까?"

더못이 지적했다.

"그건 아주 다르죠. 논리적으로 그게 유일한 해결책이니까요. 하지만 아내는 논리적이지 않고 무엇보다 누가 자기를 없애고 싶어 한다고 상상할 수 없어요. 그럴 수 있다고는 상상도 못하는 거죠."

더못이 천천히 말했다.

"선생님 생각이 옳을 수 있지만, 다른 질문이 여럿 생기는군요. 다시 단도직입적으로 묻겠습니다. 의심 가는 사람이 있습니까?"

"말할 수 없습니다."

"죄송합니다만 할 수 없다는 건가요, 안 하겠다는 건가요?"

제이슨이 얼른 대답했다.

"할 수 없습니다. 할 수 없어요. 아내를 너무 싫어해서 앙심을 품고 그런 일을 저지르려 했다는 생각은 불가능해 보입니다. 사실을 직시하면 바로 그런 일이 벌어졌지만."

"선생님의 관점에서 그 사실들을 대강 설명해 주시겠습니까?"

"원하신다면. 상황은 꽤 분명하죠. 저는 미리 준비된 유리병에서 다이키리 칵테일 두 잔을 따라 마리나와 배드콕 부인에게 주었죠. 배드콕 부인이 뭘 했는지는 모릅니다. 아마 아는 사람에게 인사하러 갔겠죠. 시장님 부부가 다가오자 아내는 아직 입도 안 댄 잔을 내려놓고 인사했어요. 또 다른 사람들과도 인사를 나누었죠. 몇 년 만에 처음 만난 오랜 친구와 지역 유지 몇 명, 그리고 스튜디오에서 온 두어 명 정도였습니다. 그때 칵테일 잔은 당시 저희 뒤에 있던 탁자에 놓여 있었어요. 저희가 계단 꼭대기로 조금 이동했거든요. 아내와 시장님이 이야기하는 사진을 두어 장 찍었어요. 이 지역 신문사 사장님이 지역민들에게 즐거움을 주었으면 한다고 특별히 부탁한 일이었죠. 이런 일이 진행되는 동안 저는 방금 전에 도착한 사람들에게 음료를 건네주었습니다. 그 사이에 아내의 잔에 독약이 들어간 게 분명해요. 방법까지 묻지는 마십시오. 쉬운 일은 아니었겠죠. 어쨌든 공공연하게 이런 일을 벌일 정도로 대담한 사람이긴 하지만 사람들이 거의 알아채지 못했을 거라는 건 정말 놀라운 일

아닙니까! 의심이 가는 사람이 있냐고 물으셨죠? 적어도 스무 명 중에서 한 명이 그랬겠다고 대답하겠습니다. 사람들은 무리를 지어 이야기하며 돌아다녔고 몇 명은 새로 고친 실내장식을 구경하러 갔습니다. 생각하고, 생각하고, 또 머리를 쥐어짜 보았지만 의심할 만한 특정한 인물이 전혀 떠오르지 않습니다."

그는 말을 멈추고 답답하다는 듯이 한숨을 내쉬었다.

"이해합니다. 계속하시죠."

더못이 말했다.

"다음 부분은 이미 아실 텐데요."

"선생님에게서 다시 듣고 싶습니다."

"음, 저는 다시 계단 꼭대기 쪽으로 갔습니다. 아내가 탁자로 몸을 돌리고 막 잔을 집었죠. 그때 배드콕 부인이 작게 소리를 질렀어요. 누군가가 그녀의 팔을 치는 바람에 쥐고 있던 잔이 바닥에 떨어졌어요. 마리나는 여주인으로 당연히 할 일을 했죠. 드레스에 술이 약간 튀었는데도 괜찮다고 하면서 자기 손수건으로 배드콕 부인의 치마를 닦아 주고 자기 걸 대신 마시라고 했어요. '이미 너무 많이 마신걸요.'라고 말했던 것 같습니다. 일이 그렇게 된 거죠. 강조하고 싶은 게 있습니다. 그 이후에 치명적인 용량이 투약되었을 리가 없습니다. 배드콕 부인이 곧장 술을 마셨으니까요. 그리고 사오 분 후에 부인이 죽었습니다. 자기 계획이 이렇게까지 실패한 걸 알고 독살자가 무슨 느낌이 들었을지 궁금합니다. 궁금해요······."

"이 모든 것이 그 당시에 떠오른 생각인가요?"

"물론 아닙니다. 당시에는 부인이 발작을 일으켰다고 생각했죠. 관상동맥 혈전증, 뭐 그런 거요. 독살일지도 모른다고는 전혀 의심하지 않았습니다. 경감님이나 다른 사람이라면 그런 의심이 들었을까요?"

"아마 아니겠죠. 음, 선생님의 이론은 분명하고, 또 말씀해 주신 사실들에 대해 매우 확신하시는 것 같습니다. 어떤 특정한 인물에 대해 의심이 가지 않는다고 하셨는데, 그 부분은 받아들이기 어렵군요."

"장담컨대 모두 진실입니다."

"다른 각도로 접근해 보죠. 당신 부인을 해치려는 자가 누가 있을까요? 이런 식으로 말하면 무슨 연속극 같겠지만 부인에게 적이 있었나요?"

제이슨 러드가 감정을 표현하듯 몸을 움직였다.

"적이라고요? 적이오? 적이라는 단어의 뜻을 정의하기가 정말 어렵군요. 저희 부부가 속한 세계에는 질투와 시기가 난무합니다. 언제나 악의적인 말을 하는 사람들이 있죠. 기회만 생기면 서로 수군대고 나쁜 일을 도모하거든요. 그렇다고 그때 모인 사람 중에서 누가 살인자라거나 살인자일 가능성이 있다는 뜻은 아닙니다. 그렇지 않을까요?"

"예, 그렇겠죠. 그저 싫어하거나 시기하는 정도를 넘어서는 무언가가 있어야 하죠. 혹시 과거에 부인 때문에 피해를 본 사람이 있습니까?"

제이슨 러드는 이 질문에 쉽게 반박하지 못하고 얼굴만 찌푸리다가 마침내 이렇게 대답했다.

"솔직히 말해서 그런 사람은 없는 것 같습니다. 그 점에 대해서는 이미 많이 생각해 봤습니다."

"남자 관계는 어떻습니까?"

"물론 그런 일들이 있었죠. 마리나가 남자들에게 심하게 대한 경우도 있었겠지만 아직까지 악의를 품게 할 정도는 없습니다. 확신해요."

"여자는 어떻습니까? 그레그 양에게 계속 앙심을 품은 여자가 있나요?"

"글쎄요, 여자에 대해서는 절대로 알 수 없죠. 당장 누가 떠오르지는 않습니다."

제이슨 러드가 대답했다.

"부인이 죽으면 재정적으로 누가 이득을 보나요?"

"아내의 유언장은 여러 사람에게 이득이 되겠지만 그다지 큰 액수는 아닙니다. 경감님 말대로 재정적으로 이득을 보는 사람들은 남편인 제가 될 수 있겠죠. 다른 각도에서 보자면 현재 영화에서 아내를 대신할 여배우가 될 겁니다. 물론 영화 자체가 취소될 수도 있죠. 모두 매우 불확실합니다."

"음, 지금은 거기까지 갈 필요는 없겠죠."

더못이 말했다.

"마리나가 위험에 처했다는 말을 아내에게 하지 않을 거라는 확답을 받을 수 있을까요?"

"그 문제는 좀 더 알아봐야 할 것 같습니다. 제 생각에는 선생님께서 지금 상당한 위험을 감수하는 거라고 말하고 싶습니다. 물론 부인이 치료를 받는 중이니까 그 문제는 당분간 제기되지 않을 겁니다. 이제 하나만 더 부탁드리죠. 살인 사건이 일어날 당시 계단 꼭대기에 모였거나 계단을 올라오던 사람들의 명단을 가능한 정확하게 적어 주셨으면 합니다."

"최선을 다해 보겠습니다만 자신이 없군요. 비서인 엘라 질린스키에게 부탁하는 편이 나을 겁니다. 기억력이 좋고 또 그 자리에 참석한 동네 유지의 명단도 갖고 있으니까요. 지금 제 비서를 만나고 싶으시다면······."

"엘라 질린스키 양과 꼭 만나고 싶군요."

더못이 말했다.

11장

I

엘라 질린스키는 커다란 뿔테 안경 너머로 더못 크래독을 이지적인 눈빛으로 살펴보았다. 대단히 현실주의자처럼 보이는 그녀가 사무적인 태도로 서랍에서 타자 친 종이 한 장을 꺼내 그에게 건넸다.

"빠트린 부분은 없지만, 두어 명을 더 넣었을 가능성은 있습니다. 그 자리에 없던 지역 유지들이죠. 다시 말해서 일찌감치 자리를 뜨거나 저희가 찾지 못해서 데려오지 못한 사람들이죠. 꽤 정확하다고 확신합니다."

"대단히 효율적이군요."

"감사합니다."

"이런 일을 잘 몰라서 그러는데, 당신이 하는 일에 고도의 효율성이 필요한가요?"

"일을 잘 마무리해야 하니까요."

"또 어떤 일을 하십니까? 영화사와 가싱턴 홀을 연결하는 일을 하는 건가요?"

"아닙니다. 영화사와는 아무 관계도 없어요. 사실 전화 메시지를 받거나 보내기도 하지만, 그레그 양의 사교 생활과 공적이거나 사적인 약속을 전담하고 집안일도 어느 정도 관여합니다."

"하시는 일이 마음에 드나요?"

"보수도 대단히 후하고 일도 꽤 흥미롭습니다. 물론 살인을 기대한 건 아니지만요."

그녀가 덤덤하게 덧붙였다.

"이번 일이 믿기지 않나요?"

"너무 믿을 수 없어서 살인이 확실하냐고 물으려던 참이었어요."

"디-에틸-멕신 뭐라는 약을 적정량의 여섯 배나 복용했다는 것을 다르게 설명할 수는 없겠죠."

"혹시 사고가 아니었을까요?"

"사고라면, 어떤 식으로 일어났다고 생각하십니까?"

"상상보다 훨씬 쉽게요. 경감님은 이 집을 잘 모르세요. 이곳에는 온갖 약이 넘쳐난답니다. 물론 마약이 아닌 적절하게 처방된 약을 말합니다만, 다른 약이나 마찬가지로 적정량과 치사량이 그다지 차이가 없어요."

더못이 고개를 끄덕였다.

"연극과 영화계 사람들은 지적인 수준에서 누구보다 기이한 정도를 보여 주죠. 그래서인지 예술가다운 천재성이 강할수록 평상시에 상식이 없다는 느낌도 주는걸요."

"그럴 수도 있겠군요."

"그 사람들이 휴대하는 온갖 약병이며 캡슐, 가루약, 작은 곽 등 여기저기에서 진정제나 강장제, 각성제를 쉽게 볼 수 있는 마당에 모든 게 쉽게 뒤엉킬 수 있다는 생각이 들지 않나요?"

"이번 사건에 어떻게 적용될지 모르겠는데요."

"음, 전 가능하다고 봐요. 손님이 진정제나 각성제를 먹기 위해 들고 있던 자신의 잔에 섞을 수 있습니다. 그런데 오랫동안 먹지 않았던 거라 적정량을 기억하지 못해서 너무 많이 섞은 거죠. 그러다가 딴 일에 정신이 팔려서 다른 데로 가 버린 겁니다. 그때 그 이름 모를 부인이 왔다가 자기 잔이라고 생각하고 집어서 마신 겁니다. 대단히 그럴 듯한 가정 아닌가요?"

"그런 가능성이 모두 조사되었다고 생각하지 않습니까?"

"아뇨, 그렇지는 않아요. 하지만 그 자리에 사람들이 많았고 음료수가 들어 있는 유리잔도 많았어요. 흔히들 다른 잔을 집어서 마시곤 하죠."

"그렇다면 헤더 배드콕이 고의로 독살된 것이 아니라고 생각하는 겁니까? 그녀가 다른 사람의 잔을 마셨다고?"

"그게 가장 개연성이 높다고 생각해요."

더못이 신중하게 말했다.

"그 경우에는 마리나 그레그의 잔을 마신 게 분명합니다. 그건 모르셨습니까? 마리나 양이 자기 잔을 그녀에게 건네주었습니다."

"아니면 마리나가 자기 잔이라고 생각한 것일 수도 있죠."

엘라 질린스키가 그의 말을 정정했다.

"마리나와 아직 이야기해 보지 않으셨죠? 마리나는 심하게 정신이 없을 때가 있어요. 자기 걸로 보이면 아무 잔이나 집어서 마시죠. 그러는 걸 여러 번 봤어요."

"그녀가 칼모를 복용하나요?"

"아, 그럼요. 우리 모두 복용하는걸요."

"당신도 그렇습니까, 질린스키 양?"

"저도 가끔은 그래요. 이런 건 모방 심리가 있어서요."

"그레그 양과 이야기를 나누면 좋겠습니다. 음, 꽤 오랫동안 기운을 차리지 못하는 것 같은데요."

"성질을 부리는 거죠. 자신이 대단히 드라마틱하다고 여기죠. 살인을 절대로 냉철하게 받아들이지 못할걸요."

"당신과는 정반대라는 건가요?"

"주변 사람이 계속 흥분 상태라면 극단으로 가게 마련이죠."

엘라가 냉정하게 말했다.

"당신은 충격적인 비극이 벌어져도 눈 하나 깜빡 안 하는 데 자신이 있습니까?"

그녀는 곰곰 생각하더니 대답했다.

"그다지 좋은 성격은 아니겠지만, 그런 감각을 키우지 않으면 머리가 돌아버릴걸요."

"그레그 양이 일하기 힘든 사람이었…… 인가요?"

꽤 개인적인 질문이었으나 더못 크래독은 일종의 실험이라고 여겼다. 만약 엘라 질린스키가 눈썹을 치켜뜨면서 그 질문과 배드콕 부인의 살인이 무슨 관계냐고 묻는다면 아무 관계도 없다고 대답할 수밖에 없다. 그래도 엘라 질린스키는 마리나 그레그에 대해 어떻게 생각하는지 말하고 싶어 할 거라는 판단이 들었다.

"그녀는 대단한 예술가죠. 아주 특별하게 스크린 너머로 인간적인 매력을 발휘해요. 그래서 그녀와 함께 일하는 게 특권처럼 여겨지죠. 물론 개인적으로 말하자면 지옥 같지만!"

"아."

더못이 대꾸했다.

"중용이라곤 전혀 없어요. 공중에 붕 떠 있거나 나락에 빠지곤 하죠. 모든 것이 엄청나게 과장되고 수시로 마음을 바꿔요. 기분을 상하게 할 수 있기 때문에 절대로 언급하거나 암시해서는 안 되는 것들이 너무 많아요."

"예를 들면?"

"음, 정신 질환으로 인한 요양이나 신경쇠약이라든가. 그런 문제에 민감한 건 이해해야죠. 또 아이들과 관련된 거라면 무엇이나."

"아이들이라뇨? 어떤 식으로요?"

"음, 아이들을 보거나 아이들 때문에 행복한 사람들 이야기를 듣기만 해도 기분이 상해요. 또 누가 임신했다거나 막 출산했다는 이야기를 들으면 그 순간 비참해져요. 이제 더 이상 아이를 낳을 수도 없고, 유일하게 낳은 아이가 정신지체아여서 그런 것 같아요. 혹시 아세요?"

"예, 들은 적이 있습니다. 너무 슬프고 불운한 일입니다. 그래도 세월이 많이 흘렀으니 조금은 나아지지 않았을까요?"

"아뇨. 그 일에 집착해서 노상 그 생각만 해요."

"러드 씨는 어떻게 생각합니까?"

"아, 그분의 아이가 아닌걸요. 전남편 이시도어 라이트의 아이니까요."

"전남편요? 그 사람은 지금 어디 있죠?"

"재혼해서 플로리다에 살아요."

엘라 질린스키가 얼른 대답했다.

"마리나 그레그 평생에 적이 많았다고 얘기할 수 있을까요?"

"심할 정도는 아니죠. 그다지 많은 편은 아니에요. 다른 여자나 남자, 아니면 계약서나 질투에 대해 늘 소동이 있었어요. 뭐 그런 정도죠."

"혹 그녀가 두려워하는 사람이 있나요?"

"마리나가요? 누굴 두려워한다고요? 아뇨. 왜죠? 왜 그래야 하겠어요?"

"저도 모릅니다."

더못이 말하고 명단을 집었다.

"대단히 감사합니다, 질린스키 양. 문의할 게 있으면 다시 와도 괜찮을까요?"

"물론이죠. 저는, 아니 저희 모두는 그저 도움이 된다면 뭐라도 하고 싶으니까요."

II

"그래, 톰, 뭘 좀 얻어 왔나?"

티들러 경사가 알겠다는 듯이 씩 웃었다. 사실 그의 이름은 톰이 아니라 윌리엄이었다. 그러나 그의 동료들에게는 톰 티들러(아이들이 하는 땅따먹기 놀이 이름 — 옮긴이)로 불렸다.

"어떤 금은보화를 캐 왔지?"

더못 크래독이 물었다.

그들은 '블루보어' 여관에 머물고 있었는데 티들러가 하루 종일 영화사에서 조사를 한 후 막 돌아온 참이었다.

"황금이 얼마 안 됩니다. 별다른 이야깃거리가 없습니다. 놀랄 만한 소문도 없고 자살일지도 모른다는 설 정도입니다."

"자살이라니?"

"남편과 한바탕 다투고 나서 미안한 마음을 품게 하려고 그랬다는 겁니다. 시골에서 떠도는 이야기죠. 하지만 진짜 죽을 작정은 아니었겠죠."

"그다지 도움이 안 되는 이야기군."

"아, 물론 아니죠. 그들은 아무것도 모릅니다. 분주하게 작업하는 것 말고는 아는 게 없어요. 모두 대단히 기술적이고 '쇼는 계속되어야 한다.' 아니면 영화는 계속되어야 한다, 또는 촬영은 계속되어야 한다는 분위기죠. 뭐가 정확한 표현인지는 모르지만요. 마리나 그레그가 언제 촬영장에 복귀하느냐에만 관심을 보입니다. 전에도 신경 쇠약이 심해서 영화를 두어 번 망쳤답니다."

"대부분 그녀를 좋아하던가?"

"그녀를 말할 수 없을 정도로 귀찮은 존재라고 여기면서도 그녀가 매력을 발휘하면 결국 넘어가고 말죠. 그녀의 남편도 그녀에게 홀딱 반했답니다."

"남편에 대한 평가는 어떻던가?"

"감독이나 제작자, 또 그 무엇에서도 최고라고 여기더군요."

"다른 여배우나 여자와 관련한 소문은 없던가?"

톰 티들러가 그를 빤히 쳐다보았다.

"아뇨, 없습니다. 그런 건 전혀요. 왜 그런 생각을 하셨죠?"

"궁금하니까. 마리나 그레그는 치사량의 약물이 자기를 겨냥한 거라고 확신하고 있네."

"그래요? 그 생각이 맞아요?"

"거의 확실하지. 문제는 그게 아니야. 그녀가 남편에게는 말하지 않고 주치의에게만 말했다는 게 중요하지."

"남편에게 말할 거라고 생각하십니까? 혹시······."

"그녀가 마음 한 편에서 남편에게 책임이 있다고 생각하는 게 아닐까 궁금했네. 의사의 태도가 약간 특이했어. 그냥 내 상상일지 모르겠네."
"음, 영화사에는 그런 소문은 없던데요. 그런 거라면 금방 들려오지 않았을까요?"
"그녀가 다른 남자와 연루되진 않았나?"
"아뇨, 러드에게 헌신적인 것 같아요."
"그녀의 과거와 연관해서는 흥미로운 이야깃거리가 없던가?"
티들러가 씩 웃었다.
"아무 때나 영화 잡지에서 읽을 만한 건 없던데요."
"분위기를 느끼려면 나도 좀 읽어 봐야겠군."
"글쎄요, 잡지에서 은근슬쩍 떠들어대는 게……"
티들러가 말했다.
"우리 마플 양이 영화 잡지를 읽는지 궁금하군."
"교회 옆집에 사는 노부인 말씀인가요?"
"그렇다네."
"예리한 부인이라고 하더군요. 이 동네에서 일어나는 일은 전부 마플 양 귀에 들어간다던데요. 영화계 사람들에 대해서는 잘 모르더라도 배드콕 부부에 대해서는 진상을 알려 줄 수 있을 겁니다."
"과거처럼 그렇게 간단하지 않다네. 이 동네에 새로운 사교계가 생겨나고 있거든. 주택 단지며 대규모 건축 개발이 이루어지고 있지. 배드콕 부부는 여기 온 지 얼마 되지 않았어."
"물론 동네 사람에 대해서는 많이 듣지 못했습니다. 영화배우들의 연애사며 그런 것에 집중했죠."

"얻어온 게 별로 없군. 마리나 그레그의 과거는 어떤가?"

"전성기 때 결혼을 여러 번 했지만 그 이상은 없습니다. 첫 남편은 이혼을 좋아하지 않았다고 하더군요. 평범한 사람인 데다 부동산 업자인가 뭐 그런 부류였다고 합니다. 그건 그렇고 부동산 업자는 무슨 일을 하나요?"

"부동산 중개업을 말하는 것 같은데."

"아, 그거요. 어쨌거나 마리나는 그다지 매력적이지 못한 첫 남편을 버리고 외국 백작인가 왕족인가 하는 사람과 결혼했습니다. 그 결혼은 곧 깨졌고 그다지 상처는 받지 않았던 모양입니다. 그녀는 그를 털어내고 세 번째 남편을 만났죠. 바로 영화배우 로버트 트러스콧이죠. 열정적인 연애였다고 합니다. 그의 아내는 그를 떠나고 싶어 하지 않았지만 결국 받아들여야 했죠. 위자료가 엄청났으니까요. 덕분에 알게 된 사실인데요, 요즘 다들 돈이 궁한 이유가 전처에게 위자료를 많이 주기 때문인 모양입니다."

"어쨌든 그 결혼도 잘못되었고?"

"예, 그녀가 많이 상심한 쪽 같더군요. 하지만 1년인가 2년 후에 다시 열애설이 터졌답니다. 이시도어 누구라던데……. 극작가라죠."

"이국적인 인생이군. 음, 오늘 일은 이 걸로 마무리하지. 내일 착수해야 할 일은 좀 더 힘들거야."

"어떤 일인데요?"

"내가 얻어 온 명단을 검토하는 일이야. 20명 가량 되는 이름에서 일부를 제외하고 남은 사람 중에서 X를 찾아야 해."

"X가 누구인지 감이 잡히시나요?"
"전혀. 만약 제이슨 러드가 아니라면, 모르겠어."
그가 장난스럽고 모순적인 미소를 지으며 덧붙였다.
"마플 양에게 가서 동네에 어떤 문제가 있는지 좀 들어봐야겠네."

12장

마플 양은 자기 방식대로 한창 조사를 진행하고 있었다.
"정말 고마워요, 제임스 부인. 얼마나 고마운지 모르겠어요."
"아이, 그런 말씀 마세요. 부인께 도움이 된다니 오히려 제가 기쁜걸요. 아마도 최신호를 원하시겠죠?"
"아뇨, 꼭 그런 건 아니에요. 실은 예전 호가 더 좋겠는데요."
"음, 그럼 여기 있어요. 족히 한 아름은 되는데 저흰 필요 없어요. 원하는 만큼 가져가세요. 그런데 부인이 들고 가시기엔 너무 무겁겠어요. 제니, 파마는 어떻게 됐어?"
"다 됐어요. 이제 린스를 끝내고 드라이하는 중이에요."
"그러면 여기 잡지를 들고 마플 양을 집까지 모셔다 드려. 아뇨, 마플 양, 일도 아닌데요. 부인을 위해 해 드릴 게 있다면 언제라도 기쁠 뿐이죠."

마플 양은 속으로 사람들이 정말 친절하다고 생각했다. 특히 평생을 알고 지내 온 사이라면 더욱 그렇다. 제임슨 부인은 오랫동안 미용실을 운영해 왔다. 최근에는 좀 더 발전하기 위해 간판을 새로 칠하고 '헤어 스타일리스트 다이앤'이라는 이름을 붙였다. 그러나 그 점을 제외하면 가게는 예전 그대로였고 고객의 요구에도 예전대로 부응했다. 파마도 잘하고 젊은 세대에게는 머리 손질과 커트를 해 주었는데 반응은 그다지 나쁘지 않았다. 물론 아직까지 손님 대부분이 다른 데에선 자기가 원하는 대로 머리를 하기가 무척 힘들다는 것을 알고 있는 중년 여성들이었다.

다음 날 아침이었다. 체리는 마음속으로 여전히 라운지라고 부르는 장소를 시끄러운 후버 청소기로 돌릴 채비를 하며 물었다.

"어머, 도대체 이게 다 뭐죠?"

"영화계에 대해 좀 알아볼까 하는 중이라서."

마플 양이 대답한 후 《영화계 소식》을 내려놓고 《스타 이야기》를 집어 들었다.

"정말 재미있네. 정말 많은 걸 상기하게 되거든."

"그 사람들은 동화처럼 살걸요."

"전문적인 삶이죠. 아주 전문화되었어요. 예전에 내 친구가 말해 주던 게 생각나는데. 병원 간호사였는데, 사고방식이나 잡담거리며 소문도 모두 똑같고 단순하다고 하더군요. 잘생긴 의사들 때문에 난리가 나고."

"마플 양께서 이런 데 관심을 보이다니 꽤 뜻밖인데요?"

체리가 물었다.

"요즘은 뜨개질이 좀 힘들어서 그래요. 물론 잡지도 활자가 작아서 힘들지만 돋보기를 이용하면 되거든."

마플 양이 대답하자 체리가 궁금한 표정으로 쳐다보았다.

"마플 양께는 늘 놀라요. 정말 이런 일에 다 관심을 갖다뇨."

"난 모든 것에 관심이 있는데."

"마플 양 연세에 새로운 주제를 택하는 거 말이에요."

마플 양이 고개를 저었다.

"사실 새 주제도 아니야. 난 원래 인간의 본성에 관심이 많거든요. 인간의 본성이란 영화배우건 간호사건 세인트 메리 미드의 사람들이건 다 그게 그거지. 아니면……."

그녀가 신중하게 덧붙였다.

"개발 단지의 사람들이건."

체리가 웃으며 말했다.

"저와 영화배우 사이에서 공통점은 거의 못 찾겠는데요. 그래서 아쉽죠. 제가 보기에는 마리나 그레그 부부가 가싱턴 홀에 이사를 와서 마플 양도 이런 데 관심을 보이는 게 아닌가 싶어요."

"거기에서 일어난 그 대단히 슬픈 사건 때문이에요."

"배드콕 부인 말씀인가요? 정말 운이 없어요."

"모두 어떻게들 생각하나요, 거기……."

마플 양은 '개발 단지'라고 말하려다 질문을 바꾸었다.

"체리 양과 친구들은 어떻게 생각하지요?"

"기이한 일이죠. 살인 사건처럼 보여요. 물론 경찰은 몸을 사리지만. 그래도 그렇게 보이죠."

"다른 가능성은 생각할 수 없는 것 같아요."

"네, 자살일 리가 없어요. 헤더 배드콕은 아니죠."

체리도 동의했다.

"그녀를 잘 알고 있었나요?"

"아뇨, 별로요. 거의 몰랐죠. 그녀는 다소 귀찮은 존재였어요. 여기 참가해라, 저기 참가하라고 청하고 이런저런 모임에 나타나고. 에너지가 넘쳤죠. 남편도 가끔은 싫증이 났을걸요."

"적은 없었고?"

"사람들은 가끔 그녀에게 싫증을 내곤 했어요. 그래도 중요한 건, 남편이 아니라면 그녀를 살해할 사람은 상상할 수 없다는 거예요. 그 남편은 아주 유약한 타입이죠. 하긴 벌레도 밟으면 꿈틀한다고는 하더군요. 크리펜(아내를 살해한 의사 — 옮긴이)도 친절한 사람이었고, 사람을 죽여서 산(酸)에 절였다는 연쇄 살인범 하이도 매력이 넘쳤다면서요? 그러니 아무도 모르는 일이죠, 안 그래요?"

"배드콕 씨가 안됐군."

"그날 축제 때, 그러니까 그 사건이 벌어지기 전에 그가 매우 흥분하고 예민했다고들 하더라고요. 뭐, 나중에는 늘 그런 이야기를 하게 마련이긴 해요. 제 생각에 그 사람은 지난 몇 년 그 어느 때보다 훨씬 더 좋아 보이지만요. 원기와 열정이 좀 더 생긴 것 같다고나 할까요?"

"정말요?"

마플 양이 물었다.

"그 사람이 그랬다고는 아무도 생각하지 않아요. 그런데 그가 아니라면 과연 누굴까요? 일종의 사고라고밖에는 다른 생각은 못하겠어요. 사고는 늘 생기니까요. 버섯에 대해 잘 안다고 과신하고 몇 개를 따왔다가 단 하나 끼어 있던 독버섯을 먹고서 고통스럽게 몸부림치는 경우도 있잖아요. 제때 의사가 오면 운이 좋은 셈이죠."

"칵테일과 셰리주를 마셨다고 해서 사고가 날 것 같진 않은데."

"아, 저도 잘 모르겠네요. 다른 병이 우연히 섞였을 수도 있겠죠. 제가 아는 사람 하나도 DDT 농축액을 마셨다가 호되게 고생한 적이 있어요."

마플 양이 신중하게 말했다.

"사고라, 그래, 그게 최고의 해결책인 것 같아요. 헤더 배드콕이 고의적으로 살해되었다고는 믿기 힘드니까. 하지만 불가능하다고는 말하고 싶지 않아. 겉으로 보기엔 달라도 불가능한 건 없으니까. 아니, 여기 어딘가에 진실이 존재한다고 생각해요."

그녀는 잡지를 뒤적이다가 또 다른 잡지를 집었다.

"특별히 찾고 있는 이야기라도 있으세요?"

"아니. 사람들이나 생활 방식에 대해 특별하게 언급한 거나 뭐 그런 걸 찾고 있어요. 도움이 될지도 모르는 사소한 것들 말이야."

마플 양은 다시 잡지를 뒤적였고 체리는 진공청소기를 들고 2층으로 갔다. 마플 양의 얼굴에 흥미와 홍조가 떠올랐다. 그녀는 이제

가는귀가 약간 먹어서 정원 길을 지나 응접실 창문으로 다가오는 발걸음 소리도 듣지 못했다. 보고 있던 잡지 위에 그림자가 살짝 비치고 나서야 그녀는 위를 올려다보았다. 더못 크래독이 미소를 지으며 서 있었다.

"숙제를 하는 중이시군요."

"크래독 경감님, 만나서 정말 반가워요. 짬을 내서 일부러 찾아오다니 친절도 해라. 커피를 드릴까요, 아니면 셰리주는 어때요?"

"셰리주가 좋겠는데요. 가만 계세요. 안에 들어가서 부탁할게요."

그는 옆문으로 나갔다가 곧 마플 양 옆으로 돌아왔다.

"음, 그런 싸구려 잡지에 생각할 거리라도 있습니까?"

"너무 많아요. 충격을 잘 받는 편은 아닌데 그래도 이건 좀 충격적인데요."

"영화배우들의 사생활에요?"

"아, 아뇨. 그건 아니죠! 그거야 여러 정황이며 돈, 또 가까이 지낼 기회 같은 걸 감안하면 너무나 자연스럽죠. 그보다는 서술 방식에 대해 말하는 거랍니다. 내가 좀 구식이어선지 이런 식의 글은 허용되어서는 안 된다고 생각해요."

"그게 뉴스죠, 그리고 시시껄렁한 이야기들이 공정한 논평이라도 되는 것처럼 언급되니까요."

"나도 알지만 때로 아주 화가 나요. 이런 거나 읽다니 날 참 어리석다고 생각할 거예요. 하지만 그 상황을 너무 알고 싶은데 집 안에서는 원하는 만큼 알 수가 없거든요."

"그러실 줄 알았습니다. 그래서 좀 알려 드리려고 온 겁니다."

"아, 친절하기도 해라. 그런데 위에서도 허락했나요?"

"안 될 이유라도 있습니까? 여기 명단이 있습니다. 헤더 배드콕이 도착해서 죽을 때까지 그 짧은 시간 동안 층계참에 있던 사람들 명단이죠. 여러 명을 제외했는데, 성급하게 결정한 부분이 있을지도 모르지만, 아마 가능성은 낮다고 생각합니다. 시장 부부와 앨더만 부부, 그리고 지방 유지를 주로 뺐어요. 남편은 예외지만요. 제 기억이 맞는다면 마플 양께선 늘 남편을 의심하셨죠."

마플 양이 변명조로 말했다.

"종종 남편이 용의자인 게 분명할 때가 있다고요. 또 분명한 것이 사실인 경우도 많죠."

"완전히 동감합니다."

크래독이 맞장구를 쳤다.

"그런데 누구 남편을 말하는 건가요?"

"어느 편이라고 생각하십니까?"

더못이 예리한 시선을 던졌다. 마플 양이 그를 바라보며 물었다.

"제이슨 러드요?"

"아, 마플 양이나 저나 생각이 같군요. 아서 배드콕이라고는 생각하지 않았습니다. 살인범이 헤더 배드콕을 겨냥했다고는 생각하지 않으니까요. 마리나 그레그가 목적이었던 것 같습니다."

"거의 확실해 보이죠, 안 그래요?"

"우리 모두 거기 동의하면 범위가 커지죠. 그날 거기 누가 있었고,

뭘 봤거나 또는 봤다고 말하거나, 그리고 어디 있었거나 또는 어디 있었다고 말하거나 등은 마플 양께서 그 자리에 계셨다면 직접 관찰했을 것들입니다. 그러니 마플 양 말씀대로 제 윗선에서 그 문제를 마플 양과 상의하는 데 반대할 수 없죠. 그렇지 않습니까?"

"아주 듣기 좋은데요."

"제가 들은 이야기를 좀 더 자세하게 말씀드리고 명단을 보기로 하죠."

그는 들은 이야기를 간단히 요약해 말한 후 명단을 내밀었다.

"그중 하나가 분명합니다. 제 대부인 헨리 클리서링 경 말씀이 마플 양께서 한때 여기에서 클럽을 여셨다고 하더군요. 화요일 밤 클럽이라고 하던데요. 마플 양께서 차례로 회원들과 저녁 식사를 하고 그 다음에 누군가가 이야기를 하는. 모두 실제로 벌어졌던 일이지만 결말이 미스터리인 것들이죠. 그 미스터리의 정답은 이야기한 사람만 알고요. 제 대부 말씀으로는 매번 마플 양의 추측이 정확했다고 했습니다.(『열세 가지 수수께끼』의 내용이다 — 옮긴이) 그래서 저도 오늘 아침 일찍 저를 위해 추리해 주실 수 있는지 해서 찾아 온 겁니다."

"좀 하찮게 들리겠지만 물어보고 싶은 게 한 가지 있어요."

마플 양이 말했다.

"네?"

"아이들은 어떻게 되었죠?"

"아이들이라뇨? 아이는 하나뿐입니다. 미국 요양원에 있는 정신

지체아죠. 질문이 이거셨나요?"

"아뇨. 그런 의도는 아니에요. 물론 아주 슬픈 일이긴 하죠. 이런 비극이 가끔 일어나는데 누구도 비난받을 수 없죠. 제 질문은 일부 기사에서 인용된 아이들을 말하는 거랍니다."

마플 양이 앞의 잡지를 탁 쳤다.

"마리나 그레그가 입양한 아이들 말이에요. 남자애 둘과 여자애 하나인 것 같아요. 어느 한 어머니가 자식을 주렁주렁 낳았는데 돈이 없어서 키우기 힘들자 그녀에게 한 아이만 데려가 달라고 부탁하는 편지를 보냈어요. 그 어머니의 사심 없는 모성애며 그 아이가 누릴 근사한 집과 교육, 미래에 대한 거짓말과 어리석은 이야기가 많아요. 그런데 나머지 두 아이에 대한 기사는 별로 찾지 못했어요. 외국 피난민과 미국 아이였던 것 같아요. 마리나 그레그는 각기 다른 시기에 아이들을 입양했는데, 그 아이들이 어떻게 되었는지 궁금하군요."

더못 크래독이 그녀를 호기심 가득한 눈으로 쳐다보았다.

"그런 생각을 다하시다니 뜻밖입니다. 저도 그 아이들이 어떻게 되었을지 막연하게 궁금하던 참입니다. 그런데 이 사건과 어떤 연결이 있을까요?"

"글쎄요. 지금 그 아이들이 그녀와 함께 살지는 않는다고 들었는데요?"

"적당한 양육비를 받지 않을까요? 사실 입양법에 그렇게 강조한다고 알고 있습니다. 아마 일정액을 신탁에 맡겼겠죠."

"그러니까 그녀가…… 싫증이 나면……."

마플 양은 '싫증'이라고 말하기 전에 잠시 뜸을 들였다.

"아이들을 버렸겠죠! 여러 혜택을 주고 호사스럽게 키우다가 말이죠. 그런 거 아닌가요?"

"아마 그럴 수도 있겠지만 정확한 사정은 모릅니다."

그는 여전히 호기심 어린 눈으로 그녀를 쳐다보았다. 마플 양이 고개를 저으며 말했다.

"아이들도 감정이 있어요. 주변 사람들이 생각하는 것 이상으로 감정이 강하답니다. 누군가에게 거부당하고 아무 데도 속해 있지 못해 상처받은 기분은 혜택을 누린다고 해서 극복되는 게 아니랍니다. 교육이나 편안한 생활, 확실한 수입, 심지어 일자리를 구한다고 해도 없어지지 않죠. 그건 안에서부터 곪을 수 있어요."

"그렇죠. 하지만 너무 지나친 생각 아닐까요? 흠, 정확히 어떤 생각을 하시는 거죠?"

"딱히 어떤 생각이 든 건 아니에요. 그냥 그 아이들이 지금 어디에서 살고 또 몇 살이나 되었을지 궁금했어요. 여기 잡지에서 읽은 바로는 이제 어른이 되었겠는데요."

"제가 알아볼 수 있을 겁니다."

더못 크래독이 천천히 말했다.

"아, 어떤 식으로든 귀찮게 하고 싶지는 않아요. 내 작은 생각이 중요하다고 여기지도 않는걸요."

"조사해 봐서 나쁠 건 없습니다."

더못 크래독은 작은 수첩에 메모를 하며 물었다.

"이제 이 명단을 보시겠습니까?"

"그 명단을 본들 내가 도움을 줄 수 있을 것 같진 않은데요. 어떤 사람들인지도 모르니까요."

"아, 제가 대강 설명해 드리죠. 여기 있습니다. 제이슨 러드, 남편입니다.(남편이란 늘 의심스럽죠.) 제이슨 러드는 아내를 매우 찬미한다고 하더군요. 본질적으로 의심스럽지 않습니까?"

"꼭 그런 건 아니죠."

마플 양이 위엄 있게 말했다.

"그는 자기 아내가 공격 목표였다는 사실을 열심히 감추려고 했어요. 그런 의혹이 든다고 경찰에게 입도 뻥긋 안 했으니까요. 우리 경찰이 그런 생각도 못 할 정도로 바보라고 여겼는지 궁금합니다. 우리는 처음부터 그 점을 고려했으니까요. 어쨌든 그는 그런 식으로 이야기하더군요. 아내가 그 이야기를 듣고 몹시 두려워할까 봐 걱정하더군요."

"그녀는 두려움이 많은가요?"

"예, 신경쇠약 환자라 성질을 부리고 신경이 과민해지거나 잘 흥분합니다."

"용기가 부족하다는 뜻은 아니겠죠."

마플 양이 반박하자 크래독이 말했다.

"범인이 자기를 노린다는 걸 알면 그녀가 그 범인을 알아낼 수도 있겠죠."

"그녀가 범인을 알면서도 그 사실을 밝히고 싶어 하지 않는다는 뜻인가요?"

"가능성이 있다고 봅니다. 혹시 사실이라면 왜 그랬을까요? 동기나 문제의 원인을 남편에게 밝히고 싶지 않아서겠죠."

"그거 참 흥미로운 생각이군요."

"여기 이름이 더 있습니다. 엘라 질린스키라는 비서인데, 대단히 유능하고 효율적인 젊은 여성입니다."

"그 남편을 사랑한다고 생각하나요?"

"저야 결정적으로 그렇게 생각하지만 마플 양께서는 왜 그렇게 생각하죠?"

크래독이 물었다.

"뭐, 그런 일이 흔하니까요. 그래서 불쌍한 마리나 그레그를 그다지 좋아하지 않겠군요?"

"살인 동기가 될 수도 있죠."

"비서나 직원이 사장의 남편을 사랑하는 경우는 흔해요. 그렇다고 독살하는 사람은 아주, 아주 드물어요."

"음, 예외도 인정해야겠죠. 그리고 이 지역 출신의 사진사 두 명과 런던에서 내려온 사진기자, 신문기자 두 명이 있습니다. 모두 가능성이 없지만 한번 조사해 보죠. 마리나 그레그의 두 번째 혹은 세 번째 남편의 전 부인도 왔습니다. 마리나 그레그에게 남편을 뺏겨서 그녀를 싫어했다고 합니다. 어쨌든 11년이나 12년 전 일이니, 그 일로 마리나를 독살하려고 여기까지 찾아왔을 가능성은 희박해 보입니다. 아드윅 펜이라는 남자도 있습니다. 그 사람은 한때 마리나와 절친한 친구였는데 몇 년 동안 못 만났다고 합니다. 영국에서는 잘 알려지지 않은 사람이고 그 축제 때 나타나서 다들 많이 놀랐다고 합니다."

"그녀도 그를 보고 무척 놀랐겠군요."

"그랬을 겁니다."

"깜짝 놀라고, 두려워했을지도 모르겠군요."

크래독이 말했다.

"'내게 저주가 내렸어.' 그거군요. 또 그날 이런저런 임무로 돌아다닌 헤일리 프레스턴이라는 청년도 있습니다. 말은 상당히 많았지만, 자기는 듣거나 보거나 아는 게 전혀 없다고 말하려고 안달이던데요. 뭐 떠오르시는 거라도 있습니까?"

"꼭 집어서는 아니지만 흥미로운 가능성이 많군요. 그건 그렇고 아이들에 대해 좀 더 알고 싶은데요."

크래독이 흥미롭게 마플 양을 쳐다보았다.

"그 일에 매우 집착하시는군요. 알겠습니다. 확인해 보죠."

13장

I

"시장이 범인일 가능성은 없을까요?"
코니시 경위가 그랬으면 하는 투로 물었다.
그가 명단이 적힌 종이를 연필로 탁탁 치자 더못 크래독이 씩 웃었다.
"그러길 바라나?"
"그렇다고 할 수도 있습니다. 거만하고 점잔 빼는 늙은 위선자! 다들 그를 싫어해요. 무게나 잡고 경건한 척하지만, 지난 몇 년간 부정부패에 푹 빠져 있었겠죠!"
"그에게 본때를 보여줄 수는 없나?"
"아뇨, 그는 너무 잘 빠져나가요. 언제나 법의 바른편에 서 있죠."

"그거 솔깃한데. 나도 같은 생각이지만 그 즐거운 꿈을 버려야 할 것 같네, 프랭크."

"저도 압니다. 시장에게도 가능성은 있지만 개연성이 극히 드물죠. 그 외에 누가 있습니까?"

두 사람 모두 명단을 자세히 검토했다. 목록에는 아직 여덟 명이 남아 있었다.

"여기에 빠진 사람이 없다고 우리가 의견 일치를 봤던가?"

크래독이 말하자 코니시가 그 질문에 담겨 있는 의미를 알아채고 대답했다.

"전부라고 확신할 수 있습니다. 밴트리 부인 뒤로 교구 목사가 왔고 그 후에 배드콕 부부가 왔죠. 당시 계단에는 여덟 명이 있었습니다. 시장 부부, 로워 농장에서 온 조슈아 그라이스 부부, 머치번햄의 《헤럴드와 아거스》 신문사의 도널드 맥닐, 미국의 아드웍 펜, 미국 영화배우 롤라 브루스터 양이죠. 또 런던에서 내려온 예술 사진작가도 있었습니다. 계단 구석에 카메라를 설치했죠. 밴트리 부인의 말대로 마리나 그레그가 계단에서 누군가를 보고 '얼어붙은 표정'을 지었다면 이 명단에서 한 명을 골라야 합니다. 아쉽게도 시장은 탈락입니다. 그라이스 부부도 탈락이죠. 세인트 메리 미드에서 떠난 적이 없다고 합니다. 그러면 넷이 남습니다. 지방 신문기자도 가능성이 없어요. 여류 사진작가는 이미 30분 전부터 그 자리에 있었는데 마리나가 뒤늦게 반응을 보일 리도 없겠죠? 자, 그러면 누가 남을까요?"

"미국에서 온 사악한 자들이겠군."

크래독이 희미하게 미소를 지으며 말했다.

"전에 말씀하셨던 대로요."

"지금 말한 사람들 중 가장 유력한 최고의 용의자라는 데 동의하네. 뜻밖에 나타난 사람들이니까. 아드윅 펜은 오래전에 마리나와 염문을 일으켰지만 몇 년 동안 만나지 못했다지. 롤라 브루스터는 마리나 그레그의 세 번째 남편의 전처였지만 마리나 때문에 이혼당했네. 그다지 우호적인 이혼은 아니었을 걸세."

"그녀를 용의자 1호라고 적겠습니다."

"과연 그럴까? 이미 15년이나 지났고 이후 그녀 자신이 두 번이나 더 재혼을 했는데?"

코니시는 여자는 절대로 모르는 법이라고 대꾸했다. 더못은 그게 일반적이긴 하지만 그런 말을 하다니 이상하다고 했다.

"그래도 그런 관계가 있다는 데는 동의하시죠?"

"아마도. 그다지 탐탁지 않지만. 음료수를 접대하던 고용 직원은 어떤가?"

"그렇게 많이 들었던 '얼어붙은 표정'을 무시하시겠다고요? 음, 일반적으로 점검해 봤습니다. 축제 때 마켓 베이싱의 한 식음료 업체가 일을 전담했습니다. 집 안에서는 집사인 주세페가 담당했죠. 영화사 매점에서 온 동네 여자애 둘이 있었죠. 둘 다 아는데, 영리하진 않지만 해는 안 끼쳐요."

"다시 나에게 넘기겠다는 건가? 가서 기자를 만나 보겠네. 도움이 될 만한 걸 봤을지도 모르지. 그 다음에 런던으로 가지. 아드윅 펜과 롤라 브루스터, 또 여류 사진작가 말인데, 이름이 뭐더라, 아 마곳 벤스였지. 그녀도 무언가를 봤을지 모르네."

코니시가 고개를 끄덕였다.

"저는 누구보다 롤라 브루스터를 밀겠습니다."

그가 궁금한 표정으로 크래독을 보았다.

"경감님께서는 저만큼 기대가 크진 않으신 것 같은데요?"

"힘든 상황을 생각 중이네."

더못이 천천히 말했다.

"힘든 상황이라뇨?"

"아무도 눈치 채지 못하게 마리나의 잔에 독약을 넣는 일말일세."

"아, 그건 누구나 마찬가지 아닌가요? 미친 짓이죠."

"미친 짓이라는 데는 동의하네만, 롤라 브루스터가 그랬다면 더욱 미친 짓이겠지."

"왜죠?"

코니시가 물었다.

"중요한 손님인 데다 유명하니까. 다들 그녀를 쳐다봤을 거야."

"맞는 이야기입니다."

코니시도 인정했다.

"마을 사람들이 서로 쿡쿡 찌르면서 속삭이고 쳐다봤을 거야. 마리나 그레그와 제이슨 러드가 그녀와 인사를 나눈 다음에 비서들이 맡았겠지. 쉽지 않았을 걸세, 프랭크. 아무리 솜씨가 좋아도 아무도 자길 못 봤을 거라고 확신할 수 없어. 그게 바로 문제야. 아주 큰 문제지."

"누구에게나 다 문제가 되는 게 아닌가요?"

"아니지, 아니야. 천만의 말씀이네. 집사 주세페를 예로 들어보세. 그는 음료수를 따르고 잔을 건네주느라 정신이 없었네. 그자라면 잔에 칼모 약간이나 알약 한두 개쯤은 손쉽게 넣었겠지."

"주세페라고요? 그가 한 짓이라고 생각하십니까?"

프랭크 코니시가 물었다.

"물론 그럴 이유는 없지. 하지만 우리는 이유를 찾아야 하네. 말하자면 확실한 동기가 필요하지. 그래, 그자가 그랬을 수도 있어. 아니면 식품을 담당하던 직원이 그랬을 수도 있고. 그들이 현장에 없었다니 유감이네. 누가 고의로 그 업체에 들어갔을 수도 있네."

"모든 게 미리 계획되었다는 뜻인가요?"

크래독이 귀찮다는 투로 말했다.

"그 점에 대해서는 아직 아는 바가 없네. 마리나 그레그나 그 남편에게서 원하는 바를 알아내기까지는 우리는 아무것도 몰라. 그들은 누굴 의심하거나 알고 있는 데도 입을 열지 않아. 왜 그러는지 이유를 모르겠어. 갈 길이 멀군."

그는 말을 멈추었다가 다시 이었다.

"'얼어붙은 표정'을 우연의 일치로 여기고 무시하면, 꽤 쉽게 범행을 저질렀을 사람들이 떠오른다네. 여비서 엘라 질린스키도 사람들에게 음료수를 나눠 주느라 분주했지. 아무도 특별히 관심을 갖고 그녀를 주시하지 않았어. 이름은 잊었네만 수양버들 같던 청년도 마찬가지야. 헤일리, 헤일리 프레스턴이던가? 맞아. 두 사람 다 기회가 많았어. 사실 그중 누구라도 마리나 그레그를 없애고 싶어 했다면 공공 장소가 더 안전했겠지."

"다른 사람은요?"

"글쎄, 언제나 남편이 있지."

크래독이 말하자 코니시가 미소를 지었다.

"다시 남편으로 돌아가는군요. 처음에는 배드콕을 악마일 거라고 여겼는데 나중에 범인이 마리나를 겨냥했다는 걸 깨달았고, 그래서 이제 의혹은 제이슨 러드에게 넘어가는군요. 부인에게 대단히 헌신적으로 보입니다."

"그렇다는 평판이 있지만 아무도 모르는 노릇이지."

"그녀를 제거하고 싶다면 이혼이 더 쉬운 방법 아닐까요?"

"훨씬 더 평상적이겠지. 하지만 그 세계에는 우리가 모르는 사정이 많은 법이야."

전화벨이 울리자 코니시가 수화기를 집었다.

"뭐라고요? 예, 연결해 주세요. 예, 여기 계십니다."

코니시는 잠시 기다렸다가 손으로 수화기를 가린 후 더못을 쳐다보았다.

"마리나 그레그의 상태가 호전되었답니다. 만날 준비가 되었다는데요."

"그녀가 마음을 바꾸기 전에 얼른 가 봐야겠네."

II

더못 크래독은 가싱턴 홀에 도착해서 엘라 질린스키의 접대를 받았다. 그녀는 평상시처럼 활기차고 유능해 보였다.

"크래독 경감님, 그레그 양이 기다리고 있습니다."

더못은 관심 어린 눈으로 그녀를 쳐다보았다. 처음부터 그는 엘라 질린스키의 성격이 호기심을 자아낸다고 생각했다. 그는 "지금까지 저런 무표정한 얼굴은 처음인데."라고 중얼댔다. 그녀는 어떤 질문에도 신속하게 대답했다. 어느 것도 숨기는 것 같지 않았지만 실제로 그 일에 대해 무슨 생각을 하거나 느끼는지 또는 얼마나 아는지 전혀 내비치지 않았다. 명민하고 효율적이라는 그녀의 갑옷에 틈이라고는 전혀 없어 보였다. 자기가 안다고 말하는 것 이상으로 알지도 모른다. 상당히 많이 알 수도 있다. 그녀가 제이슨 러드를 사랑한다는 것만 확신이 갔다. 그나마도 그렇다고 증명할 근거는 전혀 없다고 인정해야 했지만. 사실 그건 비서들의 직업병이기도 했고, 별다른 의미가 없을지도 모른다. 그러나 적어도 동기가 될 수 있고, 그는 그녀가 숨기는 게 있다고 확신했다. 사랑일 수도 증오일 수도 있고, 그저 죄의식일 수도 있다. 그날 오후에 우연히 기회를 잡았거나 고의적으로 계획했을 수도 있다. 그는 그녀가 범죄를 실행하는 모습을 쉽게 그려 보았다. 신속하면서도 성급하지 않은 동작, 여기저기 돌아다니며 손님들을 챙기고 잔을 나눠 주거나 치우면서 마리나가 잔을 탁자 어디에 내려놓았는지 지켜본다. 아마도 마리나가 미국에서 온 손님들을 맞이하는 그 순간, 놀라움과 즐거운 비명으로 모두의 시선이 그 만남에 쏠린 그 순간에 조용히, 아무런 방해도 없이 잔에 치사량의 약을 넣었을 수도 있다. 그녀는 그 일에 필요한 담력과 배짱, 신속함을 모두 지니고 있다. 무슨 일을 저질렀건 간에 죄를 짓는 것처럼 보이지 않았으리라. 간단하고 놀라운 범죄, 실패하기 힘든 범죄이다. 그러나 운명의 힘은 다른 곳으로 흘러갔다. 다소 혼잡한 공간에서 누군가가 헤더 배드콕의 팔을 쳤다. 그녀의 잔이 쏟아지자 마리나는 자연스럽고 충동적인 우아함을 발휘해서 입도 대지 않은 자기 잔을 얼른 내주었고, 결국 엉뚱한 여자가 죽은 것이다.

더못 크래독은 한낱 추리에 불과하고 아마도 터무니없을 거라고 중얼대면서 엘라 질린스키에게 예의 바르게 인사했다.

"질린스키 양, 묻고 싶은 게 있습니다. 식음료는 마켓 베이싱 사에서 준비했던데요?"

"맞아요."

"그 회사를 정한 특별한 이유라도 있습니까?"

"실은 잘 몰라요. 그건 제가 맡은 임무가 아니거든요. 러드 씨가 런던의 업체보다 지역 회사를 선정하는 게 더 적절하다고 판단할 걸로 알고 있습니다. 저희 관점에서 그 축제는 상당히 소규모였으니까요."

"알겠습니다."

그녀가 얼굴을 찌푸리고 시선을 깔자 그는 그녀를 쳐다보았다.

시원한 이마와 단호한 턱, 그렇게 보이려고만 한다면 상당히 도발적일 수 있는 모습이었다. 단단한 입은 탐욕스러워 보였다. 그렇다면 눈은? 그는 그녀의 눈을 보다가 깜짝 놀랐다. 눈꺼풀이 빨갰다. 울었던 것인지 궁금했다. 울었던 것 같았다. 그런데도 그녀는 눈물이 흔한 젊은 여자 유형이 아니라고 단언할 수 있었다. 그녀는 그를 올려다보다가 그의 속마음을 읽기라도 한 듯 손수건을 꺼내 코를 핵 풀었다.

"감기에 걸렸군요."

"감기가 아니라 건초열이에요. 일종의 알레르기죠. 이맘때면 늘 이래요."

그때 나지막하게 따르릉 소리가 울렸다. 방에는 전화기가 둘 있었다. 하나는 탁자에, 또 하나는 구석의 탁자에 놓여 있었다. 구석의 전화기가 울리기 시작하자 엘라 질린스키가 그쪽으로 가서 수화기를 집었다.

"예, 오셨어요. 당장 모시고 가죠."

그녀가 수화기를 내려놓았다.

"마리나 양이 만날 준비가 되었답니다."

III

마리나 그레그는 2층 방에서 크래독과 만났다. 침실과 통하는 개인 거실이 분명했다. 그녀가 피로하고 신경쇠약이라는 이야기를 들은 참이라 더못 크래독은 숨을 헐떡이는 환자를 볼 거라고 예상했다. 그러나 소파에 몸을 반쯤 기댔긴 해도 마리나는 목소리가 활기차고 눈빛도 밝았다. 화장을 거의 안 했지만 나이에 비해 젊어 보였다. 그는 차분하게 빛나는 그녀의 미모에 강한 인상을 받았다. 뺨과 턱선이 절묘하고, 부드럽고 자연스럽게 흘러내리는 머리칼이 얼굴의 윤곽을 잡아 주었다. 초록빛 바다처럼 긴 눈과 펜슬로 그린 눈썹은 기교와 자연미를 더했고 따뜻하고 상냥한 미소까지 합해서 마법을 부리는 것 같았다.

"크래독 경감님이시죠? 제대로 처신하지 못해서 면목이 없네요. 사과드립니다. 그 무서운 일이 벌어지고 나서 제정신이 아니었어요. 털고 일어나야 했는데 그러질 못했어요. 스스로가 부끄럽답니다."

마리나 그레그는 말을 마친 후 미소를 지었다. 후회가 넘쳐 보이지만 미소는 다정했다. 크래독은 그녀가 내미는 손을 잡았다.

"당연히 놀라셨겠죠."

"음, 다들 그랬어요. 저라고 해서 더 심하라는 법은 없었는데요."

"정말 그렇습니까?"

마리나는 크래독을 잠시 쳐다보다가 고개를 끄덕였다.

"경감님은 정말 직관력이 뛰어나세요. 맞아요."

마리나는 아래를 내려보다면서 길쭉한 검지로 소파 팔걸이를 살짝 문질렀다. 그녀가 출연한 영화에서 봤던 몸짓이었다. 의미 없는 몸짓인데도 뭔가 의미가 있어 보였다. 우아하게 생각에 잠긴 몸짓이었다. 그녀는 여전히 시선을 내리깐 채 말했다.

"전 겁쟁이예요. 누군가가 절 죽이려고 하는데 저는 죽고 싶지 않아요."

"왜 누가 당신을 죽이려고 한다고 생각하죠?"

마리나가 눈을 크게 떴다.

"제 잔이었으니까요. 독약이 들어간 건 바로 제가 마시려고 한 술이었죠. 그 불쌍한 여자는 그저 우연히 그 잔을 마셨던 거예요. 그래서 더욱더 끔찍하고 비극적이죠. 더군다나……."

"말씀하시죠."

그녀는 더 말해야 할지 다소 확신이 서지 않는 모양이었다.

"범인이 당신을 노렸다고 믿을 만한 다른 이유라도 있으신가요?"

그녀가 고개를 끄덕였다.

"무슨 이유죠?"

마리나는 잠시 지체하다가 대답했다.

"제이슨이 경감님께 그 일에 대해 말해야 한다고 했어요."

"그렇다면 남편에게는 다 말씀하셨다는 건가요?"

"예……. 처음에는 그러고 싶지 않았지만……. 길크리스트 의사 선생님이 그래야 한다고 했어요. 그리고 남편 역시 그런 생각이라는 걸 알게 되었죠. 그이는 내내 그런 생각을 했지만……. 그건 좀 웃기는데요……."

마리나의 입술에 다시 후회의 미소가 떠올랐다.

"그런 말을 하면 제가 놀랄까 봐 꺼렸대요. 정말이지."

마리나가 갑자기 몸을 쭉 일으켰다.

"징크스도 참! 제가 바보인 줄 알아요."

"누가, 왜 당신을 죽이고 싶어 한다고 생각하는지 아직 말씀하지 않으셨습니다."

마리나는 잠시 아무 말도 않다가 손을 쑥 뻗어 핸드백을 열고는 종이 한 장을 꺼내 그의 손에 건넸다. 그는 그 쪽지를 읽었다. 타이프로 친 한 문장이었다.

다음번에도 피할 거라고 생각하지 마라.

크래독이 예리한 목소리로 질문을 던졌다.
"언제 이걸 받았죠?"
"욕실에서 나와 보니 화장대 위에 놓여 있었어요."
"집 안의 누군가가……."
"꼭 그런 건 아니죠. 제 창문 밖 발코니로 기어 올라와서 던졌을 수도 있어요. 겁을 주려는 속셈이었겠지만 그러지 못했죠. 너무 화가 나서 경감님께 당장 와 달라고 부탁을 했으니까요."
더못 크래독이 미소 지었다.
"보낸 사람이 누군지 몰라도 뜻밖의 결과를 얻었군요. 이런 쪽지는 처음 받은 건가요?"
다시 마리나가 주저하다가 대답했다.
"아뇨, 그렇지 않아요."
"다른 게 더 있습니까?"

"3주 전에 여기 처음 왔을 때였어요. 여기가 아니라 영화사로 왔죠. 상당히 우스웠어요. 그냥 쪽지였고 타이프로 친 것도 아니었죠. 대문자로 '죽을 준비나 해라.'고 써 있었죠."

그녀가 크게 웃었다. 그 웃음소리 안에 히스테리의 기미가 희미하게 엿보였지만 그래도 정말 즐거워 보였다.

"너무 한심했어요. 물론 괴상한 쪽지를 종종 받곤 하죠. 협박이나 그런 거요. 아마도 종교적일 거라고 생각하고 찢어서 휴지통에 버렸죠."

"그 일을 누군가에게 말씀하셨습니까?"

마리나가 고개를 저었다.

"아뇨, 아무에게도 말하지 않았어요. 사실 그때는 다들 촬영 중인 장면 때문에 걱정하고 있었거든요. 당시에는 다른 생각은 전혀 할 수 없었죠. 어쨌든 한심한 농담이거나 연극이나 연기를 인정하지 않는 광신도의 짓이라고 생각했어요."

"그 후에도 또 있었습니까?"

"예, 축제 날이었죠. 정원사가 가져온 것 같아요. 누가 저에게 쪽지를 전했다면서 답장이 있냐고 물었죠. 축제 준비에 대한 거라고 생각하고 열어 보았더니 '오늘이 지구상에서 당신의 마지막 날이 될 것이다.'라고 적혀 있었어요. 그 쪽지를 구기고 '답장은 없다.'고 대답했죠. 다시 정원사를 불러서 누가 준 거냐고 물었더니 자전거를 타고 온 안경 쓴 남자라고 했어요. 음, 그 일은 어떻게 생각하세요? 저는 더욱 한심한 짓이라고 여겼어요. 정말이지, 정말이지, 진짜 협박이었다고는 잠시도 생각하지 못했어요."

"그 쪽지는 지금 어디 있습니까?"

"모르겠어요. 색깔 있는 이탈리아제 실크 코트를 입었는데, 그 쪽지를 구겨서 주머니에 넣은 것 같아요. 어디 떨어졌는지 지금은 거기 없지만요."

"그러니까 그 한심한 쪽지를 누가 썼는지 전혀 모르신다는 거군요. 떠오르는 사람은 있습니까? 아직도 모르시겠습니까?"

그녀가 눈을 크게 떴다. 그는 그녀의 눈 안에 순수하게 궁금한 심정이 담겨 있는 것을 보고 찬탄했지만, 그렇다고 쉽게 넘어가지는 않았다.

"제가 어떻게 알겠어요? 그게 가능할까요?"

"잘 생각하면 알 수도 있다는 생각이 듭니다."

"아뇨. 없다고 장담해요."

"당신은 아주 유명하죠. 크게 성공했어요. 배우로도 성공하고 개인적으로도 성공을 거두었어요. 남자들은 당신을 사랑해서 결혼하고 싶어 했고, 또 결혼한 경우도 있죠. 여자들은 당신을 시기하고 질투해요. 남자들은 당신을 사랑하고 좌절을 느꼈어요. 영화계가 상당히 거친 곳이라는 데 동의합니다. 그래도 누가 이런 쪽지를 썼을지 조금은 아는 바가 있을 거라고 생각합니다."

"아무나일 수도 있죠."

"아뇨, 아무나일 수가 없습니다. 상당히 많은 사람 중의 한 명이 겠죠. 의상 담당자나 전기 기사, 하인처럼 지위가 낮은 사람일 수도 있어요. 아니면 당신 친구, 그러니까 소위 친구 중 한 사람일 수도 있죠. 당신은 틀림없이 아는 바가 있을 겁니다. 어떤 이름, 또는 여러 이름이 떠오르지 않습니까?"

문이 열리고 제이슨 러드가 들어왔다. 마리나가 그에게 고개를 돌리고 고혹적인 태도로 손을 뻗었다.

"여보, 그 무시무시한 쪽지를 누가 보냈는지 내가 알 거라고 경감님이 주장하네. 난 모르는데. 내가 모른다는 건 당신도 알지? 우린 둘 다 몰라요. 전혀 모른답니다."

'지나치게 강요하는군. 너무 강요해. 남편이 뭐라고 말할까 봐 두려워하나?'

크래독이 생각했다.

제이슨 러드는 피로 때문에 어두워진 눈빛에 예전보다 더 찌푸린 표정으로 그들 옆으로 다가와 마리나의 손을 잡았다.

"경감님께서는 믿기 힘드시겠지만, 솔직히 말해서 마리나나 저 모두 이 일에 대해서는 아는 바가 전혀 없습니다."

"두 분 다 아무 적도 없는 행복한 처지라는 말씀입니까?"

더못이 비꼬는 어조로 물었다.

제이슨 러드가 얼굴을 붉혔다.

"적이라고요? 그저 대단히 성경적인 단어군요, 경감님. 그런 의미에서 저는 적이 없다고 장담합니다. 누군가가 싫어지면 그를 누르고 싶어 하고 가능하면 앙심에 차서 비열한 짓도 할 수 있겠죠. 그렇다고 음료수에 독약을 과다 투입할 정도라는 건 지나친 비약 아닐까요?"

"방금 전에 부인과 이야기를 나누면서 이런 편지를 쓰거나 쓸 마음이 들 만한 사람이 누가 있겠냐고 물었습니다. 부인은 모른다고 하셨지만 구체적인 행위로 시선을 돌리면 범위는 크게 줄어듭니다. 누군가가 실제로 그 잔에 독을 풀었어요. 아시겠지만 그 범위는 상당히 제한되었죠."

"저는 아무것도 못 봤습니다."

제이슨 러드가 말했다.

"저도 틀림없이 못 봤어요. 다시 말해서, 누가 제 잔에 뭘 넣는 걸 봤다면 절대로 그걸 마시지 않았을 거예요. 그렇지 않나요?"

마리나가 말하자 더못 크래독이 부드러운 어조로 말했다.

"지금 말씀하시는 이상으로 아시는 바가 있을 거라고 믿습니다."

"그건 사실이 아니에요. 여보, 사실이 아니라고 말해 줘."

"정말 당혹스럽습니다. 전부 터무니없는 일입니다. 이 모든 일이 장난이라고 믿고 싶어요. 그 장난이 어쩌다 보니 잘못되었고, 결국 위험한 일로 변했지만 그 범인은 처음엔 위험할 거라고 상상도 못 했을······."

그의 목소리에 약간의 의혹이 섞여 있었지만 그는 고개를 저으며 덧붙였다.

"아뇨. 이런 생각은 납득 못하실 겁니다."

"묻고 싶은 게 한 가지 더 있습니다. 물론 배드콕 부부가 왔을 때를 기억하시겠죠? 그들은 교구 목사 바로 뒤에 왔습니다. 그레그 양, 당신은 다른 손님들을 환대할 때처럼 다정하게 그들을 환대했습니다. 그런데 그들에게 인사한 후에 당신이 배드콕 부인의 어깨 너머를 보면서 깜짝 놀란 것 같다고 진술한 목격자가 있습니다. 사실입니까? 또 만약 그렇다면 왜 그랬죠?"

마리나가 빠르게 대답했다.

"그건 사실이 아닙니다. 뭔가에 깜짝 놀랐다니, 도대체 제가 뭘 보고 깜짝 놀랐겠어요?"

"바로 그게 알고 싶은 겁니다. 그 목격자는 그 사실을 상당히 강조했어요."

더못 크래독이 차분하게 대답했다.

"그 목격자가 누구죠? 그 사람이 뭘 보았다고 하던가요?"

"당신은 계단을 쳐다보고 있었죠. 사람들이 계단을 올라왔습니다. 기자와 그라이스 씨 부부가 왔죠. 이 지역의 연로한 주민들과 미국에서 막 도착한 아드윅 펜 씨와 롤라 브루스터 양도 있었습니다. 그중 누구를 보고 기분이 언짢았습니까, 그레그 양?"

"언짢지 않았다니까요."

마리나가 거의 소리를 질러댔다.

"당신은 배드콕 부인을 접대하다가 방심했습니다. 그녀가 뭐라고 질문했는데 대답도 안 했죠. 그녀 뒤의 무언가를 노려보았기 때문이죠."

마리나 그레그는 감정을 누르며 조용히 설득력있게 말했다.

"설명할게요, 정말입니다. 연기에 대해 아신다면 쉽게 이해할 수 있을 텐데요. 맡은 배역을 알 때, 실은 잘 알 때 그런 일이 더 자주 일어나는데, 기계적으로 행동하는 순간이 있어요. 미소를 지으며 적절하게 몸을 움직이고 평상시대로 말을 하는데 정신은 딴 데 가 있는 순간 말이에요. 그러다가 갑자기 여기가 어딘지, 연극의 어느 부분인지, 다음 대사는 뭔지 깜깜한 순간이 찾아옵니다. 연극인들은 드라잉 업(대사를 잊는 것—옮긴이)이라고 하죠. 음, 바로 그런 순간이었어요. 남편이 말해 주겠지만, 저는 그다지 강하지 못해요. 다소 힘든 시간을 겪은 데다 새 영화 때문에 걱정도 무척 많답니다. 그 축제를 제대로 치르고 친절하게 모두를 환대하고 싶었어요. 그래도 언제나 똑같은 이야기를 해 대는 사람들에게 계속해서 같은 이야기를 기계적으로 하게 된답니다. 사람들은 진심으로 연예인을 만나고 싶어 하거든요. 샌프란시스코의 극장 밖에서 본 적이 있다거나 같은 비행기를 탄 적이 있다는 식의 한심한 이야기를 듣고도 친절하게 대꾸해야 하죠. 음, 그러다 보면 자동적이 된답니다. 뭐라고 말해야 할지 고민할 필요도 없어요. 그전에도 너무 자주 말한 거니까요. 갑자기 피로가 파도처럼 몰려와서 머릿속이 텅 비었던 것 같아요. 그때 배드콕 부인이 길게 이야기를 늘어놓았고 저는 전혀 듣지도 않았는데 이제 그녀가 저를 유심히 바라본다고 느꼈죠. 저는 아무런 대꾸도 하지 않고 인사치레도 안 했다는 것도 깨달았죠. 그저 피곤했어요."

"그저 피곤한 거라, 계속 그렇게 주장하시는군요."

더못 크래독이 천천히 말했다.

"그래요, 왜 제 말을 믿지 못하는지 모르겠어요."

더못 크래독이 제이슨 러드를 쳐다보았다.

"러드 씨, 부인보다는 선생님께서 제 말뜻을 더 잘 이해하실 것 같군요. 저는 부인의 안전을 대단히 걱정하고 있습니다. 부인의 목숨을 노리는 시도가 한 차례 있었고 협박문도 왔습니다. 축제 날 누군가가 여기 있었고 아직도 여기 있다는 뜻이죠. 그자는 이 집과 내부 사정을 매우 잘 아는 사람입니다. 제정신이 아닌 자일 수도 있어요. 단순히 협박의 문제가 아닙니다. 협박받은 남자가 오래 산다고들 합니다. 여자도 마찬가지겠죠. 그러나 그자는 협박에서 멈추지 않습니다. 그레그 양을 독살하려는 고의적인 시도가 있었습니다. 사건을 돌이켜보면 또다시 그런 시도가 있을 거라고 예상할 수 있습니다. 안전을 확보하는 방법은 하나뿐입니다. 가능한 한 모든 단서를 저에게 알려 주시면 됩니다. 그자가 누구인지 선생님께서 안다고 하지는 않겠습니다. 그래도 추측이나 막연한 생각이라도 있을 겁니다. 진실을 말해 주지 않겠습니까? 선생님께서 진실을 모르신다면 부인에게 그렇게 해 달라고 해 주십시오. 지금 부인의 안전을 위해 부탁드리는 겁니다."

제이슨 러드가 천천히 아내에게 고개를 돌렸다.

"경감님이 당부하시는 거 들었지? 경감님 말씀대로 내가 모르는 무언가를 당신이 알 수도 있어. 혹시 그렇다면 제발 바보같이 굴지 마. 조금이라도 의심이 가는 사람이 있으면 지금 말씀드려."

"없는걸. 내 말을 믿어 줘."

그녀의 목소리는 거의 울부짖는 것 같았다.

"그날 두려운 사람이 있었습니까?"

더못이 물었다.

"아무도 두렵지 않았어요."

"이보세요, 그레그 양. 당신은 계단 위에 있거나 계단을 올라오는 사람 중에서 두 친구를 보고 놀랐습니다. 오랫동안 만나지 못한 데다 그날 만날 거라고 예상하지 못했던 사람들이죠. 바로 아드윅 펜 씨와 롤라 브루스터 양입니다. 그들이 뜻밖에 계단을 올라오는 걸 보고 특별한 감정이 들었나요? 그들이 온다는 것도 모르지 않았습니까?"

"그래요. 그들이 영국에 있다는 것조차 몰랐죠."

제이슨 러드가 말했다.

"기뻤죠. 정말 기뻤어요."

마리나가 말했다.

"브루스터 양을 봐서 기뻤다고요?"

"왜 그런……."

그녀가 그에게 얼른 의혹의 눈초리를 던졌다.

"롤라 브루스터는 당신의 세 번째 남편인 로버트 트러스콧의 부인이 아니었나요?"

"그래요, 그랬죠."

"그 사람은 당신과 결혼하려고 그녀와 이혼했죠."

마리나 그레그가 참지 못하고 말했다.

"아, 다들 아는 이야기죠. 경감님이 새삼스레 찾아낸 이야기라고 생각하실 필요는 없어요. 당시 꽤 소란스러웠지만 결국 다들 나쁜 감정을 풀었죠."

"그녀가 당신을 협박했나요?"

"음, 어떤 면에서는 그랬죠. 아이, 제대로 설명하고 싶군요. 그런 협박은 아무도 심각하게 여기지 않아요. 어떤 파티장에서였고 그녀는 과음했어요. 총이 있었다면 저에게 총을 쏘아 댔겠지만 다행히 총이 없었죠. 몇 년 전 일인걸요! 그런 일이나 감정은 오래 가지 않아요. 정말 그래요. 맞지, 여보?"

"그렇습니다. 그리고 그날 롤라 브루스터가 아내의 술잔에 독약을 넣을 가능성은 없다고 장담합니다. 제가 내내 바로 옆에 있었으니까요. 오랫동안 친하게 지내던 롤라가 갑자기 아내의 잔에 독약을 탈 준비를 하고 영국의 우리 집에 나타났다는 건 정말 말도 안 되는 생각입니다."

"선생님의 견해에 감사합니다."

"그저 견해가 아니라 사실입니다. 롤라는 마리나의 잔 근처에도 가지 않았는걸요."

"다른 손님인 아드윅 펜은 어떻습니까?"

제이슨 러드가 약간 미묘하게 멈칫했다가 대답한 것 같다고 크래독은 생각했다.

"저희 부부의 오랜 친구죠. 가끔 연락은 주고받았지만 오랫동안 만나지 못했어요. 미국 텔레비전계에서 대단한 인물이죠."

"당신의 오랜 친구이기도 한가요?"

더못 크래독이 마리나에게 묻자 그녀는 꽤 빠르게 대답했다.

"그래요, 그럼요. 그는, 그는 언제나 제 친구였지만 최근에는 만나지 못했어요."

그러다가 그녀가 이어 말을 내뱉었다.

"제가 아드윅을 보고 두려워했다고 생각하신다면, 그건 정말 오산이세요. 정말 말이 안 돼요. 제가 왜 그를 두려워하겠어요? 어떤 이유로 두려워하겠냐고요? 우리는 정말 좋은 친구죠. 갑자기 그를 만나서 정말, 정말 기뻤어요. 놀랍고 즐거웠죠. 맞아요, 놀랍고 즐거웠어요."

그녀가 생기차고 도전적인 얼굴로 그를 올려다보았다. 크래독이 조용히 말했다.

"고맙습니다, 그레그 양. 언제라도 하고 싶은 이야기가 있다면 반드시 알려 달라고 강력하게 충고합니다."

14장

I

밴트리 부인은 무릎을 구부린 채 앉아 있었다. 땅이 적당히 말라서 괭이질하기에는 그만이었다. 그렇다고 괭이질만 하는 건 아니었다. 그녀는 열심히 엉겅퀴와 민들레 같은 잡초를 뽑았다.

그녀는 숨이 가쁘지만 의기양양하게 일어나 울타리 너머 큰 길을 바라보다가 이름이 기억나지 않는 검은 머리의 비서를 보고 약간 놀랐다. 비서는 도로 건너편 버스 정거장 옆의 공중전화 박스에서 나오는 길이었다.

이름이 뭐였더라. B로 시작했던가 아니면 R이었나? 아니, 질린스키다. 밴트리 부인은 엘라가 길을 건너서 이스트로지 너머 저택 안 차도로 들어설 때 그녀의 이름을 기억했다.

"좋은 아침이네요, 질린스키 양."

부인이 다정하게 인사를 건넸다.

엘라 질린스키가 펄쩍 뛰었다. 사실 펄쩍 뛰었다기보다는 많이 두려워하면서 뒷걸음질치는 것 같았다. 그걸 보고 오히려 밴트리 부인이 놀랐다.

"좋은 아침이군요."

엘라가 대답하고 얼른 덧붙였다.

"전화하러 내려왔어요. 집 전화에 문제가 있어서요."

밴트리 부인은 더욱 놀랐다. 엘라 질린스키가 자기 행동에 대해 굳이 설명하는 이유가 궁금했다. 그녀가 예의바르게 대꾸했다.

"정말 귀찮겠어요. 필요하면 언제든지 들어와서 전화를 쓰세요."

"고맙습니다만."

엘라가 말하다 말고 재채기를 했다. 밴트리 부인이 즉각 진단을 내렸다.

"건초열이군요. 소다와 물로 약하게 중탄산염을 만들어서 마셔 봐요."

"아, 괜찮아요. 흡입기에 성능 좋은 특허약을 넣은 게 있어요. 어쨌든 고맙습니다."

그녀는 다시 재채기를 하며 활기차게 걸어갔다.

밴트리 부인은 그녀의 뒷모습을 바라보았다. 다시 자기 정원으로 시선을 돌렸다가 어디에도 잡초가 보이지 않자 불만스러운 표정을 지으며 혼란스럽게 중얼댔다.

"오셀로의 일거리가 사라졌어. 참견하기 좋아하는 할망구라고 해도 좋아. 꼭 알고 싶은 게 있는데……."

밴트리 부인은 잠시 갈등하다가 결국 유혹에 넘어갔다. 참견하기 좋아하는 할망구가 되면 뭐가 어때서! 그녀는 집 안으로 들어가 수화기를 들고 다이얼을 돌렸다. 활기찬 미국인 목소리가 전화를 받았다.

"가싱턴 홀입니다."

"이스트로지의 밴트리 부인이라고 해요."

"아, 안녕하세요, 밴트리 부인. 헤일리 프레스턴입니다. 축제날 만났죠. 무슨 일이죠?"

"도움이 될까 해서요. 전화가 고장났다면……."

그의 놀란 목소리가 그녀의 말을 막았다.

"우리 전화가 고장이라고요? 전혀 문제가 없는데요. 왜 그렇게 생각하셨나요?"

"착각했나 봐요. 귀가 잘 안 들려서요."

밴트리 부인은 얼굴색 하나 변하지 않고 변명을 늘어놓았다. 그녀는 수화기를 내려놓고 잠시 기다렸다가 다시 다이얼을 돌렸다.

"제인? 돌리예요."

"아, 돌리, 무슨 일이죠?"

"음, 좀 이상한 일이 있어서요. 그 여비서가 길가의 공중전화에서 전화를 걸었어요. 그러고는 가싱턴 홀의 전화가 고장이 났다고 굳이 설명을 하더라고요. 그래서 거기 전화를 걸어 봤더니 전혀……."

그녀는 말을 멈추고 정보부에서 판결을 내려 주기를 기다렸다.

"그래요, 흥미로운데요."

마플 양이 신중하게 말했다.

"무슨 이유라고 생각해요?"

"음, 누가 전화를 엿들을까 봐 싫었던 거죠……."

"맞아요."

"거기에는 여러 이유가 있을 수 있죠."

"그래요."

"흥미로운데요."

마플 양이 또다시 말했다.

II

도널드 맥닐만큼 말할 채비를 미리 한 사람도 없을 것이다. 그는 붙임성이 좋은 빨강 머리의 젊은이였다. 맥닐은 즐거움과 호기심이 가득한 표정으로 더못 크래독에게 인사했다.

"안녕하세요? 저에게 알려 주실 특별한 소식이라도 있나요?"

맥닐이 유쾌하게 물었다.

"아직은 없는데, 아마 나중에 있을 겁니다."

"평상시처럼 빼시는군요. 경찰은 다 똑같죠. 친절하지만 조개처럼 입을 다물죠. '수사에 도움이 되어 달라.'고 요청할 단계가 아직 아닌가 보죠?"

"그래서 당신에게 왔죠."

더못 크래독이 씩 웃었다.

"그 말에 혹시 이중적인 의미가 담겨 있는 건 아닌지요? 제가 헤더 배드콕을 살해했는데 알고 보니 마리나 그레그인 줄 알고 실수했다거나 아니면 처음부터 헤더 배드콕을 죽이려고 했다고 의심하는 거 아닌가요?"

"난 아무 말도 하지 않았는데요."

"아, 물론 아무 말도 하지 않으셨죠. 경감님은 아주 정확한 사람일 테니까요. 좋습니다. 자세히 들여다보죠. 저는 그 자리에 있었죠. 기회가 있었지만 동기는? 아, 그게 알고 싶으신 거군요. 제 동기가 무엇이었나?"

"지금까지는 찾아내지 못했는데요."

"그거 아주 좋은데요. 안심입니다."

"그날 뭘 봤는지가 궁금할 따름입니다."

"이미 아실 텐데요. 지역 경찰에서 벌써 수사했을 테니까. 치욕적인 경험이었어요. 저는 살인 현장에 있었습니다. 실제로 살인 장면을 봤냐 하면 그것도 아니에요. 처음으로 목격한 게 그 불쌍한 여자가 의자에 앉아 숨을 헐떡이다가 죽는 장면이었다고 고백하기가 부끄러울 정도입니다. 물론 아주 훌륭한 목격담이죠. 저로서는 큰 특종입니다만 그게 다죠. 더 이상 모른다는 데 굴욕감을 느낍니다. 좀 더 알아야 했는데요. 설마 그 독약이 헤더 배드콕을 겨냥했다는 식으로 저를 놀리지는 마세요. 그녀는 말이 좀 많은 편이지만 그런 이유로 살해될 정도는 아니에요. 물론 비밀을 말한다면 다르지만요. 하지만 그 누구도 헤더 배드콕에게 비밀을 털어놓았을 거라고 생각하지 않아요. 다른 사람의 비밀에 관심을 가질 여자가 아니죠. 언제나 자신에 대해서만 말했을 여자라고 생각합니다."

"대부분 그렇게 생각하더군요."

크래독이 동의했다.

"결국 그 유명한 마리나 그레그에게 초점이 옮겨집니다. 마리나를 살해할 동기는 많으니까요. 시기와 질투, 사랑의 삼각 관계, 모두 드라마 감이죠. 그렇지만 누가 그랬을까요? 머리가 좀 이상한 사람이겠죠. 이런! 제 소중한 견해를 다 알아내셨군요. 그게 원하던 바인가요?"

"그것만이 아닙니다. 교구 목사님과 시장님과 거의 같은 시간에 계단을 올라왔다고 들었습니다."

"맞아요. 하지만 전 그때 도착한 건 아니었어요. 저는 더 일찍 거기 가 있었죠."

"그건 몰랐는데요."

"그래요. 알다시피 여기저기 돌아다니면서 취재해야 하니까요. 사진가도 동반했죠. 시장님이 도착해서 고리던지기를 하고 보물찾기 놀이를 하는 모습들을 몇 장 찍으려고 내려갔다가 다시 올라갔어요. 일보다는 음료수나 한두 잔 하려고요. 음료수가 좋았거든요."

"그렇군요. 계단을 올라갈 때 누가 있었는지 기억납니까?"

"런던에서 온 마곳 벤스가 카메라를 찍고 있었죠."

"그녀에 대해 잘 아나요?"

"아, 종종 만난 적 있어요. 똑똑하고 성공한 여자입니다. 공연 첫날이나 축제 공연처럼 인기 있는 사진은 다 찍어요. 특이한 각도로 사진을 찍는 데 전문이죠. 예술적이에요! 층계참의 한 모퉁이에 자리를 잡았더군요. 계단을 올라가는 사람이나 꼭대기의 영접 장면을 잘 찍을 수 있는 위치였죠. 롤라 브루스터가 바로 제 앞을 올라갔어요. 처음에는 몰라봤어요. 머리를 빛바랜 빨간색으로 새로 염색했더군요. 피지 섬 주민의 최신 스타일이죠. 그전에 봤을 때는 얼굴 둘레에 파도가 길게 떨어지는 것 같고 턱에 다갈색으로 멋진 음영이 졌죠. 그 옆에 키가 크고 검은 미국 남자가 있었어요. 누구인지 모르지만 중요한 사람 같더군요."

"올라오면서 마리나 그레그를 보았나요?"

"예, 물론입니다."

"당황하거나 충격받거나 두려워하는 표정은 아니던가요?"

"그런 말을 들으니 이상하군요. 실은 그녀가 기절할 것 같다는 생각이 잠시 들었거든요."

크래독이 신중하게 말했다.

"알겠습니다. 더 말해 주고 싶은 내용은 없나요?"

맥닐이 순진한 표정으로 그를 노려보았다.

"뭐가 있겠어요?"

"그 말은 믿을 수 없습니다."

크래독이 말했다.

"제가 그러지 않았다고 꽤 확신하는 것 같은데요. 실망스럽습니다. 제가 그녀의 첫 남편임이 입증되었다고 가정해 보세요. 그 사람이 너무 시시해서 이름조차 다들 모른다는 걸 제외하면 아무도 그에 대해 모르죠."

더못이 씩 웃었다.

"예비 학교 때 결혼했나요? 아니면 놀이복 차림으로? 서둘러야겠어요. 기차를 타야 하거든요."

III

런던 경시청에 있는 크래독의 책상 위에 단정하게 정리된 서류 파일이 쌓여 있었다. 그는 그것을 대충 쳐다보고 어깨 너머로 질문을 던졌다.

"롤라 브루스터가 머무는 곳이 어디지?"

"사보이 호텔 1800호실입니다. 지금 경감님을 기다리고 있습니다."

"아드윅 펜은?"

"도체스터 호텔입니다. 1층 190호죠."

"알겠네."

그는 전보를 몇 개 집어서 다시 읽어 본 후 주머니에 집어넣었다. 그는 마지막 전보를 읽으며 혼자 웃고 속으로 중얼댔다.

"제가 제 임무를 제대로 안 한다고 하지 마세요, 제인 아주머니."

그는 사보이 호텔로 향했다.

롤라 브루스터는 특실에서 자기만의 방식으로 과장되게 그를 환대했다. 크래독은 방금 전에 훑어본 보고 내용을 명심하면서 그녀를 주의 깊게 바라보았다. 여전히 미인이었다. 관능적이고 좀 과장되어 보였지만 아직도 인기가 좋을 터였다. 마리나 그레그와는 완전히 다른 유형이었다. 인사말이 오고 간 후에 롤라는 피지 섬 주민 같은 머리를 뒤로 넘기고 립스틱을 진하게 바른 입을 육감적으로 내밀었다. 롤라는 커다란 갈색 눈동자 위로 푸른 눈꺼풀을 껌뻑이며 물었다.

"무서운 질문을 하러 오셨나요? 지방 수사관처럼 말이죠."

"너무 무섭지 않기를 바랍니다, 브루스터 양."

"아, 아마도 그럴걸요. 난 이 모든 일이 엄청난 실수에서 비롯된 것이라고 확신해요."

"정말 그렇게 생각하십니까?"

"아, 너무나 말이 안 되잖아요. 정말 누가 마리나를 독살할 작정이었다고 생각하세요? 도대체 누가 마리나를 독살하고 싶어 할까요? 그녀는 정말 상냥해요. 모두 그녀를 사랑하죠."

"당신도 그렇습니까?"

"언제나 마리나를 무척 좋아했어요."

"자, 브루스터 양. 11년인가 12년 전에 약간의 문제가 있지 않았나요?"

롤라가 손사래를 쳤다.

"아, 그거요. 정말 흥분되고 혼란스러운 기분이었죠. 롭과 무섭게 싸웠죠. 당시 우린 둘 다 제정신이 아니었어요. 마리나는 그이와 막 사랑에 빠져서 그의 혼을 빼놨죠. 그 가련한 인간을."

"그래서 몹시 신경이 쓰였나요?"

"음, 그랬던 것 같아요. 물론 지금은 내가 결정한 일 중에서 최고라고 생각하지만요. 그땐 정말 아이들이 걱정되었어요. 가정이 파괴된다면 말이죠. 그래도 롭과 같이 살 수 없다는 걸 이미 깨달았던 것 같아요. 제가 이혼하자마자 에디 그로브스와 재혼한 거 아시죠? 그전부터 오랫동안 그를 사랑했어요. 물론 아이들 때문에 결혼을 깨고 싶지 않았을 뿐이죠. 아이들에게 가정이 필요하다는 건 너무 중요하지 않나요?"

"당신이 몹시 혼란스러워했다고 하던데요."

"아, 사람들이야 늘 그렇게 말하죠."

롤라가 애매하게 말했다.

"당신은 꽤 말이 많았다고 하던데요? 마리나 그레그에게 총을 쏘겠다고 협박했다고 들었습니다만."

"이미 말한 대로 사람들이야 늘 그렇게 말하죠. 그런 말을 했다고 여겨져요. 물론 난 아무도 쏘지 않았어요."

"몇 년 후인가 에디 그로브스에게 총을 들이대지 않았습니까?"

"아, 그거야 싸웠으니까요. 제정신이 아니었어요."

"믿을 만한 소식통을 통해 들은 이야기가 있습니다, 브루스터 양. 당신이 말했던 내용 그대로라고 하던데, 말씀드리죠."

그가 수첩에 적힌 메모를 읽었다.

"그 여자는 빠져나갈 거라고 생각하지 못해. 지금 못 쏘더라도 기다렸다가 다른 방법으로 없앨 테니까. 얼마나 기다릴지, 몇 년이 될지는 상관없어. 반드시 앙갚음하고 말겠어.'"
"아, 그런 말은 절대로 하지 않았다고 확신해요."
롤라가 크게 웃었다.
"당신이 그렇게 말했다고 확신합니다, 브루스터 양."
매혹적인 미소가 그녀의 얼굴에 번졌다.
"사람들은 늘 그렇게 과장하죠. 그때 나는 제정신이 아니었어요."
그녀가 은밀하게 중얼댔다.
"다른 사람 때문에 화가 나면 무슨 말이든 하게 마련이죠. 14년이나 기다렸다가 영국으로 건너와서 마리나를 만나자마자 3분 만에 그녀의 술잔에 독약을 넣었다고 생각하지는 않겠죠?"
더못 크래독도 그렇다고는 생각하지 않았다. 상당히 개연성이 없어 보이는 일이었다.
"이 점만은 알려 드리겠습니다. 과거에 협박을 받았고 그날 마리나 그레그는 계단을 올라오는 누군가를 보고 놀라고 두려워한 게 분명합니다. 당연히 그 누군가가 당신일 거라고 생각하게 되죠."
"친절한 마리나는 나를 보고 아주 좋아했어요! 나에게 입맞춤하면서 정말 신난다고 소리쳤어요. 아, 경감님이 아주, 아주 어리석다는 생각이 들어요."
"모두가 행복한 대가족이라도 된다는 말인가요?"
"글쎄요, 경감님 생각보다는 그게 훨씬 더 사실에 가깝죠."

"혹시 다른 방식으로 도움을 줄 만한 건 없나요? 누가 그녀를 죽이려 했는지 혹 짚이는 사람 없나요?"

"마리나를 죽이고 싶어 하는 사람은 아무도 없을걸요. 사실 그녀는 아주 어리석어요. 늘 자기 건강 문제로 소란을 떨고 이게 좋다, 저게 좋다 하는 식으로 변덕을 부리죠. 막상 손에 쥐고 나면 싫증을 내고! 사람들이 왜 그녀를 그렇게 좋아하는지 모르겠어요. 제이슨이야 늘 그녀에게 홀딱 빠져 있죠. 그 사람이 지금까지 얼마나 참아야 했을까요! 그게 현실이죠. 다들 마리나를 참아내고 그녀를 위해 희생하죠. 그녀가 측은하고 상냥한 미소를 지으며 고맙다고 하면 다들 수고하길 잘했다고 여기죠. 도대체 그녀가 무슨 수를 쓰는지 모르겠어요. 그녀를 죽이고 싶어 하는 사람이 있다는 생각은 당장 지우는 편이 나아요."

"그러고 싶지만 불행히도 지울 수가 없어요. 보다시피 이미 일이 벌어졌으니까요."

"이미 벌어졌다뇨? 아무도 마리나를 죽이지 않았잖아요?"

"그렇긴 한데 시도가 있었습니다."

"믿을 수 없어요! 범인이 다른 여자, 바로 그 살해된 여자를 원래부터 겨냥했다고 생각하는데요. 그녀가 죽으면 돈을 물려받을 사람이 있지 않을까요?"

"그녀는 돈이 없습니다."

"아, 그래요? 그렇다면 다른 이유가 있겠죠. 어쨌든 나라면 마리나에 대해서는 걱정하지 않겠어요. 언제나 괜찮으니까요!"

"그렇습니까? 그다지 행복해 보이지 않던데요."

"아, 그거야 늘 모든 것에 법석을 떨기 때문이죠. 불행한 연애사며 아이도 낳을 수 없다는 거며."

"아이들을 입양하지 않았나요?"

더못은 마플 양의 긴급한 목소리를 생생하게 기억하며 물었다.

"한때 그랬던 것 같아요. 그다지 잘되지 못했지만요. 그녀는 늘 충동적으로 일을 벌이고 난 후에야 후회하죠."

"그녀가 입양한 아이들은 어떻게 되었죠?"

"나도 몰라요. 얼마 후에 사라졌어요. 그녀가 다른 일과 마찬가지로 그 아이들에게도 싫증을 냈을 거라고 생각해요."

"알겠습니다."

더못 크래독이 말했다.

IV

다음은 도체스터 호텔 190호였다.

"음, 경감……."

아드윅 펜이 손에 든 명함을 내려 보며 말했다.

"크래독입니다."

"뭘 도와 드릴까요?"

"몇 가지 질문을 해도 괜찮을까요?"

"그럼요. 머치번햄 사건 때문이죠? 아니, 그곳 이름이 뭐였더라,

세인트 메리 미드였나요?"

"예, 그렇습니다. 가싱턴 홀이죠."

"제이슨 러드가 왜 그런 집을 사고 싶어 했는지 모르겠어요. 영국에는 조지 왕 시대나 심지어 앤 여왕 시대의 집이 많잖아요. 가싱턴 홀은 순전히 빅토리아풍의 저택이던데, 도대체 무슨 매력이 있는 걸까요?"

"아, 매력이야 있죠. 빅토리아 시대의 안전성을 매력으로 여기는 사람도 있으니까요."

"안전성이라고요? 아마 그게 요점일 것 같습니다. 마리나는 안전성을 희구하니까요. 절대로 누려 보지 못했을 테니, 불쌍한 여자죠. 그래서 언제나 그리워했나 봅니다. 얼마 동안은 이곳에 만족하겠죠."

"그녀를 잘 아십니까, 펜 씨?"

아드윅 펜은 어깨를 으쓱했다.

"잘 아냐고요? 그렇다고 할 수 있는지 잘 모르겠군요. 오랫동안 알고 지낸 사이긴 합니다. 간간히 만나오면서요."

크래독은 그를 꼼꼼히 살펴보았다. 피부색이 검고 단단한 체구에 두툼한 안경 뒤로 예리한 눈이 빛나고 턱은 육중해 보였다.

아드윅 펜이 말을 이었다.

"신문에서 읽은 바로는 어떤 부인이 실수로 독살되었다고 하더군요. 그런데 그 독약이 사실은 마리나를 겨냥했다고 하던데요, 맞습니까?"

"예, 그렇습니다. 독약은 마리나 그레그가 마시려고 한 칵테일에 들어 있었죠. 배드콕 부인이 자기 잔을 떨어트리는 바람에 마리나가 자기 잔을 그녀에게 주었습니다."

"상당히 결정적으로 보이는데요. 하지만 누가 마리나를 독살하고 싶어 했다고는 상상할 수가 없습니다. 더군다나 리넷 브라운도 없었는데요."

"리넷 브라운이라뇨?"

크래독이 한 방 먹은 표정으로 물었다.

아드윅 펜이 미소를 지었다.

"마리나가 이 계약을 어기고 배역을 포기하면 리넷이 대신 차지할 테니 그녀로선 상당히 중요하겠죠. 그렇다고 그녀가 사람을 시켜서 독약을 보냈다고는 상상할 수 없어요. 그건 너무나 통속극 같으니까."

"좀 지나친 생각이군요."

더못이 덤덤하게 말했다.

"아, 여자들이 야심을 품고 무슨 일을 벌일지 알게 되면 놀랄 겁니다. 처음부터 죽일 생각이 아닐 수도 있다는 걸 잊지 마십시오. 그저 그녀를 놀래려고 한 것인지도 모릅니다. 완전히 끝장내는 건 아니고 기절시킬 생각이었을지 모르죠."

크래독이 고개를 저었다.

"애매한 용량이 아니었습니다."

"용량은 실수하기 쉽죠. 상당히 크게요."

"모든 게 당신 이론인가요?"

"아, 아닙니다. 그렇지 않아요. 그저 제안에 불과하죠. 나는 이론이라고는 없어요. 그저 결백한 방관자일 따름이죠."

"마리나 그레그가 당신을 보고 많이 놀라던가요?"

아드윅 펜이 재미있다는 듯이 웃었다.

"아, 완전히 놀라더군요. 내가 계단을 올라오는 걸 보고 자기 눈을 의심하더군요. 아주 잘 환대해 주었어요."

"오랫동안 만나지 못했습니까?"

"사오 년은 된 것 같습니다."

"몇 년 전에 그녀와 절친한 친구였던 때가 있었다던데요?"

"특별히 암시하는 바가 있는 건가요, 크래독 경감님?"

그의 목소리는 별로 달라지지 않았지만 이전까지 없던 무언가가 느껴졌다. 강철처럼 위협적인 어조였다. 더못은 그가 대단히 무자비한 상대가 될 수 있겠다고 느꼈다.

"아니면 질문 이상의 뜻은 없을 수도 있겠죠."

아드윅 펜이 말했다.

"그럴 준비는 되어 있습니다, 펜 씨. 그날 그 자리에 마리나 그레그와 함께 있던 모든 사람과 과거 관계를 조사해야 합니다. 방금 언급했던 시기에 당신이 마리나 그레그를 열렬하게 사랑했다는 소문이 있던데요."

아드윅 펜이 어깨를 으쓱했다.

"그런 때가 있게 마련이죠. 하지만 운 좋게도 그런 건 또 지나갑니다."

"그녀가 당신을 부추켜 놓고는 나중에 당신의 구애를 거절해서 당신이 몹시 화를 냈다고들 하던데요."

"그렇다고들 한다, 그렇다고들 한다!《컨피덴셜》을 전부 읽으신 것 같은데요?"

"상당히 정보를 보유한 지각 있는 사람들에게서 들었습니다."

아드윅 펜이 머리를 뒤로 젖히자 황소 같은 목선이 드러났다.

"한때 그녀를 마음에 품은 적이 있었죠. 맞습니다. 그녀는 아름답고 매력적이었고 지금도 그래요. 그래도 그녀를 협박했다는 건 너무 지나친 말입니다. 누가 나를 꺾으려고 하는 건 질색입니다. 그리고 날 꺾으려고 했던 사람들은 나중에 후회하죠. 어쨌거나 그 원칙은 주로 사업에 적용됩니다."

"당신이 영향력을 행사해서 당시 그녀가 찍던 영화에서 그녀가 빠졌다는 게 사실입니까?"

펜이 어깨를 으쓱했다.

"그녀는 그 역할에 어울리지 않았어요. 감독과도 갈등이 있었죠. 내가 투자한 영화를 위험하게 만들고 싶지 않았어요. 순전히 사업상의 계약이었다고 단언합니다."

"마리나 그레그는 그렇게 생각하지 않을 텐데요?"

"아, 당연히 그렇죠. 그녀는 그런 일을 늘 자기 개인의 문제로 생각해요."

"일부 친구들에게 당신이 두렵다고 말했다는데요?"

"그랬나요? 정말 유치하군요. 센세이션을 즐겼을 거라고 기대했는데."

"그녀가 당신을 두려워할 필요가 없다고 생각합니까?"

"물론이죠. 나는 개인적으로 아무리 실망하더라도 곧 무시합니다. 여자와 관련된 문제라면 어디에서건 늘 좋은 물고기를 잡을 수 있다는 원칙을 고수해 왔으니까요."

"인생을 살아가는 대단히 만족스러운 방법이군요, 펜 씨."

"그래요, 그렇다고 생각합니다."

"영화계에 대해 잘 알고 있으시죠?"

"금전적으로 관심이 있죠."

"그래서 영화계를 많이 알게 되었나요?"

"아마도."

"당신의 판단이라면 들어볼 만하다고 생각합니다. 마리나 그레그에게 깊이 원한을 품고 그녀를 제거하려는 사람이 있다고 생각하십니까?"

"아마 한 다스는 될걸요. 다시 말해 직접 무슨 일을 저지르는 게 아니라면 말입니다. 그게 벽에 달린 단추를 누르는 문제라면 기꺼이 손가락을 댈 사람이 많을 거라고 감히 말하겠습니다."

"당신은 그날 그 자리에 있었죠. 그녀를 만나고 이야기도 나눴어요. 당신이 도착한 때부터 헤더 배드콕이 죽을 때까지의 짧은 시간대에 주변에 있던 사람들 중에서 마리나 그레그를 독살할 만한 사람이 있는지 떠오르십니까? 그저 추측이라도 좋습니다."

"말하고 싶지 않은데요."

아드윅 펜이 말했다.

"의심은 간다는 건가요?"

"그 주제에 대해 할 말이 전혀 없다는 뜻입니다. 경감님이 나에게서 그 이상은 알아낼 수 없다는 겁니다."

15장

 더못 크래독은 수첩에 적어 둔 마지막 이름과 주소를 보았다. 전화를 두 번 걸어 봤지만 아무 응답도 없었다. 다시 한 번 더 걸어 봤지만 결과는 마찬가지였다. 그는 어깨를 으쓱한 후 직접 가 보기로 결심하고 자리에서 일어났다.
 마곳 벤스의 스튜디오는 토튼햄 코트 로드의 막다른 골목에 위치해 있었다. 문 옆의 명판에 새겨진 이름 말고는 광고 문구 따위가 전혀 없어서 알아보기 힘들었다. 크래독이 2층을 찾아 올라가 보니 하얀 보드에 검은색으로 큰 글씨가 적혀 있었다.
 '마곳 벤스, 인물 사진작가. 들어오세요.'
 크래독은 안으로 들어갔다. 작은 대기실이 있었지만 담당자가 아무도 없었다. 그는 주저하면서 연극처럼 크게 헛기침을 했다. 그래도 아무 대답이 없자 이번에는 목소리를 높여 물었다.

"계십니까?"

벨벳 커튼 뒤에서 슬리퍼를 끄는 소리가 들렸다. 곧 커튼이 밀쳐지고 요란한 헤어스타일에 울긋불긋한 안색의 젊은 남자가 주위를 내다보며 말했다.

"정말 죄송해요. 소리를 듣지 못했어요. 아주 기발한 아이디어가 떠올라서 시험해 보는 중이었어요."

그가 벨벳 커튼을 더 밀치자 크래독은 그를 따라 안쪽의 방으로 들어갔다. 안은 뜻밖에도 꽤 넓었다. 촬영 스튜디오가 분명했다. 카메라와 조명, 아크램프, 휘장, 바퀴 달린 스크린 등이 눈에 들어왔다. 헤일리 프레스턴만큼이나 호리호리한 남자가 말했다.

"엉망진창이죠. 그래도 이렇게 엉망이지 않으면 일하기가 힘들거든요. 무슨 용건으로 오셨는지?"

"마곳 벤스 양을 만나고 싶은데요."

"아, 마곳요? 30분만 일찍 오셨으면 만났을 텐데 안타깝네요. 《패션 드림》의 모델 사진을 찍으러 나갔어요. 전화로 예약을 하셔야 해요. 요즘 마곳이 아주 바쁘거든요."

"전화를 했지만 아무 응답도 없던데요."

"아, 수화기를 내려놓았던 걸 깜빡했네요. 방해가 되어서요."

그는 입고 있던 라일락 빛의 작업복을 쓰다듬으며 말을 이었다.

"약속을 정하게 도와 드릴까요? 마곳의 사업상 약속은 주로 제가 정하거든요. 사진을 전시하고 싶으신가요? 개인적인 용도인가요, 아니면 업무용인가요?"

"그런 일이 아닙니다."

더못 크래독이 명함을 건넸다.

"정말 끝내 줘요. 수사과라뇨! 경감님 사진을 많이 봤어요. '빅 포' 인지 '빅 파이브'인지 중에 한 분이시죠? 아니, 요즘엔 '빅 식스'였나요?(빅 포(Big Four)는 런던 경시청 스코틀랜드 야드의 범죄 수사국 책임자인 네 명의 경정들을 부르는 별명이었다 — 옮긴이) 범죄가 워낙 많으니 숫자가 늘어나는 것도 당연하겠죠, 안 그런가요? 아, 제 말이 실례된 건 아닌지 모르겠습니다. 그럴 생각은 전혀 없거든요. 마곳은 무슨 용건으로 찾으시는 건지요? 설마 체포하려는 건 아니겠죠?"

"그저 한두 가지 질문할 게 있어서요."

젊은이가 걱정스러운 표정으로 말했다.

"마곳은 외설스러운 사진이나 그런 종류의 작업은 하지 않아요. 누가 그런 종류의 이야기를 하지 않았기를 바랍니다. 사실이 아니니까요. 마곳은 대단히 예술성이 강하고 연극과 영화 일을 많이 해요. 그래도 정말, 정말 순수한 쪽으로 작업을 하고 거의 정숙하다고 할 정도죠."

"벤스 양을 만나고 싶은 이유를 간단히 설명해 드리죠. 최근에 그녀는 머치번햄 근처의 세인트 메리 미드라는 마을에서 벌어진 어떤 범죄를 목격했습니다."

"아, 그거요! 물론 저도 압니다. 마곳이 다녀와서 그 사건에 대해 말했어요. 칵테일에 독당근을 넣었다면서요? 뭐, 그 비슷한 거라고 하던데요. 정말 무자비한 짓이죠! 그런데 전혀 무자비해 보이지 않는 성 요한 의료 봉사단과 그 사건이 엉켰다고요. 하지만 마곳에게 라면 이미 질문하시지 않았나요? 아니면 다른 사람이었나요?"

"수사를 진행하다 보면 질문할 게 더 생기게 마련이죠."

"수사에 진전이 있다는 뜻이군요. 그래요, 저도 알겠어요. 살인은 발전한다. 꼭 사진 같지 않습니까?"

"사진 같죠. 당신의 비교가 맘에 드는데요."

"음, 그렇게 말해 주시니 감사합니다. 이제 마곳 말인데요, 당장 만나셔야 하나요?"

"물론입니다. 그렇게 도와 주신다면 좋겠는데요."

젊은이는 손목시계를 보면서 말했다.

"지금은 햄스테드 히스에 위치한 키츠(영국의 시인 — 옮긴이)의 집 바깥에 있어요. 제 차가 밖에 있는데 거기까지 태워 드릴까요?"

"정말 감사합니다. 이름이……."

"제스로입니다. 조니 제스로죠."

그들이 계단을 내려가는 중에 더못이 물었다.

"키츠의 집이라뇨?"

"음, 요즘은 스튜디오에서 패션 사진을 찍지 않는 거 아시죠? 바람에 자연스럽게 옷이 날리는 그런 사진들을 원하니까요. 되도록 낯선 배경이라면 더 좋겠죠. 원즈워스 감옥을 배경으로 아스콧 프록코트를 입는다거나 시인의 집 밖에서 경박해 보이는 양복을 입는다거나 하는 거죠."

제스로는 빠르고 능숙한 솜씨로 토튼햄 코트 로드에서 캠든 타운을 지나 햄스테드 히스 인근까지 차를 몰았다. 키츠의 집 근처 도로에서 상당히 예쁜 장면이 연출되고 있었다. 속이 비치는 오건디를 걸친 호리호리한 여자가 검고 큰 모자를 붙잡고 서 있었다. 그녀의 약간 뒤에서 무릎을 꿇은 또 다른 여자가 앞 여자의 치마를 붙잡는 바람에 치마가 그녀의 무릎과 다리에 달라붙었다. 카메라를 든 여자가 나지막하고 쉰 목소리로 지시를 내리고 있었다.

"저런, 제인! 뒤를 좀 내려요. 그녀의 오른쪽 무릎 뒤쪽이 보여요. 펄럭이지 못하게 해요. 좋아요. 아니, 좀 더 왼쪽으로, 좋아요. 이제 덤불 때문에 안 보여요. 됐어요. 붙잡고 있어요. 하나만 더요. 이번에는 두 손 다 모자 뒤에 대고, 머리를 들어요. 좋아요. 엘시, 이제 돌아요. 허리를 굽혀요. 더, 굽히라니까! 굽히고 담뱃갑을 집어야 해요. 맞아요. 끝내 주는데! 좋았어! 이제 왼쪽으로 움직여요. 포즈는 그대로 하고 고개만 어깨 너머로 돌려요. 그렇게."

"도대체 내 뒷모습을 왜 찍으려는 건지 모르겠어요."

엘시라는 소녀가 샐쭉하게 말했다.

"뒤태가 아름다워요. 정말 대단해요. 고개를 돌리면 산 위로 달이 떠오르는 것처럼 턱이 올라가요. 이 정도면 된 것 같은데요."

사진작가가 말했다.

"안녕, 마곳."

제스로 씨가 말하자 그녀가 고개를 돌렸다.

"아, 여긴 무슨 일인데?"

"당신을 만나고 싶어 하는 분이 있어서. 경시청 수사대의 크래독 경감님이야."

여자의 시선이 얼른 더못에게 옮겨졌다. 경계하는 예리한 시선이었지만 더못은 그다지 유별난 건 아니라고 느꼈다. 수사관이라면 으레 받게 마련인 시선이다. 그녀는 비쩍 말라서 온통 각이 진 것 같았지만 그래도 꽤 흥미로운 몸매였다. 검은 머리가 무거운 커튼처럼 얼굴 양쪽으로 흘러내렸다. 옷차림이 허름하고 혈색도 좋지 않아서 그다지 매력적이지 않았지만, 그 내부에 개성이 있어 보였다. 그녀는 이미 화장 기술로 약간 올려 그린 눈썹을 더 위로 치켜뜨며 물었다.

"뭘 도와 드릴까요, 크래독 경감님?"

"안녕하십니까, 벤스 양. 머치벤햄 근처의 가싱턴 홀에서 일어났던 그 대단히 불행한 사태에 대해 몇 가지 질문할 테니 답변해 주시기를 부탁드립니다. 사진을 찍으러 그 자리에 가셨었죠?"

"물론이죠, 잘 기억해요."

그녀가 고개를 끄덕이더니 얼른 그를 찬찬히 들여다보았다.

"그 자리에서 뵙지 못했던 분이시네요. 그때 다른 사람이었어요. 그 경위님 이름이……."

"코니시 경위 말인가요?"

더못이 물었다.

"맞아요."

"우리는 나중에 연락을 받았습니다."

"런던 경시청에서 오셨나요?"

"그렇습니다."

"경시청이 개입해서 지방 경찰의 일을 맡은 건가요?"

"음, 개입이라고 할 건 아닙니다. 직접 해결할지 아니면 우리에게 넘길지는 순전히 주의 경찰 서장이 결정할 사항이니까요."

"무슨 근거로 결정을 내리죠?"

"대개는 사건이 한 지방을 배경으로 하느냐 아니면 그 이상의 범위냐에 달려 있죠. 국제적인 사건도 있으니까요."

"그래서 이 사건을 국제적인 것으로 결정한 건가요?"

"미국을 포함한다는 게 더 적당한 표현이겠죠."

"신문에도 언뜻 이야기가 나온 것 같던데요. 살인범이 마리나 그레그를 겨냥했다가 불쌍한 동네 여자가 실수로 걸려들었다고 하던데, 그게 사실인가요? 아니면 영화 홍보를 위한 차원도 있나요?"

"그 내용까지 의심할 필요는 없을 것 같습니다, 벤스 양."

"뭘 물어보고 싶은 거죠? 경시청에 가야 하나요?"

크래독이 고개를 저었다.

"그럴 필요는 없습니다. 원하시면 당신의 스튜디오로 가죠."

"좋아요, 그렇게 해요. 제 차가 바로 길가에 있어요."

그녀가 빠르게 보도를 걸었다. 더못이 그녀와 동행하는데 뒤에서 제스로가 큰 소리로 말했다.

"경감님과 대단한 비밀 이야기를 할 테니까 난 괜히 끼지 않을게. 잘 가."

그는 보도에 서 있던 두 모델에게 다가가서 신나게 이야기를 나누었다.

마곳이 차에 올라 조수석의 문을 열어 주었다. 더못 크래독이 그녀 옆에 앉았다. 그녀는 토튼햄 코트 로드로 돌아가는 길 내내 아무 말도 하지 않았다. 그녀는 막다른 골목 아래로 내려가 열린 출입구를 지나 차를 세웠다.

"여기 제 주차 공간을 얻었어요. 실은 가구 보관소인데 공간을 조금 임대했죠. 런던에서는 주차가 가장 큰 두통거리죠. 이미 잘 아시겠지만요. 교통 담당은 아니시죠?"

"아닙니다. 그것까지 담당하진 않습니다."

"살인 사건이 훨씬 더 좋을 거라고 생각해요."

마곳 벤스는 스튜디오로 앞장서서 들어가 그에게 의자를 권했다. 그리고 담배를 태우겠냐고 하더니 더못 맞은편의 커다란 방석에 주저앉아 커튼 같은 검은 머리를 뒤로하며 침울하고 질문하는 표정으로 그를 쳐다보았다.

"시작하시죠."

"그 살인 사건이 벌어졌을 때 사진을 촬영했죠?"

"맞아요."

"전문가의 솜씨가 필요해서 계약된 거죠?"

"예, 그쪽에서는 특별한 사진을 원했어요. 제가 그런 일을 상당히 많이 하고 있거든요. 가끔 영화사 일도 맡고요. 하지만 그때는 축제 사진을 찍고 후에 마리나 그레그와 제이슨 러드가 특별한 사람들을 환대하는 사진을 몇 장 찍었어요. 동네 유지나 그 밖의 명사들이오.

뭐, 그런 일이었죠."

"알겠습니다. 카메라를 계단에 설치하셨죠?"

"얼마 동안은 그랬어요. 그 자리에서 카메라 앵글이 아주 좋았거든요. 아래쪽에서 사람들이 올라오는 걸 찍은 다음에 빙그르르 돌려서 마리나가 그들과 악수하는 장면을 찍을 수 있죠. 많이 움직이지 않고서도 상당히 다양한 앵글을 얻을 수 있어요."

"당시 특별한 거나 도움이 될 만한 것을 보았는지에 대한 질문에 이미 답했다고 알고 있습니다. 일반적인 질문들이었죠."

"좀 더 전문적인 질문 거리가 있나요?"

"약간 전문적이죠. 당신이 서 있던 자리에서 마리나 그레그가 잘 보였습니까?"

마곳 벤스가 고개를 끄덕였다.

"아주요."

"제이슨 러드는요?"

"가끔씩. 그 사람은 여기저기 돌아다니면서 음료와 먹을 것을 나눠 주며 사람들을 소개시켜 주었어요. 동네 유지를 유명 인사에게 소개하고 그랬죠. 배들리 부인이……."

"배드콕입니다."

"아, 배드콕이었죠. 그녀가 독이 든 술 같은 걸 마시는 모습은 보지 못했어요. 실은 그녀가 누구였는지도 몰랐어요."

"시장님이 도착한 건 기억하나요?"

"예, 그래요. 시장님은 아주 잘 기억해요. 체인을 걸고 관복까지 입었죠. 험상궂어 보이는 옆모습을 가까이에서 찍는 대신에 계단을 올라오는 사진을 찍었어요. 마리나와 악수하는 것도 찍었죠."

"그렇다면 적어도 마음속으로 그 시간을 그려 볼 수 있겠군요. 배드콕 부부가 계단을 올라와서 바로 마리나 그레그 앞에 다가갔죠."

그녀가 고개를 저었다.

"미안하지만 아직도 그녀가 떠오르지 않아요."

"그건 그다지 중요한 게 아닙니다. 당신은 마리나 그레그가 상당히 잘 보이는 자리에서 그녀에게 시선을 고정하고 꽤 자주 사진을 찍었다고 추정하는데요."

"그런 편이었죠. 적당한 순간이 오기를 기다렸으니까요."

"아드윅 펜이라는 사람을 직접 본 적이 있습니까?"

"아, 그럼요. 잘 알아요. 텔레비전 네트워크와 영화에 관여하고 있는 사람이죠."

"그의 사진을 찍었습니까?"

"네. 롤라 브루스터와 같이 올라오는 순간이었죠."

"시장님 바로 뒤였나요?"

마곳 벤스는 잠시 생각하다가 동의했다.

"그래요, 그때쯤이었어요."

"그때쯤에 마리나 그레그가 갑자기 아파 보였던 게 기억납니까? 그녀의 표정이 평상시와 다르다는 걸 느끼셨습니까?"

마곳 벤스가 몸을 앞으로 기울여 담뱃갑에서 담배 한 대를 꺼내 불을 붙였다. 그녀가 마음속으로 무슨 생각을 할지 그는 궁금한 마음으로 기다렸다. 마침내 그녀가 불쑥 입을 열었다.

"왜 제게 그런 걸 묻죠?"

"그 대답을 몹시 듣고 싶으니까요. 그것도 믿을 만한 대답을."

"제 대답이 믿을 만하다고 생각하시나요?"

"예, 사실 그렇습니다. 당신은 틀림없이 사람들의 얼굴을 아주 자세히 관찰하는 습관이 있겠죠. 특별한 표정이나 중요한 순간을 기다리면서요."

마곳 벤스가 고개를 끄덕였다.

"혹시 그런 비슷한 걸 조금이라도 보셨습니까?"

"본 사람이 또 있군요?"

"그렇습니다. 한 사람 이상인데 말이 좀 다르더군요."

"뭐라고 하던가요?"

"한 사람은 기절할 것 같았다고 했어요."

크래독은 잠시 뜸을 들였다가 다시 말을 이었다.

"그리고 또 한 사람은 얼어붙은 표정이라고 했어요."

"얼어붙었다……."

마곳 벤스가 생각에 잠겨 그 말을 되풀이했다.

"그 표현에 동의하십니까?"

"모르겠어요. 어쩌면."

"그건 죽은 시인 테니슨의 다소 환상적인 표현입니다. '거울이 양쪽으로 깨졌다. '내게 저주가 내렸다.'라고 레이디 샬럿이 외쳤다.'"

"거울은 없었지만, 있었다면 깨졌을걸요."

마곳 벤스가 벌떡 일어났다.

"잠깐만요, 말보다 더 좋은 게 있어요. 보여 드릴게요."

그녀는 방 맞은편의 커튼을 밀치고 사라졌다. 그녀가 초조하게 중얼대는 소리가 들렸다.

그녀가 다시 나타나며 말했다.

"이런 제길, 원할 때는 쉽게 찾지 못한다니까요. 이제야 찾았어요."

마곳 벤스가 반짝이는 사진을 건네주었다. 그는 사진을 쳐다보았다. 마리나 그레그가 제대로 찍힌 사진이었다. 그녀는 카메라에 등을 돌린 어떤 여자의 손을 잡고 있었다. 그런데 마리나는 그 여자를 쳐다보는 대신 카메라의 약간 왼쪽을 노려보고 있었다. 마리나의 얼굴에 아무것도 표현되지 않았다는 점이 크래독으로서는 흥미로웠다. 두려움도 고통도 없었다. 사진 안의 여자는 자기 시선이 닿는 무언가를 노려보고 있었으며, 그 때문에 너무나 강력한 감정이 야기된 탓인지 육체적으로는 어떤 표정도 짓지 못했다. 크래독은 한 남자의 얼굴에서 그런 표정을 본 적이 있다. 그 남자는 바로 1초 후에 총에 맞아 죽었다⋯⋯.

"만족하세요?"

마곳 벤스가 물었다.

크래독이 깊이 한숨을 내쉬었다.

"예, 감사합니다. 목격자들이 과장하거나 자신이 본 내용을 상상한다면 결정을 내리기가 힘듭니다. 이 경우엔 그렇지 않군요. 마리나 그레그가 정말 무언가를 본 게 분명합니다. 이 사진을 가져도 되겠습니까?"

"아, 그럼요. 인화지는 가지세요. 필름이 있으니까요."

"혹시 신문사에 보내지 않았습니까?"

마곳 벤스가 고개를 저었다.

"왜 보내지 않았는지 궁금한데요. 상당히 드라마틱한 사진이고 상당한 값을 지불할 신문사도 있을 텐데요."

"그런 건 안 해요. 우연히 누군가의 영혼을 들여다보고 나서 그걸로 돈을 번다면 좀 부끄럽지 않을까요?"

"마리나 그레그를 알았나요?"

"아뇨."

"미국 출신인가요?"

"영국에서 태어났지만 교육은 미국에서 받았죠. 아, 여기는 3년 전에 왔어요."

더못 크래독이 고개를 끄덕였다. 그는 질문에 대한 대답을 이미 알고 있었다. 그의 사무실 책상에 다른 정보와 함께 이미 마련되어 있었다. 마곳 벤스는 솔직해 보였다.

"어디에서 교육을 받았죠?"

"라인가든 스튜디오죠. 잠시 앤드류 퀼프와 같이 일했어요. 많은 것을 배웠죠."

"라인가든 스튜디오와 앤드류 퀼프라."

더못 크래독이 갑자기 정색을 했다. 그런 이름을 들으니 떠오르는 게 있었다.

"세븐스프링스에서 살았죠?"

그녀가 재미있어 하는 표정을 지었다.

"저에 대해 잘 아시는군요. 이미 조사를 했나요?"

"유명한 사진작가시잖아요. 당신에 대한 기사도 있죠. 왜 영국으로 왔습니까?"

마곳 벤스가 어깨를 으쓱했다.

"아, 변화가 좋으니까요. 더욱이 조금 전에 말한 대로 어려서 미국으로 갔지만 영국에서 태어났어요."

"꽤 어릴 때였겠군요."

"궁금하시다면 다섯 살이었다고 알려 드리죠."

"궁금한데요. 더 많은 내용을 알려 주실 수도 있을 것 같은데요."

그녀가 굳은 표정으로 그를 노려보았다.

"무슨 뜻이죠?"

더못 크래독은 그녀를 쳐다보며 위험을 감수하기로 했다. 실은 더 아는 내용이 별로 없었다. 라인가든 스튜디오와 앤드류 퀼프와 어느 지명. 하지만 마플 양이 바로 어깨 옆에서 부추기는 것 같았다.

"마리나 그레그에 대해 더 잘 아셨을 것 같아서요."

그녀가 크게 웃었다.

"증명해 보시죠. 상상하지 말고요."

"상상한다고요? 아닌데요. 시간과 관심만 있으면 증명할 수 있죠. 벤스 양, 진실을 인정하는 편이 낫지 않을까요? 어렸을 때 마리나 그레그에게 입양되어 4년 동안 함께 살았다는 것을 인정하세요."

마곳 벤스가 쉿 소리를 내며 숨을 들이마셨다.

"이 끼어들기 좋아하는 악당 같으니!"

그는 그녀의 태도가 조금 전과는 너무 달라져서 약간 놀랐다. 그녀가 검은 머리채를 흔들며 일어났다.

"그래요, 그래요. 맞아요! 마리나 그레그가 절 미국으로 데려갔어요. 우리 엄마는 아이 여덟 명을 데리고 슬럼가에 살았어요. 다른 수백 명의 여자처럼 우연히 이름을 듣거나 보게 된 여배우에게 편지를 보냈어요. 살기 힘들다는 이야기를 흘리면서 자기 아이를 입양해 달라고 애걸했죠. 자기는 아이에게 도움이 되지 못하니까요. 아, 너무 구차한 이야기죠."

"모두 세 명이 입양되었습니다. 다른 시간에 다른 장소에서 세 아이가 입양되었어요."

더못이 말했다.

"맞아요. 저와 로드와 앵거스였죠. 앵거스는 나이가 많았고 로드는 아기였어요. 우리는 근사하게 살았어요. 아, 정말 근사한 인생이었어요. 온갖 혜택을 다 누렸죠."

그녀의 목소리가 조롱하듯 높아졌다.

"좋은 옷과 차와 멋진 집, 우리를 돌봐 주는 사람들, 훌륭한 학교와 공부, 맛있는 음식, 모든 것이 쌓여 있었죠. 그리고 그 여자, 우리 '엄마'요. 따옴표 안에 들어 있는 '엄마'는 자기 배역을 연기하면서 우리에게 노래를 불러주고 같이 사진을 찍었어요. 아, 꽤나 감상적인 장면이죠."

"하지만 그녀가 실제로 아이들을 원했던 것도 맞지 않습니까? 단순히 홍보용은 아니었을 텐데요."

"아, 아마도, 그래요. 저도 사실이라고 생각해요. 그녀는 아기를 원했지만 우리를 원한 건 아니었요. 실제로 원한 건 아니었지요. 그건 그저 화려한 연기였어요. '내 가족이야.' '내 가족이 생기니 정말 좋아.' 이지가 그렇게 놔뒀어요. 그렇게 생각이 없다니."

"이지라면 이시도어 라이트를 말합니까?"

"그래요. 세 번째인가 네 번째 남편인데 순서를 잊었네요. 정말 멋진 사람이었죠. 그녀를 이해하고 가끔은 우리 걱정도 했던 것 같아요. 자상하게 대했지만 아빠인 척하지는 않았어요. 그 사람은 자기가 아빠라고 느끼지 않았어요. 자기 글에만 신경을 썼죠. 후에 그의 글을 몇 편 읽어 보았어요. 야비하고 다소 잔인하지만 힘이 있어요. 언젠가 위대한 작가로 불릴 거라고 생각해요."

"그런 상황이 언제까지 계속되었죠?"

마곳 벤스의 얼굴에 갑자기 미소가 떠올랐다.

"그녀가 그 특정한 연기에 싫증이 났을 때까지요. 아, 그게 아니라……. 자기가 임신한 걸 알게 되었죠."

마곳 벤스가 갑자기 냉소적으로 신랄하게 웃어 댔다.

"그렇게 된 거죠. 더 이상 우릴 원하지 않았어요. 우리를 임시변통으로 여겼을 뿐, 실제로 눈곱만큼도 개의치 않았어요. 많은 돈을 주고 우리를 내쳤죠. 집과 양모와 교육비, 또 우리가 이 세상에서 살아갈 때 필요한 돈까지. 그녀가 제대로 처신하지 못했다고는 아무도 말 못하죠. 그렇지만 그녀는 한 번도 우리를 원하지 않았어요. 그녀가 원한 건 자기 아이뿐이었죠."

"그런 이유로 그녀를 비난할 수는 없습니다."

더못이 부드럽게 말했다.

"자기 아이를 원한다는 이유로 비난하는 건 아니죠. 그래도 우리는 어떻게 하죠? 그녀는 우리 부모에게서, 우리가 속한 장소에서 우리를 데려왔어요. 제 어머니는 말하자면 죽 한 그릇에 절 판 셈이지만, 자기 이득을 위해 팔진 않았어요. 제가 '특혜'를 누리며 '교육'을 받고 멋진 인생을 살 거라고 생각했던 어리석은 여자라서 절 판 거죠. 그게 제게 최선일 거라고 생각했어요. 제게 최선이라뇨? 사실을 직시해야 했는데요."

"상당히 신랄하군요."

"아뇨, 이젠 신랄하지 않아요. 그런 건 뛰어넘었어요. 지금은 그때를 기억하고 되돌아보니까 그런 거죠. 우리는 모두 꽤 신랄했어요."

"모두요?"

"음, 로드는 아니죠. 로드는 어떤 일에도 개의치 않았어요. 또 좀 어렸어요. 그래도 앵거스는 저와 같은 감정이었고 복수심은 저보다 더 강했어요. 자기가 어른이 되면 그녀가 낳은 아기를 죽일 거라고 했어요."

"아기에 대해 알았습니까?"

"아, 물론 알았죠. 무슨 일이 벌어졌는지 다들 알았어요. 그녀는 아기를 갖고 나서 좋아서 미칠 지경이었어요. 그런데 아기는 정신

지체아였어요! 고소하죠. 정신지체아이건 아니건 그녀는 우리를 다시 필요로 하지 않았어요."

"그녀를 많이 증오하는군요."

"왜, 증오하면 안 되나요? 그녀는 한 인간이 다른 인간에게 저지를 수 있는 최악의 죄를 저질렀어요. 자신이 사랑받고 원하는 사람이라고 믿게 만들었다가 모두 거짓말이었다고 보여 주는 거죠."

"당신의 두…… 편의상 형제라고 부르죠. 두 형제는 어떻게 되었습니까?"

"아, 우리는 나중에 흩어졌어요. 로드는 중서부 어딘가에서 농사를 지어요. 기질이 늘 행복했어요. 앵거스요? 앵거스는 잘 모르겠어요. 연락이 끊겼어요."

"불만이 많았나요?"

"그렇진 않아요. 그런 감정을 계속 지속할 수는 없으니까요. 최근에 그를 만났을 때 연극배우가 될 거라고 했어요. 실제로 그랬는지는 몰라요."

"당신은 잊지 않았지만요."

"그래요, 잊지 않았어요."

"그날 마리나 그레그가 당신을 보고 놀랐나요? 아니면 당신의 기분을 맞춰 주려고 그녀가 일부러 당신과 계약했나요?"

마곳 벤스가 경멸의 미소를 지어 보였다.

"마리나가요? 계약에 대해선 아무것도 모를걸요. 그녀가 어떻게 지내는지 궁금해서 제가 좀 수를 썼죠. 영화사 사람들과 살짝 친분이 있어서요. 요즘 어떻게 지내는지 보고 싶었어요."

마곳 벤스가 탁자를 문질렀다.

"그런데 절 알아보지도 못하더군요. 어떻게 생각하세요? 4년이나 같이 살았어요. 다섯 살부터 아홉 살까지였는데 절 알아보지도 못하더라니까요."

"아이들은 변하죠. 너무 많이 변해서 알아보지 못하기도 합니다. 요전번에 조카딸을 만났는데 길에서라면 그냥 지나쳤을 거라고 장담해요."

"그런 말에 제 기분이 나아질 거라고 여기세요? 신경도 안 쓰는데요. 에잇, 솔직하게 말할게요. 실은 신경이 쓰여요. 그래요, 마리나에게는 마법이 있어요. 상대를 휘어잡는 멋진 불운의 마법이죠. 그 사람을 증오하면서도 여전히 신경을 쓰게 만드는."

"당신의 정체를 안 밝혔습니까?"

마곳 벤스가 고개를 끄덕였다.

"네, 말하지 않았어요. 그런 건 절대로 안 해요."

"그녀를 독살하려고 했습니까?"

마곳 벤스의 분위기가 바뀌었다. 그녀는 자리에서 일어나 크게 웃었다.

"정말 웃기는 질문이군요. 하지만 필요하겠죠. 그게 당신 직업이니까요. 아뇨, 전 그녀를 죽이지 않았어요. 장담합니다."

"그건 제 질문에 대한 대답이 아니군요."

마곳 벤스가 얼굴을 찌푸리며 어리둥절한 표정으로 더못 크래독을 쳐다보았다.
"마리나 그레그는, 아직 살아 있으니까요."
"얼마나 오랫동안일까요?"
"무슨 뜻이죠?"
"누군가가 다시 살인을 시도하고, 이번에는, 아마도 이번에는 성공할 가능성이 있다고 생각하지 않으세요?"
"예방 조치를 취할 겁니다."
"아, 물론 그렇겠죠. 그렇게 사랑하는 남편이 아무런 문제도 닥치지 않도록 돌봐 주겠죠."
그는 그녀의 조롱 섞인 목소리에 주목했다.
갑자기 그녀가 고개를 돌리고 물었다.
"그걸 물은 게 아니라는 건 무슨 뜻이었죠?"
"당신이 그녀를 죽이려 했냐고 물었습니다. 당신은 그녀를 죽이지 않았다고 대답했죠. 사실이긴 한데 다른 사람이 죽었어요. 다른 사람이 살해되었죠."
"제가 마리나를 죽이려다가 대신 그 부인을 죽였다는 뜻이군요. 다시 분명하게 밝히겠는데, 전 마리나를 죽이려 하지 않았고, 배드콕 부인을 독살하지 않았어요."
"혹시 누가 그렇게 했는지 아십니까?"
"저는 아무것도 몰라요, 맹세합니다. 경감님."
"그래도 생각하는 건 있으시죠?"
"아, 누구나 생각은 있죠."

마곳 벤스가 미소를 지었다. 조롱하는 미소였다.

"사람들이 많았으니까요. 검은 머리의 로봇 같은 비서, 우아한 헤일리 프레스턴, 하인, 하녀, 마사지사, 미용사, 영화사 사람 등 사람이 너무 많았어요. 그중 한 사람은 자기 실제 모습을 감추고 있었을 수도 있죠."

더못 크래독은 자신도 모르게 그녀를 향해 한 걸음 다가섰다. 그러자 그녀가 격렬하게 고개를 흔들었다.

"잠깐만요, 경감님. 그저 농담 좀 해 본 거예요. 누군가가 마리나의 피를 원하고 있지만 누구인지 저는 전혀 몰라요. 정말로요. 전혀 몰라요."

16장

I

오브리 클로스 16번지에서 젊은 베이커 부인이 남편 짐 베이커와 이야기를 나누고 있었다. 선한 인상에 금발 머리의 거구인 남편은 모형 장난감을 조립하는 데 푹 빠져 있었다.
"이웃들이란!"
체리가 검은 곱슬머리를 툭 치며 내뱉더니 앙심을 품은 듯이 다시 말했다.
"이웃들이란!"
체리는 가스레인지에서 프라이팬을 조심스럽게 들어 내용물을 접시 두 개에 깔끔하게 담았다. 그러고는 음식을 더 수북이 담은 접시를 남편 앞에 내려놓았다.

"잡탕 볶음이야."

짐은 아내를 올려다보며 맛을 음미하듯 코를 킁킁댔다.

"오늘 무슨 날이야? 내 생일인가?"

"당신은 좀 잘 먹어야 해."

그녀는 선홍색과 하얀색 줄무늬에 작은 프릴이 달린 에이프런을 입고 있었는데 그 모습이 예뻤다. 짐 베이커는 저녁을 먹을 자리를 마련하기 위해 모형 성층권 비행기 부품을 치웠다. 그가 아내에게 씩 웃어 보이며 물었다.

"누가 그런 말을 했는데?"

"우리 마플 양이 그랬지! 사실 그 문제라면……."

체리는 남편 맞은편에 앉아 자기 접시를 앞으로 끌어당기며 말을 이었다.

"그분이야말로 제대로 식사를 해야 할 거야. 화이트 나이트인가 하는 그 늙은 고양이 같은 여자가 탄수화물만 챙겨 주거든. 그것밖에 생각을 못 한다니까! '맛있는 커스터드죠.' '맛있는 브레드 푸딩이죠.' '맛있는 마카로니 치즈죠.' 분홍색 소스를 뿌린 물컹대는 푸딩 말이야. 그리고 하루 종일 떠들어만 대고. 그 수다에 정신이 나갈 지경이라니까."

"음, 환자식이 아닐까?"

짐이 애매하게 말했다.

"환자식이라고? 마플 양은 환자가 아니야. 그냥 연로하실 뿐이라고. 항상 참견하려고도 들고."

체리가 냉소했다.

"누구, 마플 양이?"

"아니, 나이트 양 말이야. 나에게 이것저것 지시하는 거 하며! 심지어는 요리하는 법까지 알려 주려고 든다니까! 요리라면 내가 한 수 위인데 말이야."

"당신은 최고 요리사지."

짐이 감사하며 말했다.

"음식에는 뭔가가 필요해. 이로 물 수 있는 뭔가가 말이야."

짐이 크게 웃었다.

"당장 이로 이 음식을 물어야겠군. 마플 양이 왜 나보고 잘 먹을 필요가 있다고 말했을까? 지난번에 욕실 선반을 고치러 갔을 때 피곤해 보였나?"

체리가 크게 웃었다.

"마플 양 말씀을 그대로 옮겨 볼게. '남편이 잘생겼네요. 아주 잘생긴 남편이야.' 텔레비전에서 큰 소리로 읽어 대는 역사책 같았다니까."

"당신도 그렇다고 했겠지?"

짐이 씩 웃으며 물었다.

"괜찮은 편이라고 했어."

"괜찮다고! 정말 미적지근하게도 말했군."

"그랬더니 마플 양은 이렇게 말했어. '남편을 잘 돌봐야 해요. 제대로 먹이도록 해 봐요. 남자들은 좋은 고기와 정성 들여 요리한 음식이 많이 필요하거든."

"새겨들어!"

"그 다음에 당신에게 신선한 음식을 해 주고, 절대로 미리 만들어 놓은 파이를 오븐에 넣어 데우지 말라고 했어. 난 자주 그러는 것도 아닌데 말이야."

체리가 말도 안 된다는 투로 말했다.

"나에게는 그렇게 못하지. 맛이 전혀 다르니까."

"당신이 먹는 것에 관심을 가지면야 그렇겠지. 또 그 성층권 비행기나 그 밖의 늘 조립하는 것에는 신경 좀 그만 쓰고. 그 세트, 조카 마이클에게 줄 크리스마스 선물로 사 온 거라고 말하지 마. 당신이 갖고 놀려고 산 거잖아?"

"걔는 너무 어려서 이걸 갖고 놀 정도가 못 돼."

짐이 변명조로 말했다.

"그리고 오늘 저녁 내내 그것만 갖고 놀 거라는 거 알아. 음악은 좀 어때? 당신이 말하던 새 음반은 샀어?"

"응, 차이코프스키의 1812년 서곡이야."

"전투를 묘사한 시끄러운 곡 맞지?"

체리가 얼굴을 찌푸렸다.

"우리 하트웰 부인이 전혀 좋아하지 않을 텐데. 이웃들이란! 이웃이라면 지긋지긋해. 언제나 투덜대고 불평만 하지. 하트웰 부부와 바나비 부부는 막상막하야. 하트웰 부부는 10시 40분부터 벽을 두드리기 시작한다니까. 벽이 꽤 두꺼운데 말이야! 텔레비전과 BBC

도 그 후까지 방송하는데 왜 우리는 좋아하는 음악을 들을 수 없는 거냐고? 늘 소리를 줄이라고 부탁이나 해 대고."

짐이 권위 있게 말했다.

"소리는 줄일 수 없어. 소리가 어느 정도 있어야 음정을 아니까. 다들 그 정도는 알고, 음악계에서도 절대적으로 인정한 거지. 그 사람들 고양이는 어떻고? 늘 우리 정원으로 들어와서 내가 근사하게 꾸며 놓은 화단을 마구 파내잖아."

"짐, 여기가 지긋지긋해."

"허더스필드에서는 이웃들에게 신경을 쓰지 않더니만."

"거기랑 달라. 거기에선 아주 독립적이었지. 문제가 생기면 누군가가 도와주고 우리도 그들을 도와주지. 그렇지만 간섭하지는 않아. 이곳처럼 새로운 단지에서는 다들 곁눈질해. 모두 새로 온 사람들이라서 그러는 모양이야. 뒤에서 흉을 보고 소문을 숙덕이고 시의회에 편지를 보내고, 여기저기에서 괴롭혀 대. 원래 살던 동네 사람들은 너무 분주해서 그럴 시간도 없는데."

"거기에도 뭐가 있을지 몰라, 여보."

"짐, 당신은 이곳이 맘에 들어?"

"일은 괜찮아. 또 집도 아주 새 집이고. 조금만 더 넓으면 몸을 더 펼 수 있겠지만. 작업장이 있으면 좋겠다는 아쉬움은 있어."

"난 처음에는 멋지다고 생각했는데 이제는 모르겠어. 집은 괜찮고 파란 페인트며 욕실도 맘에 들어. 그래도 동네 사람들이나 분위기는 질색이야. 릴리 프라이스가 해리와 헤어졌다고 말했나? 그날 집을 보러 갔다가 황당한 일을 당했대. 릴리가 창문에서 떨어질 뻔했는데 해리는 수렁에 빠진 돼지처럼 꼼짝하지 않았대."

"그 남자와 헤어졌다니 다행이야. 전혀 도움이 되지 않는 작자였거든."

"임신했다고 해서 결혼하는 건 전혀 도움이 되지 않아. 사실 해리는 그녀와 결혼하고 싶어 하지 않았어. 좋은 사람이 아니야. 마플 양도 그렇지 않다고 했어."

체리가 신중하게 덧붙였다.

"마플 양이 릴리에게 해리에 대해 말했대. 릴리는 그분이 제정신이 아닌 줄 알았나 봐."

"마플 양이? 해리를 만난 적이 있었다는 건 몰랐는데?"

"아, 그랬대. 지난번에 이 동네를 돌다가 넘어졌던 날 말이야. 배드콕 부인이 그분을 일으켜서 자기 집으로 데려갔지. 짐, 아서와 베인 부인이 결혼할 거 같아?"

짐은 얼굴을 찌푸리며 성층권 비행기 조각을 집어 들고 설명서의 그림을 들여다보고 있었다.

"내가 말할 때는 좀 들어주면 좋겠어."

체리가 말했다.

"뭐라고 했지?"

"아서 배드콕과 메리 베인 말이야."

"제발, 체리. 바로 얼마 전에 그 사람 부인이 죽었어. 여자들이란 정말! 그 사람 아직도 무척 괴로워한다고 들었어. 말만 걸어도 깜짝 놀란다던데."

"궁금해. 왜……, 그가 그런 식으로 받아들일 거라고 왜 생각 못 했지?"

짐은 이웃에 잠시 가졌던 흥미를 잃고 말았다.

"식탁 한 편만 좀 치워 줄래? 부품들을 펼쳐야겠어."

체리가 낙담해서 한숨을 내쉬었다.

"여기에선 슈퍼 제트기나 터보플롭 엔진 정도는 되어야 관심을 얻지. 하여튼 당신이랑 그 공작 모형이란."

그녀가 속상해하며 말했다.

체리는 음식이 남은 접시들을 쟁반에 담아 싱크대로 들고 갔다. 설거지는 나중에 하기로 했다. 그녀는 매일 해야 할 일을 가능한 한 뒤로 미루었다. 설거지거리를 싱크대에 위태롭게 쌓아 두고 코듀로이 재킷을 걸친 후 밖으로 나가면서 어깨 너머로 말했다.

"잠깐 글래디스 딕슨네 들렀다 올게. 《보그》에 보고 싶은 패턴이 있어서."

"알았어."

짐이 모형 위로 고개를 숙였다.

체리는 이웃의 현관문을 무섭게 쨰려보면서 모퉁이를 돌아 블렌하임 클로스 16번지에서 멈추었다. 문이 열려 있었다. 체리는 문을 두드리고는 현관 안으로 들어서며 외쳤다.

"글래디스 있어요?"

딕슨 부인이 부엌에서 얼굴을 내밀었다.

"체리? 글래디스는 2층에서 드레스를 만드는 중이야."

"알았어요. 올라가 볼게요."

체리는 2층의 작은 침실로 들어갔다. 얼굴이 평범하고 체구가 통통한 글래디스가 바닥에 무릎을 꿇고 앉아 있었다. 시침핀을 몇 개 물고 상기된 표정으로 종이 패턴을 시침질하는 중이었다.

"체리, 안녕하세요? 머치번햄의 하퍼스에서 아주 멋진 것을 구했어요. 프릴을 달아서 교차하는 패턴을 만들려고 해요. 테릴렌(합성섬유 — 옮긴이)으로 해 봤던 거예요."

"근사하겠는데."

체리가 말하자 글래디스가 숨을 약간 헐떡이며 일어났다.

"소화가 잘 안 돼요."

"저녁을 먹자마자 드레스를 만들어서 그래. 허리를 그렇게 구부리니까 그렇지."

"살을 좀 빼야 할 것 같아요."

글래디스가 침대 위에 앉았다.

"영화사에서는 무슨 소식 좀 있니?"

체리는 늘 영화계 소식에 민감했다.

"별로요. 아직도 말들이 많아요. 마리나 그레그가 어제 촬영장에 복귀했는데, 아주 무시무시한 상상을 다 하더라고요."

"무슨 상상?"

"자기 커피가 맘에 안 든다고 하더라고요. 아침에 커피 한 모금 마시더니 좀 이상하다는 거예요. 물론 말도 안 되죠. 그럴 리가 없잖아요? 매점에 있는 커피 주전자에서 바로 따르는 거니까요. 물론 그녀는 언제나 특별한 도자기 잔에 커피를 따라 마시긴 해요. 다른 사람들 것과는 다른 좀 화려한 잔이지요. 그래도 커피는 같으니까 문제가 될 리는 없죠. 안 그래요?"

"그럼, 절대로 없지. 그래서?"

체리가 물었다.

"아, 별 거 아니었어요. 러드 씨가 모두를 진정시켰어요. 그런 일은 워낙 잘하거든요. 자기 부인에게서 커피를 받아 싱크대에 버렸어요."

"좀 어리석은 처신이네."

체리가 천천히 말했다.

"왜요? 무슨 뜻이에요?"

"음, 만약 커피에 문제가 있었다면 이제 아무도 알 수가 없잖아?"

"정말로 그랬다고 보는 거예요?"

글래디스가 깜짝 놀라서 묻자 체리가 어깨를 으쓱했다.

"글쎄……. 축제 날 그녀가 마시려던 칵테일에 문제가 있었어. 그런데 커피라고 안 그러라는 법 있니? 처음에 성공하지 못하면 다시, 또 다시 해 볼 거라고."

글래디스가 몸을 떨었다.

"아주 맘에 안 들어요. 누가 그녀를 제대로 노리고 있나 봐요. 그녀는 협박 편지도 더 받았고 또 흉상 사건도 있었어요."

"흉상 사건은 또 뭔데?"

"대리석 흉상 말이에요. 오스트리아 궁의 어떤 방처럼 꾸민 세트장에 그림이며 도자기, 대리석 흉상 같은 게 있었어요. 쇼트브라운처럼 우스운 이름이었어요. 선반에 흉상이 있었는데, 밖에서 무거운 트럭이 지날 때 흔들려서 떨어졌어요. 마리나가 이름도 모르는 무슨 공작과 대단한 장면을 찍기로 한 의자 바로 위에 말예요. 흉상은 산산조각이 났어요! 당시 촬영이 없었으니 망정이지. 러드 씨는 부인에게 아무 말도 안 하고 다른 도자기를 대신 갖다 놓았어요. 어제 그녀가 의자가 왜 바뀌었냐고 물었더니 요전 의자는 시대에 맞지 않고 이번 것이 카메라 앵글이 더 낫다고 하더라고요. 하지만 그는 전혀 맘에 들어 하지 않았어요. 그건 확실해요."

두 여자는 서로를 바라보았다.

"어떤 면에서는 흥미로운데. 그렇지만……."

체리가 천천히 말했다.

"영화사 매점 일을 그만둬야겠어요."

"왜? 아무도 너를 독살하거나 네 머리에 대리석 흉상을 떨어트리지 않을 텐데."

"아니지요. 늘 지목된 사람이 걸려드는 건 아니니까요. 다른 사람이 희생될 수도 있어요. 헤더 배드콕처럼요."

"맞아."

"계속 생각이 많았어요. 그날 가싱턴 홀에서 일을 거들 때 꽤 오래 옆에 있었거든요."

"헤더가 죽었을 때?"

"아니, 그녀가 칵테일을 흘려서 드레스에 묻혔을 때요. 예쁜 드레스였어요. 축제에 맞춰 새로 입은 로열 블루의 나일론 타페타였거든요. 그리고 좀 웃겼어요."
"뭐가?"
"당시에는 그런 생각을 전혀 못했는데, 돌이켜 보니 웃겼어요."
체리는 궁금한 마음으로 글래디스를 보았다. 그녀는 '웃기다'라는 표현을 있는 그대로 받아들였다.
"도대체 뭐가 웃겼는데?"
"그녀는 틀림없이 일부러 그랬어요."
"일부러 칵테일을 흘렸다고?"
"예. 그래서 웃기다고 생각한 거예요. 안 그래요?"
"새 드레스에? 그럴 리가!"
"아서 배드콕이 헤더의 드레스를 모두 어떻게 했는지 궁금해요. 깨끗한 데다 폭이 워낙 넓어서 반 폭만 떼어내도 쓸 수 있어요. 내가 그걸 사고 싶어 한다고 하면 아서 배드콕이 불쾌하게 여길까요? 거의 고칠 필요도 없고 감도 예쁜데."
"혹시……. 괜찮겠어?"
체리가 주저하며 물었다.
"뭐가요?"
"어……. 죽은 여자가 입었던 드레스를 입는 건 글쎄, 더군다나 그런 식으로 죽었는데……."
글래디스가 그녀를 쳐다보았다.

"그 생각은 못했어요."

글래디스도 인정했다. 그녀는 잠시 생각하다가 기분이 좋아졌는지 다시 말했다.

"크게 문제가 된다고 생각하지 않아요. 결국 중고품은 대개 죽은 사람이 쓰던 거 아니겠어요?"

"그렇지. 그래도 이건 달라."

"상상력이 너무 풍부하세요. 예쁜 파란색에 아주 비싼 옷감이거든요."

글래디스는 생각에 잠겨 계속 말했다.

"그 이상한 일은 내일 아침 출근하는 길에 가싱턴 홀에 들러서 주세페 씨에게 말해야겠어요."

"이탈리아 집사 말이야?"

"예. 부리부리한 눈 하며 끝내 주는 미남이죠. 그래도 성질이 있어요. 우리가 도우러 갔을 때 우리를 혹사시켰죠."

글래디스가 낄낄대며 이어서 말했다.

"그래도 아무도 개의치 않았어요. 가끔은 아주 친절하거든요······. 어쨌든 그 사람에게 그 일에 대해 물어보고 내가 어떻게 해야 할지 상의해야겠어요."

"네가 할 말도 딱히 없을 것 같은데."

체리가 말했다.

"음, 그래도 웃기는 일이라서요."

글래디스는 가장 좋아하는 형용사를 다시 사용했다.

"너 혹시 주세페 씨에게 말을 걸 구실을 찾는 거 아니야? 조심하는 게 좋겠어. 그런 뜨내기들이 어떤지 잘 알잖아? 사방에 불미스러운 일을 저지르고 다닌다고. 뜨거운 피와 열정, 이탈리아 사람들이 그렇다니까."

글래디스가 황홀한 표정으로 한숨을 내쉬었다.

체리는 뚱뚱하고 약간 주근깨가 있는 소녀의 얼굴을 보고 경고해 봤자 소용없다는 것을 깨달았다. 주세페라면 다른 데서 더 나은 상대를 구할 것이다.

II

"아하! 지금 풀고 계시군요."

헤이독 의사가 마플 양과 하얀 털 뭉치를 번갈아 보며 말했다.

"뜨개질을 하지 못하면 풀라고 하셨잖아요."

"아주 잘하는데요."

"처음에는 패턴에서 실수했어요. 그러다가 전체 균형이 맞지 않아서 지금 푸는 중이죠. 아주 정교한 패턴이거든요."

"정교한 패턴이 무슨 의미가 있죠? 부인에게는 아무것도 아닐 텐데요."

"시력이 너무 안 좋아서 이제 쉬운 뜨개질에도 집중해야 해요."

"그러면 아주 지루할 텐데요. 음, 어쨌든 제 충고를 들었다니 기분이 좋은데요."

"내가 언제는 선생님 충고를 듣지 않았나요?"

"부인에게 잘 맞을 때에만 그렇게 하죠."

"그 충고를 할 때에 정말 뜨개질에 대해 말하긴 한 건가요?"

헤이독 의사는 그녀의 눈이 껌뻑거리는 걸 보고 자신도 눈을 껌뻑였다.

"살인 사건은 어떻게 되어 가고 있죠?"

"과거보다 실력이 못할까 봐 걱정이랍니다."

마플 양이 한숨을 내쉬며 고개를 흔들었다.

"말도 안 돼요. 아직 결론을 못 찾았다고 말하지 말아요."

"물론 결론이야 찾았죠. 아주 결정적이죠."

"예를 들면?"

헤이독이 질문하듯 물었다.

"만약 그날 술잔에 독약을 넣었다면, 어떤 방식으로 했는지……."

"일찌감치 점안기에 독약을 넣어 두었을 수 있죠."

의사의 추리에 마플 양이 감탄했다.

"정말 전문적인 식견이세요. 그렇다 해도 아무도 보지 못했다는 게 특이해요."

"살인은 이루어질 뿐만 아니라 보여져야 한다, 그런 건가요?"

"무슨 말을 하려는지 정확히 아시네요."

"살인자는 바로 그런 기회를 노리죠."

"그래요. 그 점에 대해서는 반대하지 않아요. 수사 결과 사람 수를 헤아려 보았더니 그 자리에 적어도 18명에서 20명 정도가 있었어요. 20명 중에서 반드시 누군가가 그 장면을 목격했을 거라고 생각해요."

헤이독이 고개를 끄덕였다.

"다들 그렇게 생각하죠. 그런데 분명히 아무도 못 봤어요."
"궁금해요."

마플 양이 신중하게 말했다.

"지금 무슨 생각을 하세요?"
"글쎄요. 가능성은 세 가지가 있어요. 적어도 한 사람은 무언가를 봤을 거예요. 그 20명 중의 한 명이죠. 이렇게 가정하는 게 이성적이라고 생각해요."
"부인이 질문을 애타게 기다리는 것 같은데요. 가능성이라는 무서운 실험을 가정해 보죠. 여섯 명이 하얀 모자를 갖고 있고 또 다른 여섯 명은 검은 모자를 가졌을 때 그 모자들이 섞일 확률과 비율을 수학으로 밝혀야 합니다. 그런 것을 생각하기 시작하면 머리가 돌게 마련이죠!"
"그런 건 전혀 생각하지 않았어요. 그저 어떤 가능성이……."
"그래요. 부인은 그런 일을 아주 잘하죠. 언제나 그랬어요."

헤이독이 사려깊게 말했다.

"20명 중에서 적어도 한 명은 관찰력이 있는 사람일 가능성이 있어요."

마플 양이 말했다.

"손 들었습니다. 세 개의 가능성이나 들어 보죠."

헤이독이 말했다.

"내 말이 너무 막연하지 않을지 걱정인데요. 아직 완전히 생각을 정리한 건 아니라서. 크래독 경감과 아마도 그 전의 프랭크 코니시가 모두에게 질문을 했어요. 그러니까 그 자리에서 뭐라도 본 사람이라면 당장 말했겠죠."

"그게 하나의 가능성인가요?"

"아뇨, 물론 아니죠. 그런 일이 없었으니까요. 어떤 사람이 보았다면 왜 말하지 않았는지 설명이 필요해요."

"그래서요?"

마플 양이 흥분했는지 볼이 빨개져서 말했다.

"첫 번째 가능성에 대해 말할게요. 그걸 보고서도 자기가 뭘 봤는지 깨닫지 못한 거죠. 물론 약간 멍청한 사람이겠죠. 말하자면 자기 눈을 사용하지만 뇌는 사용하지 않는 사람이겠죠. '마리나 그레그의 잔에 누가 뭘 넣는 걸 봤나요?'라고 물어보면 '아, 아뇨.'라고 하겠죠. 하지만 '누가 마리나 그레그의 잔에 손을 대는 걸 보았나요?'라고 물으면 '아, 그럼요. 봤어요.'라고 할 사람이죠."

헤이독이 웃었다.

"우리 중에 바보가 있을 가능성을 고려하지 못했다고 인정합니다. 좋아요. 첫 번째 가능성을 인정하죠. 바보는 뭘 보면서도 그 의미를 깨닫지 못하죠. 두 번째 가능성은?"

"좀 지나치긴 하지만 그저 가능성이라고 생각해요. 잔에 무엇을 넣는 행동이 너무나 자연스러운 경우가 있어요."

"잠깐, 잠깐만요. 좀 더 분명하게 설명해 보세요."

"요즘 사람들은 음료수나 음식에 늘 뭘 집어넣는 것 같아요. 내가 젊었을 때는 식사하면서 약을 먹는 게 아주 예의 바르지 못하다고 여겼어요. 식사하면서 코를 푸는 거나 마찬가지여서 아예 그런 일을 하지 않았어요. 알약이나 캡슐, 물약을 먹어야 하면 식당에서 나갔죠. 그런데 요즘은 사정이 달라요. 내 조카 레이먼드네 집에서 지낼 때였는데, 어떤 손님은 작은 약병을 들고 와서 식전이나 식사 중, 식후에 먹더군요. 아스피린 같은 걸 핸드백에 넣고 다니고 내내 먹어요. 차를 마시거나 식후에 커피를 마시면서 같이 말이에요. 무슨 말인지 알죠?"

"아, 그럼요. 부인의 생각을 알고 나니 재미있는데요. 부인은 누군가가……."

의사가 말을 멈추었다.

"부인이 말해 보세요."

"그러니까 누군가가 잔을 드는 겁니다. 물론 그 사람 거라고 여겨지는 잔인데 그걸 쥐자마자 공공연하게 무언가를 넣는 거예요. 대담하지만 가능한 일이죠. 그런 경우라면 다른 사람들이 신경도 쓰지 않을걸요."

"범인은 다른 사람들이 신경도 쓰지 않을 거라고 확신하진 못할걸요."

헤이독이 지적했다.

"그래요. 그러니까 도박이죠. 위험한 도박. 그래도 가능한 일이죠.

그리고 세 번째 가능성이 있어요."

"첫 번째 가능성은 바보, 두 번째 가능성은 도박꾼이라, 이제 세 번째 가능성은 뭔가요?"

"일어난 일을 보고서도 일부러 입을 다문 거죠."

헤이독이 얼굴을 찌푸렸다.

"무슨 이유죠? 협박이라도 한다는 건가요? 혹시 그렇다면……."

"혹시 그렇다면 아주 위험하죠."

마플 양이 말을 받았다.

그는 무릎에 하얀 털 뭉치를 올려놓고 편안하게 앉아 있는 노부인을 날카롭게 쳐다보았다.

"정말 세 번째 가능성이 가장 가능성이 높다고 보나요?"

"아뇨. 그 정도까지는 잘 몰라요. 아직은 근거가 충분하지 않으니까요."

마플 양이 조심스럽게 덧붙였다.

"누가 살해당하지 않는다면."

"다른 사람이 살해될 거라고 생각합니까?"

"그러지 않기를 바라죠. 믿고 기도해요. 하지만 그런 일이 종종 벌어져서 슬프고 두려워요. 너무 자주 일어나죠."

17장

 엘라는 수화기를 내려놓고 혼자 실실대며 공중전화 박스에서 나왔다. 그녀는 만족스럽게 중얼댔다.
 "전능하신 경감 크래독! 그 사람보다는 내가 두 배는 더 잘하지. '도망가라, 모든 것이 들통 났다!'라는 주제를 다양하게 변주하니까."
 엘라는 조금 전에 수화기 건너편 사람이 느꼈을 고통을 떠올리며 새삼 즐거워했다. 수화기를 타고 협박의 말을 희미하게 속삭였다.
 "내가 본 건 당신이……."
 그녀가 소리도 내지 않고 웃자 입 끝이 고양이처럼 잔인하게 말려 올라갔다. 심리학과 학생이라면 주목했을 표정이었다. 그녀는 며칠 전 처음으로 어떤 힘을 느끼기 시작했고, 이제 자기가 그 힘에 완전히 도취되었다는 것도 깨닫지 못했다.

"저 망할 할망구 같으니라고."

드라이브 길을 걷고 있던 엘라는 자신의 뒤를 따라오는 밴트리 부인의 시선을 고스란히 느끼며 중얼댔다.

특별한 이유도 없이 한 구절이 떠올랐다.

'꼬리가 길면······.'

말도 안 돼. 바로 그녀가 그 위협적인 말을 속삭였을 거라고는 아무도 의심하지 않아······.

그녀가 재채기를 하고 중얼댔다.

"망할 건초열."

사무실에 돌아와 보니 제이슨 러드가 창가에 서 있었다.

그가 빙그르르 몸을 돌렸다.

"도대체 어디 있었지?"

"정원사에게 할 말이 있었어요. 실은······."

그녀는 말하다 말고 그의 표정을 살핀 후 날카롭게 물었다.

"무슨 일이죠?"

그의 눈이 그 어느 때보다 움푹 들어가 보였다. 즐거운 광대의 표정은 모두 사라지고 긴장한 남자의 모습뿐이었다. 전에도 그가 긴장한 걸 본 적이 있지만 이 정도는 아니었다.

엘라는 다시 물었다.

"무슨 일이죠?"

그가 종이 한 장을 내밀었다.

"그 커피를 분석한 거야. 마리나가 불평하고 마시지 않았던 커피

말이야."

엘라는 깜짝 놀랐다.

"분석시키러 보냈다고요? 싱크대에 붓는 걸 봤는데요."

그의 큰 입술이 미소로 말려 올라갔다.

"내가 손이 좀 빠르지. 그건 몰랐나? 대부분은 쏟아 버리고 약간만 분석하러 보냈어."

엘라는 손에 든 종이를 보았다.

"비소군요."

믿을 수 없다는 어조였다.

"그래, 비소야."

"쓴 맛이 난다던 마리나의 말이 맞았군요?"

"맞은 건 아니야. 비소는 아무 맛도 없어. 그녀의 본능이 꽤 정확했던 거지."

"다들 그녀가 신경과민인 줄만 알았죠!"

"물론 신경과민이지! 누구라도 그러지 않겠어? 문자 그대로 바로 자기 발밑에서 한 여자가 죽었고 협박 편지가 계속 날아오는데. 오늘은 없었지?"

엘라가 고개를 끄덕였다.

"누가 그 우라질 것을 넣는 건지. 하긴 창문이 저렇게 다 열려 있으니 쉽긴 쉬울 거야. 누구라도 몰래 집어넣을 수 있지."

"빗장을 지르고 자물쇠로 잠가야 한다는 건가요? 날이 너무 더운걸요. 또 정원에 경호하는 사람도 있어요."

"그래. 더군다나 마리나가 그렇게 놀랐을 테니. 더 이상 놀라게 하고 싶지 않아. 협박 쪽지는 중요한 게 아니야. 하지만 비소는 달라…….”

"이 집 안에서는 아무도 음식에 뭘 넣을 수 없어요.”

"그럴 수 없다고? 정말 그래?”

"그랬다가는 눈에 띄죠. 관련자가 아니라면 누구도…….”

그가 그녀의 말을 잘랐다.

"돈이라면 그런 짓도 할걸.”

"그래도 살인은 아니죠!”

"그 이상도 하는걸. 더군다나 살인이었다고 깨닫지 못할 수 있어. 하인들은…….”

"하인들은 모두 괜찮다고 확신해요.”

"주세페를 봐. 돈에 관련된 문제에서 주세페를 신임할 수 있을지 의심스러워……. 물론 함께 지낸 지 꽤 되었지만…….”

"그 정도로 조바심을 내야 하나요, 제이슨?”

그가 의자에 털썩 주저앉아 몸을 앞으로 기울였다. 무릎 사이에서 긴 팔이 덜렁거렸다.

"어떻게 하지? 하느님, 어떻게 해야 합니까?”

그가 느리게 중얼댔다.

엘라는 아무 말 없이 자리에 앉아 그를 쳐다보았다.

제이슨이 말했다.

"마리나는 여기에서 행복했어.”

그는 엘라에게 말하는 게 아니라 혼자 중얼대는 것 같았다. 그는 자기 무릎 사이의 양탄자 바닥만 노려보았다. 만약 위를 올려다봤다면 그녀의 표정을 보고 놀랐을 것이다.

제이슨이 다시 중얼댔다.

"마리나는 행복했어. 행복해지고 싶어 했고 또 행복했어. 언젠가, 그 부인이 왔던 날 그렇다고 말했는데."

"밴트리 부인이오?"

"그래. 밴트리 부인이 차 마시러 온 날이었지. 마리나는 '너무 평온하다.'고 했어. 마침내 행복하게 정착해서 안정된 삶을 누릴 집을 발견했다고 생각했는데. 이런 제길, 안정은 무슨!"

엘라가 약간 빈정대는 투로 말했다.

"그 후에 영원히 행복하게 살았다? 맞아요. 꼭 동화 같았죠."

"어쨌든 마리나는 그렇다고 믿었어."

"당신은 그렇지 않았어요. 그렇게 될 거라고 한 번도 생각하지 않았죠?"

엘라가 묻자 제이슨 러드가 미소를 지었다.

"그래. 있는 그대로 받아들일 수 없었지. 그래도 1년, 아니 2년 정도는 만족하고 평화로운 시간이 있을 거라고 여겼지. 마리나도 새로운 여자로 변했을 거야. 자신감도 생기고 행복해졌겠지. 마리나는 행복하면 어린애 같아. 그저 어린애 같아. 그런데 지금, 이런 일이 아내에게 일어나다니."

엘라가 심기가 불편한 듯 몸을 움직이다가 퉁명스럽게 말했다.

"사람들에게는 항상 여러 가지 일이 일어나죠. 그게 바로 인생인 걸요. 그저 받아들여야 해요. 물론 그러는 사람도 있고 또 못하는 사람도 있죠. 마리나는 못하는 유형이고."

엘라가 재채기를 했다.

"또 건초열인가?"

"네, 그건 그렇고 주세페는 런던에 갔어요."

제이슨이 약간 놀란 듯 물었다.

"런던에? 왜?"

"집안에 문제가 좀 있대요. 소호에 친척들이 사는데 누가 위독한가 봐요. 마리나에게 사정을 이야기했더니 그러라고 하더군요. 그래서 제가 하루 쉬게 했어요. 오늘 밤에 돌아올 거예요. 무슨 문제라도 있나요?"

"아니, 괜찮아."

제이슨이 자리에서 일어나 왔다갔다 했다.

"마리나를……. 지금…… 당장…… 데려갈 수 있다면."

"영화를 다 망칠 작정이세요? 생각 좀 해 보세요."

그의 목소리가 커졌다.

"마리나 생각밖에 못하겠어. 모르겠어? 그녀는 지금 위험해. 지금 그 생각뿐이라고."

엘라가 충동적으로 입을 열었다가 다물었다. 그녀는 입을 가리고 재채기를 하더니 자리에서 일어났다.

"흡입기를 가져와야겠어요."

그녀는 자기 침실로 들어갔다. 머릿속에서 단어가 메아리쳤다. 마리나……. 마리나……. 마리나……. 언제나 마리나…….

분노가 치솟았지만 애써 눌렀다. 그녀는 욕실로 들어가 흡입기를 집었다. 한쪽 콧구멍에 흡입기의 주둥이를 밀고 세게 눌렀다. 곧바로 잘못된 걸 깨달았지만 이미 늦었다……. 그녀의 두뇌가 낯설고 씁쓸한 아몬드 향을 인식했지만…… 곧 흡입기를 세게 누르던 손가락이 마비되었다.

18장

I

프랭크 코니시가 수화기를 내려놓고 말했다.
"브루스터 양은 오늘 런던에 없답니다."
"지금은 어떤가?"
크래독이 물었다.
"혹시 그녀가……"
"나도 모르겠어. 그러진 않겠지만, 그건 모르는 일이지. 아드윅 펜은?"
"나갔습니다. 경감님께 전화를 하라고 메시지를 남겼습니다. 인물 사진작가 마곳 벤스는 지방 어딘가에 일이 있답니다. 여자처럼 생긴 동업자는 어디인지 모른답니다. 아니, 모른다고 말했습니다.

집사는 런던으로 달아났어요."
"집사가 영원히 달아난 건지 궁금하군. 친척이 죽어 간다는 변명이 늘 의심스러웠지. 하필이면 오늘 왜 갑자기 런던으로 간 걸까?"
"떠나기 전에 흡입기에 청산가리를 주입하는 건 일도 아니었을 겁니다."
"누구라도 그렇지."
"저는 그자가 신경이 쓰입니다. 외부 사람은 힘들죠."
"아니, 가능해. 자네는 상황을 제대로 판단해야 하네. 옆길에 차를 세워 놓고 다들 식당에 들어갈 때까지 기다렸다가 창문을 통해 위층으로 올라가는 거지. 나무가 집 높이만큼 자라 있으니까."
"상당히 위험할 텐데요."
"살인범은 위험 따위는 우습게 여기지. 내내 그랬잖나?"
"정원에 경찰도 배치했는데요."
"나도 아네. 한 사람으로는 충분하지 않아. 그 익명의 쪽지에 대해서는 그다지 위급하다고 느끼지 않았어. 게다가 마리나 그레그는 제대로 보호를 받았지. 다른 사람이 위험할 거라고는 생각도 못했는데……."
전화벨이 울리자 코니시가 받았다.
"도체스터 호텔에서 아드윅 펜 씨가 전화했는데요."
그가 수화기를 크래독에게 건네주었다.
"펜 씨인가요? 크래독입니다."
"아, 예. 전화했다고 들었습니다. 하루 종일 나가 있어서요."

"유감스러운 말씀이지만 오늘 아침에 질린스키 양이 죽었습니다. 청산가리 중독이었죠."

"정말입니까? 충격이군요. 사고였습니까?"

"사고는 아닙니다. 그녀가 늘 사용하던 흡입기에 청산이 주입되어 있었어요."

"그렇군요……."

그는 잠시 멈추었다가 곧 질문을 던졌다.

"이 비통한 사건과 관련하여 왜 나에게 전화를 거셨는지 물어봐도 되겠습니까?"

"질린스키 양 아시죠?"

"그럼요. 몇 년 전부터 알았지만 친한 사이는 아니죠."

"도움을 주셨으면 합니다."

"무엇을?"

"혹시 그녀가 죽은 동기에 대해 떠오르는 게 없습니까? 외국인이라 친구나 동료, 정황에 대해 아는 게 거의 없어서요."

"제이슨 러드에게 물어봐야 할 것 같은데요."

"물론이죠. 이미 했습니다. 그가 모르는 정보를 들을 수 있을까 해서요."

"그렇지는 않을 것 같습니다. 난 엘라 질린스키에 대해 아는 바가 거의 없어요. 대단히 유능하고 일 처리가 능숙한 정도라는 것만 알지, 사생활에 대해서는 전혀 모릅니다."

"혹시 생각나는 거 없습니까?"

크래독은 그가 단호하게 부정할 거라고 예상했다. 그러나 뜻밖에도 그는 아무런 부정도 하지 않고 잠시 말을 끊었다. 수화기 맞은편에서 가쁘게 숨을 내쉬는 것이 들렸다.
"아직 전화 안 끊으셨죠, 경감님?"
"예, 그렇습니다."
"도움이 될 만한 이야기를 하나 해 드리죠. 이야기를 듣고 나면 내가 왜 말을 안 했는지 이해하실 겁니다. 그래도 결국에는 현명하지 못한 판단이었다고 생각할 것 같습니다. 실은 이틀 전에 이상한 전화를 받았습니다. 그 목소리는 이렇게 속삭였습니다. 그대로 인용해 보죠. '당신을 봤어……. 당신이 잔에 알약을 넣는 걸 봤어……. 당신은 목격자가 있다는 걸 몰랐겠지. 지금은 여기까지야. 곧 할 일을 알려 주지.'"
크래독이 깜짝 놀라 크게 중얼댔다.
"놀랍지 않습니까, 경감님? 전혀 근거도 없는 협박이었다고 맹세합니다. 나는 누구의 잔에도 알약을 넣지 않았으니까요. 누구라도 내가 그랬다고 할 수 없습니다. 정말 말도 안 되는 소리죠. 아마 질린스키 양이 협박한 것 같았습니다."
"목소리를 알아채셨나요?"
"속삭여서 목소리를 알아챌 수 없었지만, 엘라 질린스키가 분명했어요."
"어떻게 알죠?"
"심하게 재채기를 하고 전화를 끊었거든요. 질린스키 양이 건초열 때문에 고생한다는 건 이미 알고 있었습니다."

"그래서 어떻게 생각하십니까?"

"내 생각에 질린스키 양은 처음에 엉뚱한 사람을 협박한 것 같습니다. 두 번째는 좀 더 성공했을지도 모르죠. 협박은 위험한 게임이니까요."

크래독이 정신을 가다듬고 말했다.

"말씀해 주셔서 감사드립니다, 펜 씨. 절차상 오늘 선생님의 행적을 확인해 봐야겠습니다."

"그렇게 하십시오. 내 운전기사가 경감님께 정확한 정보를 알려 드릴 겁니다."

크래독이 전화를 끊고 아드윅 펜의 말을 전하자 코니시가 휘파람을 불었다.

"이제 그자가 완전히 배제되거나······."

"아니면 대단한 허풍쟁이라는 걸 알 수 있겠군. 그 역시 가능성이 있어. 그럴 만한 배짱이 있는 남자거든. 만약 엘라 질린스키가 자기를 의심하는 기록을 남겨 두었다면, 이렇게 경찰에 정면 도전하는 건 대단한 허풍이지."

"그의 알리바이는요?"

"그 경우 아주 좋은 가짜 알리바이를 만들어 놓았을 거야. 그 정도 돈은 충분할 테니까."

크래독이 말했다.

II

주세페는 밤 12시가 지난 후에야 가싱턴으로 돌아왔다. 세인트 메리 미드로 가는 막차가 끊겨서 머치번햄에서 택시를 탔다.

그는 기분이 아주 좋았다. 정문에서 택시비를 내고 관목 사이의 지름길로 갔다. 열쇠로 뒷문을 열었다. 집은 어둡고 조용했다. 주세페는 문을 닫고 빗장을 질렀다. 욕실이 딸린 아늑한 자기 방으로 올라가려고 계단으로 향하는데 외풍이 느껴졌다. 어딘가 창문이 열려 있는 모양이지만 그냥 놔두기로 했다. 그는 여전히 미소를 띤 채 2층으로 올라가서 방문에 열쇠를 집어넣었다. 언제나 방문을 걸어 두었던 것이다. 열쇠를 돌리고 문을 여는데 등뒤에서 단단하고 둥근 고리가 그를 눌렀다.

"아무 소리 말고 손들어."

주세페는 얼른 두 손을 들었다. 그는 기회를 엿보지 않았다. 사실 엿볼 것도 없었다.

방아쇠가 당겨졌다. 탕. 탕.

주세페는 앞으로 고꾸라졌다…….

III

비앙카는 베개에서 머리를 쳐들었다.

총소리였나……. 총소리가 거의 확실한데……. 그녀는 몇 분 더 기다려 보았다. 그리고 잘못 들은 모양이라고 여기고 다시 잠자리에 누웠다.

19장

I

"너무 무시무시한 일이에요."
나이트 양이 소포를 내려놓고 숨을 거칠게 내쉬며 말했다.
"무슨 일인데요?"
마플 양이 물었다.
"그 얘기는 정말 하고 싶지 않아요. 정말이에요. 마플 양께는 아주 충격이실 거라서."
"나이트 양이 말하지 않아도 다른 사람이 해 줄 텐데."
"어머, 어머, 맞아요. 정말 그래요. 사람들 모두 말이 너무 많아요. 모두 너무 말이 많다고요. 또 틀림없이 많이들 퍼졌을걸요. 저는 같은 말을 또 하는 사람은 아니에요. 조심성이 아주 많으니까요."

"무서운 일이 벌어졌다고 했나요?"

마플 양이 물었다.

"정말 깜짝 놀랐죠. 그건 그렇고 창문으로 바람이 들어오지는 않아요?"

나이트 양이 물었다.

"신선한 공기가 좋은데."

마플 양의 대답에 나이트 양이 장난치듯 말했다.

"아, 그래도 감기에 걸리시면 어떡해요? 좋은 수가 있어요. 얼른 맛있는 에그노그(달걀, 우유, 설탕 등으로 만든 음료수 ─ 옮긴이)를 준비해 올게요. 우리 그거 좋아하잖아요?"

"나이트 양이 좋아하는지 모르겠는데. 좋아한다면 나이트 양이 마시는 게 좋겠어요."

나이트 양이 손가락을 흔들었다.

"어머, 농담을 너무 좋아하시네요."

"무슨 이야기를 하려고 했던 거 아니었나요?"

마플 양이 물었다.

"음, 마플 양께선 그런 일에 신경 쓰면 안 돼요. 우리와는 아무 상관도 없다고 확신하니까, 어떤 식으로든 그 일로 신경과민이 되면 안 되죠. 미국 갱단 같은 게 극성이니 전혀 놀랄 일도 아니라고 생각하지만요."

"누가 살해되었군. 그렇죠?"

마플 양이 물었다.

"아, 마플 양은 정말 예리하세요. 어떻게 그런 생각을 다 하시는지 모르겠어요."

"실은 그렇게 될 줄 알았어요."

마플 양이 신중하게 말했다.

"정말이세요?"

나이트 양이 감탄했다.

"늘 뭔가를 보는 사람이 있게 마련이거든요. 자기가 뭘 봤는지 한참 후에 깨닫는 경우도 있지만 말이야. 죽은 사람이 누구죠?"

"이탈리아 인 집사요. 어젯밤에 총에 맞았어요."

마플 양이 생각에 잠긴 목소리로 말했다.

"그랬군. 그래, 물론 가능성이 있어. 자기가 본 내용이 얼마나 중요한지 미리 알아챘을 것 같은데……."

나이트 양이 다시 흥분해서 목소리를 높였다.

"정말요! 그 일에 대해 전부 아시는 것처럼 말씀하시네요. 그 사람은 왜 살해된 거죠?"

마플 양이 천천히 말했다.

"아마 누군가를 협박하려 했을 거예요."

"어제 런던에 갔다고 하던데요."

"그래? 아주 흥미롭군요. 생각이 떠오르는걸."

나이트 양은 영양가 많은 음료를 만들려고 부엌으로 갔다. 마플 양이 생각에 잠겨 앉아 있는데 크고 공격적인 진공청소기 소리가 생각을 방해하기 시작했다. 그 소음에 보조를 맞추어 체리가 최신

유행가를 불러 댔다.

"난 당신에게 말했고 당신은 나에게 말했지."

나이트 양이 부엌에서 고개를 빼고 말했다.

"체리, 너무 시끄러우면 안 돼요. 마플 양을 방해하고 싶지는 않지? 알겠지만 생각 없이 행동해선 안 돼요."

그녀는 다시 부엌문을 닫았고, 체리는 딱히 누구에게랄 것 없이 이렇게 중얼댔다.

"도대체 누가 날 체리라고 불러도 된다고 했어요, 중늙은이 아줌마 주제에?"

진공청소기는 계속 울어 댔고 체리는 아까보다는 작은 목소리로 노래를 불렀다. 마플 양의 높고 맑은 소리가 들렸다.

"체리, 잠깐 여기 와 봐요."

체리는 전원을 끄고 응접실 문을 열었다.

"혹시 제 노래 때문에 방해가 되셨나요?"

"당신 노랫소리야 저 진공청소기의 불쾌한 소음보다 훨씬 듣기 좋지. 시대에 맞춰야 한다는 건 나도 알아요. 당신 같은 젊은 사람들에게 옛날처럼 빗자루와 쓰레받기를 사용하라고 할 수는 없지 않겠어요?"

"무릎을 꿇고 빗자루와 쓰레받기로 청소하라고요?"

체리가 놀란 표정으로 물었다.

"그런 건 들어 본 적도 없을 거야. 이리 와서 문을 닫아요. 할 말이 있어서 불렀으니까."

체리는 고분고분 안으로 들어와서 궁금한 표정으로 마플 양을 바라보았다.

"시간이 별로 없어요. 저 부인, 그러니까 나이트 양이 그 이상한 달걀 음료를 들고 곧 올 거야."

마플 양이 말했다.

"마플 양의 몸에 좋은 거예요. 기운을 북돋워 줄걸요."

체리가 긍정적으로 말했다.

"소식 들었어요? 어젯밤에 가싱턴 홀의 집사가 총에 맞았다던데?"

"예? 그 이탈리아 사람요?"

체리가 물었다.

"그래, 주세페라고 하던데."

"아뇨. 아직요. 어제 러드 씨의 비서가 심장마비를 일으켰다는 이야긴 들었어요. 그녀가 죽었다는 이야기도 들었지만 소문일 거라고 여겼죠. 집사 이야기는 누구에게서 들으셨어요?"

"오늘 나이트 양이 말해 주던데."

"오늘 아침 여기 오는 길에 그런 이야기를 해 줄 사람을 만나지 못했거든요. 이제 막 돌기 시작했나 봐요. 죽었나요?"

"그런 것 같아요. 맞는지 틀리는지 잘 모르겠지만."

마플 양이 말했다.

"여기는 이야기하기 좋은 곳이죠."

체리가 생각에 잠겨 덧붙였다.

"글래디스가 그 사람을 만났는지 궁금해요."

"글래디스라니?"

"아, 제 친구예요. 몇 집 떨어진 곳에 사는데, 영화사 매점에서 일하죠."

"그 친구가 주세페에 대해 말했어요?"

"예, 좀 웃기는 일이 있다면서 그 사람에게 물어봐야겠다고 했지만, 핑계 같았어요. 글래디스가 그 사람에게 좀 반했거든요. 물론 얼굴도 잘생겼고 이탈리아 인이라 나름대로 수완이 좋잖아요? 조심하라고 당부하긴 했어요. 이탈리아 인들이 어떤지 아시잖아요."

"그는 어제 런던에 갔다가 저녁에야 돌아왔다고 들었어요."

"그 사람이 가기 전에 만났는지 궁금해요."

"왜 그를 보고 싶어 한 거죠?"

"좀 웃기는 일이 있었다고 하더라고요."

마플 양이 궁금하다는 표정으로 체리를 쳐다보았다. 그녀는 글래디스 같은 이웃의 젊은 여자들이 '웃기다'는 단어를 어떻게 여기는지 알고 있었다.

"글래디스가 그곳 파티를 도와주었어요. 왜, 배드콕 부인에게 그런 일이 벌어진 축제 날 말이에요."

"그래요?"

마플 양이 폭스테리어가 쥐구멍을 지키듯이 긴장된 표정으로 말했다.

"그런데 웃기는 일이 있었대요."

"왜 경찰에게 말하지 않았대요?"

"글쎄요, 그다지 중요하다고 여기지 않았나 봐요. 어쨌든 주세페 씨에게 먼저 물어보는 편이 낫겠다고 생각했죠."
체리가 설명했다.
"그날 뭘 봤는데요?"
"솔직히 말해서 좀 허튼 소리 같았어요. 저에게 구실을 대려는 것 같았고, 주세페 씨를 만나는 건 다른 이유 때문인 것 같았어요."
"그녀가 뭐라고 말했는데요?"
마플 양은 참을성을 보이면서도 집요하게 물었다.
체리가 얼굴을 찌푸렸다.
"배드콕 부인과 칵테일에 대해 말하면서 자기가 오랫동안 그녀 옆에 있었다고 했어요. 또 그녀가 직접 했다고 했어요."
"뭘 직접 했다고?"
"자신의 드레스에 칵테일을 흘려서 엉망으로 만들었다고요."
"실수로 그랬다는 건가요?"
"아뇨, 실수가 아니에요. 그녀가 일부러 했다고, 그럴 작정으로 했다고 글래디스가 말했어요. 음, 그게 말이 돼요?"
마플 양이 복잡한 심정으로 고개를 저었다.
"아니, 말이 안 되죠. 전혀 이해하지 못하겠네요."
"그녀는 새 드레스를 입고 있었어요. 그래서 그 이야기를 하게 된 거죠. 글래디스는 그 옷을 사고 싶어 했어요. 이제 깨끗이 세탁되었겠지만 배드콕 씨에게 직접 물어보고 싶지는 않다고 했어요. 글래디스는 옷을 잘 만드는 데다 그 드레스가 감이 아주 좋다고 했어요.

로열 블루의 인조 타페타죠. 또 드레스에 칵테일 자국이 생겼다 해도 반 폭 정도 떼어내면 문제없다고 했어요. 워낙 스커트 폭이 풍성하니까요."

마플 양은 드레스 만드는 일을 잠시 생각하다가 다른 질문을 던졌다.

"글래디스가 빼놓고 안 한 이야기가 있다고 생각한다고 했나요?"

"음, 글래디스가 본 게 그게 전부인지 궁금해서요. 헤더 배드콕이 일부러 자기 옷에 칵테일을 흘렸다는 것뿐이라면 주세페 씨에게 물어볼 게 뭐가 있겠어요?"

마플 양이 한숨을 내쉬었다.

"음, 없겠죠. 그래도 사람들이 뭘 보면서도 제대로 보지 못한다는 건 늘 흥미로워요. 만약 어떤 일의 의미를 깨닫지 못한다면 반대로 보는 게 분명해요. 물론 정보를 전부 얻지 못하는 경우도 있는데, 이번 경우가 그렇겠지요."

그녀가 다시 한숨을 내쉬었다.

"그녀가 곧장 경찰에 가지 않았다니 유감이군요."

문이 열리고 나이트 양이 연노랑 거품이 떠 있는 맛있어 보이는 음료를 들고 요란하게 들어왔다.

"자, 여기 대령했습니다. 맛있는 간식이죠. 즐겁게 드세요."

그녀는 주인 옆으로 작은 탁자를 잡아당기고 체리를 힐끗 쳐다보았다.

"진공청소기가 기괴한 자세로 현관 복도에 있던데, 걸려서 넘어질 뻔했어요. 누구라도 사고 나기 쉽겠어요."

"아, 그래요. 가 볼게요."

체리가 나갔다.

"정말이지 베이커 부인은! 이래라 저래라 늘 일러 줘야 한다니까요. 진공청소기를 아무 데나 버려두고는 여기 와서 조용히 있고 싶어 하는 마플 양께 수다나 떨고요."

"내가 불렀어요. 할 말이 있었거든."

"음, 침대 정리에 대해 말씀하셨어요? 어젯밤에 아주머니 침대를 보고 충격 받았어요. 제가 전부 다시 정리했다니까요."

"아주 친절하군요."

"아, 도움이 된다면 저야 언제나 환영인걸요. 그래서 제가 여기 있는 게 아닌가요? 우리가 아는 어떤 사람을 가능한 한 편안하고 행복하게 만드는 거요. 아, 저런, 저런! 뜨개질하시던 걸 또 많이 푸셨군요."

마플 양은 등을 기대고 두 눈을 감았다.

"좀 쉬어야겠어요. 잔은 여기 둬요. 고마워요. 앞으로 45분 정도는 방에 들어오지 말아요."

"네, 베이커 부인에게도 조용히 하라고 할게요."

그녀는 결의에 찬 표정으로 버스럭거리며 나갔다.

II

잘생긴 미국인 청년이 당혹스럽게 주변을 쳐다보았다. 주위에 집들이 사방으로 뻗어 있어서 혼란스러운 모양이었다.

그는 백발에 뺨이 불그스레한 노부인에게 예의바르게 말을 걸었다. 길거리에는 그 노부인뿐이었다.

"죄송합니다만 블렌하임 클로스가 어디죠?"

노부인은 잠시 그를 쳐다보았다. 노부인이 귀가 먹었나 싶어 다시 큰 목소리로 질문을 하려는데 부인이 입을 열었다.

"오른쪽으로 쭉 가다가 왼쪽으로 돈 후 두 번째 모퉁이에서 다시 오른쪽으로 돌아서 곧장 가요. 몇 번지를 찾는 거죠?"

"16번지입니다. 글래디스 딕슨요."

그가 작은 종이쪽지를 들여다보며 말했다.

"맞아요. 헬링포스 스튜디오 매점에서 일하니까. 거기 가면 만날 수 있을 거예요."

"오늘 출근하지 않았어요. 오늘 가싱턴 홀의 일손이 아주 부족해서 거기로 부르려고요."

"그렇겠군요. 어젯밤에 집사가 총에 맞았다죠?"

노부인이 묻자 젊은이는 약간 당황했다.

"여기에서는 소문이 꽤 빨리 도나 봅니다."

"그렇죠. 러드 씨의 비서도 어제 발작으로 죽었다고 들었어요. 끔찍하군요. 정말 끔찍해요. 이제 어떻게 될까요?"

그녀가 고개를 흔들며 물었다.

20장

I

그날 오후에 블렌하임 클로스 16번지를 찾은 손님은 또 있었다. 윌리엄 (톰) 티들러 경사였다.

그가 노란색으로 상큼하게 칠한 문을 날카롭게 두드리자 15세 정도로 보이는 소녀가 문을 열어 주었다. 길고 헝클어진 금발에 달라붙는 검정색 바지와 주황색 스웨터를 걸치고 있었다.

"여기가 글래디스 딕슨 양 집인가요?"

"글래디스 언니요? 저런, 지금 없는데요."

"어디 갔죠? 저녁 약속이 있나요?"

"아뇨, 어딜 좀 갔어요. 일종의 휴가죠."

"어디로 갔나요?"

"글쎄요."

톰 티들러는 나름대로 매력적인 미소를 지어 보였다.

"집에 들어가도 될까요? 어머니 계신가요?"

"엄마는 일하러 가서 7시 30분에나 돌아오실걸요. 모르기는 저랑 마찬가지죠. 언니는 휴가 갔어요."

"아, 그렇군요. 언제 갔죠?"

"오늘 아침요. 느닷없이 공짜로 여행할 기회가 생겼다고 했어요."

"혹시 주소는 알고 있나요?"

금발 머리 소녀가 고개를 저었다.

"주소도 몰라요. 언니는 머물 곳이 정해지면 곧 알려주겠다고 했지만, 아마 그러지 않을걸요. 지난여름에도 뉴키(영국의 해변 휴양지 — 옮긴이)에 가서 엽서 한 장 안 보낸걸요. 언니는 그런 면에서는 좀 무뎌요. 또 왜 엄마들은 늘 귀찮게 하는지 모르겠다고 했죠."

"누군가가 그녀에게 휴가를 준 건가요?"

"그랬을 거예요. 언니는 요즘 사정이 별로 좋지 않아서 지난주에도 일하러 갔거든요."

"언니에게 이 여행을 허락했다거나, 그러니까 휴가 비용을 댄 사람이 누군지 아나요?"

금발머리 소녀가 갑자기 화를 냈다.

"이상한 생각 하지 말아요. 우리 언니는 그런 사람이 아니에요. 물론 남자 친구와 함께 8월에 휴가를 갈지도 모르지만 문제 될 건 없어요. 그러니 그런 생각은 하지도 마세요, 경사님."

티들러는 그런 생각은 하지 않았지만 글래디스 딕슨이 엽서를 보내 주면 그 주소를 알려 달라고 유순하게 말했다.

그는 여러 수사 결과를 듣고 경찰서로 들어갔다. 영화사에서는 그날 글래디스 딕슨이 일주일 정도 결근하겠다고 전화로 통고했다는 소식을 들었다. 다른 정보도 몇 가지 더 얻었다.

"최근에 그곳에서 소동이 끊이지 않았다고 합니다. 마리나 그레그가 거의 매일 히스테리를 부리고 자기 커피에 독약이 들어 있다고 했답니다. 커피 맛이 쓰다고 했다는군요. 신경이 극도로 예민한 거죠. 그 남편이 커피를 싱크대에 버리고 부인에게 더 이상 소란을 떨지 말라고 했답니다."

"그래?"

크래독이 대꾸했다. 틀림없이 그 뒷이야기도 있을 것이다.

"그런데 커피를 전부 버린 게 아니라고 합니다. 러드 씨가 커피 일부를 분석시켰는데 비소가 들어 있었답니다."

"그다지 타당성 있는 이야기는 아닌데. 직접 물어봐야겠어."

크래독이 말했다.

II

제이슨 러드는 무척 과민하게 반응했다.

"크래독 경감님, 저에게도 그럴 권리가 있습니다."

"그 커피에 문제가 있을 거라는 의심이 들었다면 먼저 우리에게 연락하는 편이 훨씬 좋았을 겁니다."

"실은 저도 커피에 문제가 있을 거라고는 전혀 의심하지 않았습니다."

"부인이 이상한 맛이 난다고 했는데도 말입니까?"

러드의 얼굴에 측은해 보이는 미소가 번졌다.

"아, 그거요! 축제 날 이후 아내는 뭐든 먹거나 마시면 이상한 맛이 난다고 했습니다. 더군다나 계속 날아오는 협박문과……."

"협박문이 더 왔습니까?"

"두 번 더 왔죠. 하나는 저기 아래쪽 창문을 통해서 왔고 또 하나는 우편함에 들어 있었죠. 궁금하시다면 이걸 좀 보십시오."

편지는 처음 쪽지와 마찬가지로 타자기로 친 것이었다. 그중 하나의 내용은 이러했다.

이제 머지않았다. 준비해라.

또 하나는 해골과 십자 모양으로 엇갈린 뼈 그림이 대충 그려져 있고 그 아래 이렇게 적혀 있었다.

이건 너다, 마리나.

크래독의 눈썹이 올라갔다.

"아주 유치하군요."

"위험하지 않다는 뜻인가요?"

"천만에요. 살인자들은 보통 정신 상태가 유치합니다. 누가 이런 쪽지를 보냈는지 전혀 감이 안 잡히나요, 러드 씨?"

"전혀요. 무시무시한 농담이라는 느낌만 듭니다. 제 생각에······."

그가 말꼬리를 흐렸다.

"계속하시죠."

"이 동네 사람인 것 같습니다. 축제 날 독살 사건에 흥분한 사람이죠. 어쩌면 배우라는 직업에 앙심을 품은 사람일 겁니다. 시골에서는 연기를 악마의 무기로 여기기도 하니까요."

"부인이 실제로 협박당하는 게 아니라고 여긴다는 건가요? 그렇다면 커피 건은 어떻고요?"

"그 소문은 어떻게 들으셨는지 모르겠습니다."

러드가 귀찮다는 듯이 말했다.

크래독이 고개를 저었다.

"다들 그 이야기를 하더군요. 사람들은 시간이 지나면 모두 알게 마련이죠. 그래도 저희에게 오셨어야 했습니다. 분석 결과를 알고 난 후에도 우리에게 알려주지 않으셨죠?"

"아, 못했습니다. 다른 사건들이 터져서요. 무엇보다 엘라가 불쌍하게 죽었죠. 또 주세페 사건도 있고요. 크래독 경감님, 언제 여기에서 아내를 데려가도 될까요? 거의 제정신이 아니랍니다."

"이해합니다만 수사할 게 좀 있어서요."

"아내의 목숨이 아직도 위험하다고 여기십니까?"

"그러지 않기를 바랍니다. 모든 예방 조치를 취해서……."

"모든 예방 조치라고요! 전에도 그런 말을 들었죠. 제 생각에는……. 아내를 여기에서 데리고 나가야겠어요. 꼭 그래야 합니다, 경감님."

III

마리나는 침실에서 눈을 감고 긴 의자에 누워 있었다. 긴장과 피로 탓에 창백해 보였다.

남편이 잠시 그녀를 바라보자 그녀가 눈을 떴다.

"크래독이라는 사람이야?"

"그래."

"무슨 일로 온 거야? 엘라 때문에?"

"엘라와……. 주세페도 있지."

마리나가 얼굴을 찡그렸다.

"주세페? 누가 총을 쐈는지 알아냈대?"

"아직은."

"모든 게 악몽이야……. 이제 이곳을 떠나도 된대?"

"그 사람이…… 아직은 아니라는데."

"왜? 가야 해. 매일 누가 날 죽이기를 마냥 기다릴 수는 없다고 말하지 않았어? 정말 어처구니 없는 일이야."

"모든 예방 조치를 취했어."

"전에도 그렇게들 말했지. 그런데도 엘라가 살해되었잖아. 주세페는 어떻고? 결국 나도 그렇게 되겠지. 모르겠어? ······그날 영화사에서 마신 커피에 뭔가 있었어. 분명히 거기에······. 당신이 전부 쏟지만 않았어도! 그게 있다면 분석하거나 어떻게든 했겠지. 확실히 알았을 거야······."

"확실히 알아야 당신 기분이 더 나아지겠어?"

그녀가 눈을 크게 뜨고 그를 노려보았다.

"지금 무슨 말을 하는 건지 모르겠어. 만약 누가 나를 독살하려고 했다는 걸 경찰에서 알게 되면 우리를 보내 주겠지. 보내 줄 거야."

"반드시 그런 건 아니지."

"이런 식으로 계속 살 수는 없어! 난······ 난······ 못해······. 당신이 도와주어야 해. 제이슨, 뭔가를 해야 해. 두려워. 너무 두렵다고······. 여기 적이 있어. 누군지 몰라······. 영화사나 여기 집 안에서 나를 아주 미워하는 누군가이겠지. 그런데 왜? 왜? 내가 죽기를 원하는 누군가가······. 도대체 누구지? 누구야? 내 생각에······. 거의 확신하는데······ 엘라가 분명해. 하지만 이제······."

"엘라? 왜?"

제이슨은 무척 놀란 것 같았다.

"날 아주 미워했으니까. 그래, 정말이야. 남자들은 그런 것도 몰라? 당신을 정신없이 사랑했는데, 전혀 몰랐다니 믿을 수 없어. 하지만 엘라는 아니야. 이제 죽었으니까. 아, 징크스, 징크스. 날 좀 도와줘. 여기에서 데려가 줘. 안전한 곳으로 데려가 줘. 안전한 곳으로…….”
마리나가 벌떡 일어나 손을 비틀면서 빠르게 서성였다.
열정과 고통이 넘치는 마리나의 움직임에 제이슨은 감독 기질이 발동해서 넋이 나갈 정도였다. 저 움직임을 기억해야 한다는 생각이 들었다. 헤다 가블러에게 어울릴까? 그때 그는 자기가 다름 아닌 아내를 지켜보고 있다는 걸 깨닫고 충격을 받았다.
"괜찮아, 마리나. 괜찮아. 내가 지켜 줄게."
"이 가증스러운 집에서 떠나야 해. 당장. 난 이 집을 혐오해. 혐오한다고."
"저기, 당장 갈 수는 없어."
"왜? 왜?"
"왜냐하면, 죽음은 혼란을 일으키니까……. 또 생각할 게 더 있어. 도망친다고 뭐가 낫겠어?"
"당연히 낫지. 우릴 증오하는 누군가에게서 멀어질 수 있으니까."
"당신을 그 정도로 증오하는 사람이 있다면 분명 어디든 쉽게 쫓아올 거야."
"그러니까, 그러니까 내가 절대로 도망치지 못한다는 뜻이야? 내가 다시는 안전하지 못하다고?"
"여보, 괜찮을 거야. 내가 지켜 줄게. 안전하게 해 줄게."
그녀가 그에게 달라붙었다.
"그럴 거지, 여보? 아무 일도 생기지 않게 지켜줄 거지?"
마리나가 그에게 몸을 기대자 제이슨은 그녀를 긴 의자에 살짝 눕혔다.

"아, 난 겁쟁이야. 겁쟁이라고……. 그자가 누구인지 알 수 있다면……. 그리고 왜 그러는 건지도. ……그 약 좀 줘. 갈색 말고 노란거, 안정제가 필요해."

"너무 많이 먹지 마, 여보."

"괜찮아, 괜찮아……. 때때로 아무 효과가 없을 때도 있지만……."

그녀가 그의 얼굴을 올려다보며 미소를 지었다. 부드럽고 아름다운 미소였다.

"당신이 날 지켜 줄 거지? 지켜 줄 거라고 약속해 줘."

"비통한 종말이 올 때까지 언제나."

제이슨 러드가 말했다.

그녀가 두 눈을 크게 떴다.

"당신 너무…… 너무 이상해 보였어. 좀 전에 그 말을 할 때."

"그랬어? 어떻게 보였는데?"

"잘 설명하지 못하겠어. 마치, 마치 몹시 슬픈 것을 바라보며 웃는 광대 같았어. 다른 사람은 아무도 보지 못한 그런 걸……."

21장

I

다음 날 지치고 침울한 표정의 크래독 경감이 마플 양을 만나러 왔다.

"여기 앉아서 편하게 쉬어요. 아주 힘들어 보이네요."

마플 양이 말했다.

"지는 건 질색입니다. 24시간 동안 살인 사건이 두 건이나 발생했어요. 생각했던 것보다 제가 너무 무능해요. 근사한 차 한 잔만 주세요, 제인 이모님. 버터 바른 얇은 빵도 주시고요. 세인트 메리 미드에서 가장 오래 전에 일어났던 일을 기억하면서 위로해 주세요."

마플 양이 동정하듯이 혀를 끌끌 찼다.

"지금은 그런 이야기를 해 봤자 소용이 없어요. 또 버터 바른 빵이 필요할 거라고 생각하지 않아요. 신사분들은 낙담하면 차보다 강한 걸 바라게 마련이죠."

늘 그랬듯이 마플 양은 외국인을 지칭할 때처럼 '신사분'이라고 말했다.

"독한 하이볼(위스키에 소다수를 섞은 술 — 옮긴이)이 좋겠어요."

"진담이세요? 음, 거절은 못하겠습니다."

"직접 갖다 줄게요."

마플 양이 일어났다.

"아, 아닙니다. 됐어요. 제가 할게요. 아니면 이름은 잊었지만 도와주는 부인에게……."

"나이트 양이 수선을 떨면서 여기 들어오는 건 바라지 않아요. 앞으로 20분 후에야 차를 갖고 올 테니까 그때까지는 조용하고 평화로울 거예요. 현관 대신 창문으로 들어온 건 정말 잘했어요. 이제 우리끼리 근사하고 조용한 시간을 잠시라도 즐겨 봐요."

마플 양이 구석의 찬장으로 가서 문을 열고 술병과 소다수병, 그리고 술잔도 하나 가져왔다.

"정말 놀랍군요. 구석장에 그런 걸 넣어 두시는지 몰랐습니다. 혹시 몰래 술을 드시는 건 아니겠죠, 제인 이모님?"

마플 양이 타이르는 어조로 말했다.

"절대 금주주의를 옹호한 적은 없어요. 충격이나 사고가 있을 때는 집 안에서 약간 강한 술을 마시는 게 좋아요. 그런 때는 정말 끝내 주죠. 아니면 신사분이 갑자기 찾아오거나. 마셔 봐요."

마플 양이 승리한 사람처럼 치료제를 내밀며 이어서 말했다.

"이제 농담은 그만 하고 그냥 조용히 앉아서 쉬어요."

"마플 양께서 젊었을 시절에는 근사한 아내들이 있었을 겁니다."

더못 크래독이 말했다.

"당신이 말한 그런 유형의 아가씨들은 요즘엔 별로 인기가 없을 걸요. 예전에는 젊은 여자들에게 지성을 권하지도 않았고 대학을 졸업하거나 학문적인 업적이 있는 경우는 아주 드물었어요."

"학문적 업적보다 더 중요한 게 있어요. 남편에게 언제 하이볼이 필요한지 알아서 갖다 주는 것도 그중 하나죠."

더못이 말하자 마플 양이 애정 어린 표정으로 미소를 지었다.

"자, 이제 전부 말해 봐요. 아니면 허용된 정도만이라도."

"마플 양께서도 제가 아는 정도는 아실 텐데요. 어쩌면 몰래 그 이상을 알고 계실지도 모르죠. 마플 양의 하수인인 그 친애하는 나이트 양은 어때요? 혹시 그녀가 범죄를 저질렀다면?"

"아니, 나이트 양이 왜 그런 일을 저지르겠어요?"

마플 양이 놀라서 물었다.

"왜냐하면 그럴 가능성이 가장 없으니까요. 마플 양께서 해결하실 때 종종 그런 방식을 쓰시던데요."

더못이 대답했다.

마플 양이 활기차게 대답했다.

"천만에요. 친애하는 더못, 당신뿐만 아니라 다른 여러 사람에게도 늘 말해 온 대로, 범인은 가장 분명한 사람이었죠. 사람들은 대개

아내나 남편을 용의자로 지목하는데, 실제로 아내나 남편인 경우도 너무 많아요."

"제이슨 러드를 말씀하시는 겁니까? 그 사람은 마리나 그레그를 찬미해요."

그가 고개를 저으며 말했다.

마플 양이 위엄을 갖추고 말했다.

"일반적인 이야기를 하는 거랍니다. 처음에 배드콕 부인이 살해되었어요. 그래서 누가 그런 일을 저질렀을까 자문해 보았는데, 당연히 첫 번째 대답은 남편이니까 그 가능성을 검토해야 해요. 범인의 진짜 목표가 마리나 그레그라는 판단이 선 후에는 마리나와 가장 밀접한 관계가 있는 사람을 주시하게 되죠. 다시 말해서 남편부터 시작하는 거예요. 남편들이 자기 부인을 없애고 싶어 하는 경우가 너무 많으니까요. 물론 부인이 없어지길 바라면서도 구체적으로 행동하는 경우는 많지 않아요. 그래도 제이슨 러드가 진심으로 마리나 그레그를 사랑한다는 데에는 경감님과 같은 의견이랍니다. 또 그가 부인을 없애려는 어떤 동기도 찾아볼 수 없어요. 만약 다른 사람과 결혼하고 싶어 한다면 그것보다 더 쉬운 일도 없겠죠. 이런 말을 해도 된다면, 이혼은 영화배우들에게는 두 번째 본성이나 다름없으니까요. 실제로 이득이 생길 것 같지도 않아요. 그는 돈이 많아요. 직업이 있고 대단히 성공했어요. 그러니까 더 멀리 생각해야 하죠. 어려운 일이에요. 아주 어려워요."

"그렇죠. 마플 양께는 더 어려울 겁니다. 영화계라는 곳이 완전히 새로우실 테니까요. 마플 양께서는 스캔들이며 그런 걸 모르시니까요."

"경감님이 생각하는 것보다는 조금 더 알아요.《컨피덴셜》이며《영화 인생》,《영화 이야기》,《영화계 토픽》등 잡지 여러 권을 자세히 연구했어요."

더못 크래독이 참지 못하고 웃음을 터트렸다.

"마플 양께서 그 자리에 앉아 무슨 잡지를 읽었다고 말하시니 아주 재미있는데요."

"아주 흥미있었죠. 그다지 잘 쓴 글들은 아니지만요. 또 내가 젊었을 때와 다를 바가 없어서 실망했어요.《모던 소사이어티》며《티트 비츠》, 그런 거요. 소문이나 스캔들 이야기가 많고 누가 누구랑 열애에 빠졌다는 이야기 등에 집착하던데요. 현실 세계의 세인트 메리 미드나 개발 단지에서 벌어지는 일들과 같죠. 사람의 본성은 어디나 마찬가지라고 생각해요. 결국은 누가 마리나 그레그를 죽이고 싶어 했을까의 문제로 돌아오죠. 너무나 그녀를 죽이고 싶어 한 나머지 실수한 후에도 계속 협박 편지를 보내고 줄기차게 시도하는 사람이라면 아마도……."

마플 양이 이마를 살짝 쳤다.

"그렇습니다. 정말 누군가를 지목하는 것 같지요. 물론 늘 분명하게 드러나진 않지만."

크래독이 말하자 마플 양이 열심히 동의했다.

"아, 그런 일이 있었어요. 파이크 노부인의 둘째아들 알프레드는 아주 이성적이고 정상으로 보였죠. 심하다 싶게 평범했어요. 내가 무슨 말을 하는 건지 알겠어요? 사실 그 사람의 심리상태는 누구보다 비정상이었어요. 남에게 해를 끼칠 가능성도 있어요. 지금 페어웨이스 정신병원에 있는데 상당히 행복하고 만족해 보인다고 그 어머니가 말했어요. 거기에선 다들 그를 이해해 주고 의사들도 아주 흥미로운 사례라고 본대요. 물론 그에게도 즐거운 일이죠. 그래요, 결과가 상당히 좋긴 했지만 그녀는 한두 번 위험한 순간을 넘겼죠."

크래독은 마리나 그레그의 주변 사람 중에서 파이크 부인의 둘째 아들과 관계가 있을 만한 자가 있는지 머리를 굴려 보았다.

"이탈리아 인 집사, 그 살해된 사람 말이에요. 피살된 날 아침에 런던으로 갔다고 들었어요. 거기에서 그가 무슨 일을 했는지 아는 사람 있나요? 혹시 말해 줘도 된다면?"

마플 양이 양심적으로 덧붙였다.

"주세페는 오전 11시 30분에 런던에 도착했어요. 1시 45분에 은행에 가서 500파운드를 현찰로 저금했다는 것 말고는 확인된 바가 없습니다. 병이 들었거나 문제에 처한 친척을 만나러 런던에 갔다는 그의 주장은 확인하지 못했습니다. 거기 사는 친척 중에서 그를 만난 사람이 아무도 없거든요."

마플 양이 감사하다는 표시로 고개를 끄덕였다.

"500파운드라, 상당히 흥미로운 액수군요. 그보다 훨씬 많은 액수 중 첫 번째 지불금일 것 같은데요?"

"그런 식으로 보입니다."

"아마 그에게 협박당한 사람이 급하게 끌어 모은 돈 전부겠죠. 그는 그 액수에 만족한 척하거나 첫 번째 지불금으로 받아들였을 수도 있죠. 그리고 협박당한 사람은 조만간 더 많은 돈을 준비하겠다고 했겠죠. 마리나 그레그의 살인범이 그녀에게 개인적으로 앙심을 품은 하류민이라는 추리를 완전히 뒤집는 겁니다. 범인이 영화사 조수나 보조, 시종이나 정원사일 거라는 추리를 뒤집는 거죠. 혹시…… 그런 사람이 사주를 받아서 일을 저지르고 사주한 사람은 근처에 없었을 수도 있어요. 그러니 런던으로 찾아갈 수밖에요."

마플 양이 지적했다.

"바로 그렇습니다. 런던에는 아드윅 펜과 롤라 브루스터, 마곳 벤스가 있어요. 세 사람 모두 파티에 참석했죠. 그리고 세 사람 모두 런던에 미리 정한 장소에서 11시부터 1시 45분 사이에 주세페를 만날 수 있었어요. 아드윅 펜은 그 시간에 사무실에서 외출했고 롤라 브루스터는 호텔에서 나가 쇼핑을 했어요. 마곳 벤스는 자기 스튜디오에 없었죠. 그건 그렇고……."

"알려줄 게 더 있어요?"

마플 양이 물었다.

"마플 양께서 아이들에 관해 물으셨죠? 마리나 그레그가 임신할 수 있다는 사실을 알기 전에 입양한 아이들요."

"그랬어요."

크래독은 자기가 들은 이야기를 들려주었다.

마플 양이 부드럽게 말했다.

"마곳 벤스라……. 아이들과 관련이 있다는 느낌이 들었어요."
"시간이 이렇게 지났는데도 그럴 수 있다니 믿을 수가 없습니다……."
"그래요, 절대로 믿을 수 없죠. 아이들에 대해 잘 아세요? 당신의 어린 시절을 기억해 봐요. 실제 의미와는 상관없이 어떤 슬픔이나 열정을 불러일으키는 일이 없었는지요. 그 이후로 다시는 느껴 보지 못한 슬픔이나 분노 같은 거요. 아주 뛰어난 작가 리처드 휴스가 쓴 책이 있어요. 책 이름은 잊었지만 허리케인을 경험한 아이들의 이야기였어요. 아,『자메이카의 허리케인』이었죠. 그 아이들은 고양이가 미친 듯이 집 안을 돌아다닌 것만 기억했어요. 그것밖에 기억하지 못했죠. 그래도 아이들이 경험했던 공포와 흥분과 두려움이 모두 그 일에 집약되었죠."

"그런 말을 들으니 기분이 이상한데요."

크래독이 생각에 잠겨 말했다.

"음, 기억나는 게 있어요?"

"어머니가 돌아가셨을 때가 기억납니다. 다섯 살이었던 것 같아요. 다섯 살이나 여섯 살 정도였죠. 어린이집에서 저녁을 먹고 있었죠. 잼이 들어간 브레드 푸딩이었는데, 제가 아주 좋아하는 거였죠. 일하는 사람이 들어와서 어린이집 선생님에게 말했어요. '무서운 일이에요. 사고가 나서 크래독 부인이 돌아가셨어요.' ……어머니의 죽음을 떠올릴 때마다 뭐가 생각나는지 아시겠죠?"

"뭐죠?"

"브레드 푸딩 접시를 노려보는 제 모습입니다. 한쪽으로 잼이 새어나오던 게 지금도 그때처럼 선명하게 기억나요. 저는 울지도, 뭐라고 말하지도 못했어요. 얼어붙은 사람처럼 푸딩만 노려보던 게 기억나요. 지금도 가게나 식당, 아니면 다른 누군가의 집에 가서 잼이 들어간 브레드 푸딩을 보면 그때의 공포와 비참함과 절망감이 한꺼번에 몰아닥쳐요. 그 이유가 기억나지 않을 때도 있어요. 미친 소리 같지 않나요?"

"아뇨, 정말 자연스러운 거죠. 아주 흥미로워요. 그걸 들으니 생각이 나는데……"

마플 양이 말했다.

II

문이 열리더니 나이트 양이 차 쟁반을 들고 들어왔다.

"어머나, 손님이 계셨군요. 정말 좋은 일이에요. 크래독 경감님, 안녕하세요? 찻잔을 하나 더 가져올게요."

"신경 쓰지 마십시오. 다른 걸 마셨거든요."

문 쪽으로 걸어가는 그녀의 등 뒤에서 더못이 말했다.

나이트 양이 밖으로 나가 머리를 들이밀며 말했다.

"경감님, 잠시 이야기할 수 있을까요?"

더못이 현관 복도로 나가자 나이트 양이 식당으로 들어가 문을 닫았다.

"조심하실 거죠?"

그녀가 물었다.

"조심하라뇨? 무슨 말입니까?"

"저기 우리 연로하신 부인 말인데요. 그분은 모든 것에 흥미를 느끼세요. 살인 사건이나 그런 흉측한 일로 흥분하는 건 몸에 좋지 않아요. 너무 깊이 생각하다가 악몽이라도 꾸면 안 되죠. 나이가 많고 연약해서 정말 조심하셔야 해요. 언제나요. 이런 살인 사건이며 갱단 같은 이야기는 부인에게 정말, 정말 나빠요."

더못이 약간 재미있어 하며 그녀를 쳐다보다가 부드럽게 말했다.

"당신이나 내가 살인 사건에 대해 말한다고 해서 마플 양이 지나치게 흥분하거나 충격 받을 것 같지는 않습니다. 장담하건대 마플 양은 살인 사건이나 급작스러운 죽음 등 온갖 종류의 범죄에 대해 극도의 평정심을 갖고 있습니다."

그는 다시 응접실로 돌아갔고, 나이트 양은 화가 나서 뭐라 중얼대다가 그를 따라갔다. 그녀는 차를 마시면서 신문에 난 정치 뉴스나 자신이 생각하기에 가장 유쾌한 주제를 이야기했다. 마침내 나이트 양이 쟁반을 들고 나가 문을 닫은 후에야 마플 양이 한숨을 내쉬었다.

"드디어 평화가 돌아왔군요. 내가 저 여자를 살해하지 않기만을 바랄 뿐이에요. 저기, 알고 싶은 게 좀 있어요."

"예? 뭔가요?"

"축제 날 벌어진 일을 아주 자세하게 다시 살펴보고 싶어요. 밴트리 부인이 도착한 후 교구 목사가 곧 그 뒤를 따라왔죠. 그 후에 배드콕 부부가 왔어요. 당시 층계에는 시장 부부와 아드윅 펜, 롤라 브루스터, 머치번햄의 《헤럴드와 아거스》 기자, 그리고 사진작가 마곳 벤스가 있었죠. 그녀는 계단에 카메라를 설치하고 진행 과정을 찍었어요. 그 사진들을 보았나요?"

"실은 그중 하나를 가져왔습니다."

그가 주머니에서 사진을 꺼냈다. 마플 양은 그 사진에 시선을 고정했다. 마리나 그레그와 그녀 뒤편으로 제이슨 러드가 있고 아서 배드콕은 약간 당황한 표정으로 얼굴에 손을 대고 뒤쪽에 서 있었다. 한편 그의 아내는 마리나 그레그의 손을 잡고 그녀를 바라보며 이야기하는 중이었다. 그러나 마리나는 배드콕 부인을 쳐다보지 않고 부인의 머리 위를 쳐다보았다. 카메라를 응시하거나 그보다 약간 왼쪽을 보는 것 같았다.

"아주 흥미롭군요. 당시 그녀의 얼굴 표정에 대한 이야기를 들었죠. 얼어붙은 표정. 그래요, 아주 잘 설명했어요. 운명의 표정, 아니 그렇게 확신하지는 못하겠어요. 운명을 두려워한다기보다는 감정이 마비된 것 같아요. 그렇지 않아요? 두려움이라고는 말하지 않겠어요. 물론 두려움을 느껴도 저런 식으로 마비될 수 있어요. 그래도 두려움은 아닌 것 같고, 오히려 충격 같아요. 당시 헤더 배드콕이 마리나 그레그에게 무슨 이야기를 했는지 정확하게 알고 싶네요. 적어 둔 게 있는지 모르겠군요. 요점은 대략 알지만 실제 단어에 어느 정도로 근접할 수 있을까요? 여러 사람에게서 증언을 들었겠죠?"

더못이 고개를 끄덕였다.

"그래요, 생각해 보죠. 마플 양 친구분이신 밴트리 부인과 제이슨 러드, 아서 배드콕에게서 들었던 것 같습니다. 말씀대로 서로 사용한 단어는 달랐지만 요점은 같아요."

"알아요. 어떤 식으로 달랐는지 알고 싶어요. 그게 도움이 될 것 같은데요."

"어떻게 도움이 될지는 잘 모르겠습니다만 마플 양이라면 그럴 수 있겠죠. 제 기억으로는 친구분인 밴트리 부인의 증언이 가장 결정적이죠. 잠깐만요, 메모해 둔 게 여기 많은데요."

그는 주머니에서 작은 수첩을 꺼내 들여다보았다.

"정확하진 않고, 대강 적어 두었네요. 배드콕 부인은 아주 즐거워했고 좀 어울리지 않지만 혼자 좋아했죠. 이런 말을 했어요. '이 일이 나에게 얼마나 근사한지 말해 줄 수 없어요. 당신은 기억하지 못하겠지만 몇 년 전에 버뮤다에서…… 수두가 걸렸는데도 침대에서 일어나서 당신을 보러 갔었죠. 당신이 사인을 해 주었고, 나로서는 절대로 잊을 수 없는 내 생애 가장 자랑스러운 날이었죠.'"

"알았어요. 장소는 말했지만 날짜는 언급하지 않았군요?"

마플 양이 물었다.

"그렇습니다."

"러드는 뭐라고 했죠?"

"제이슨 러드요? 배드콕 부인이 감기에 걸렸는데도 침대에서 일어나 마리나를 만나러 왔고 아직도 그 사인을 가지고 있다고 자기 부인에게 말했다고 했어요. 마플 양 친구분의 말을 요약한 거지만 기본 내용은 같죠."

"시간과 장소도 말했나요?"

"아뇨. 그런 것 같지는 않습니다. 그냥 대략 10년 전이라고 말한 것 같습니다."

"알겠어요. 배드콕 씨는요?"

"배드콕 씨는 자기 부인이 마리나 그레그를 만나고 싶어서 극도로 흥분하고 긴장했다고 했어요. 부인이 마리나 그레그의 열성적인 팬으로 어렸을 때 아팠는데도 간신히 일어나서 그레그 양을 만나서 사인을 받았다고 했습니다. 자세하게 말하지는 않았고, 결혼 전 상황이었던 것 같습니다. 그 일을 그다지 중요하게 여기지 않는 것 같았죠."

"그래요. 그렇군요……."

마플 양이 말했다.

"어떻게 생각하시죠?"

크래독이 물었다.

"아직은 별로 없어요. 하지만 그녀가 왜 그녀의 새 드레스를 망쳤는지 알 수 있으면 좋겠어요."

"누구요? 배드콕 부인요?"

"그래요. 너무나 기이한 일 같아요. 설명할 수 없는 일이라니, 만약, 물론, 어머! 이런 바보같이!"

그때 나이트 양이 들어와서 불을 켰다.

"불이 좀 필요할 것 같아서요."

그녀가 밝게 말했다.

"그래요. 당신 말이 맞아요. 그게 바로 우리가 원하던 거죠. 마침내 불이 들어왔네."

마플 양이 말했다.

크래독은 긴밀한 회담을 끝냈다는 듯 자리에서 일어났다.

"이제 하나만 남았습니다. 과거 아시던 분들 중에서 누가 떠오르는지 그걸 말해 주시면 됩니다."

"다들 그걸로 날 놀리곤 하죠. 어쨌거나 지금 떠오르는 건 로리스턴 가의 하녀예요."

"로리스턴 가의 하녀요?"

크래독은 아무 단서도 알아채지 못하고 말했다.

"그 하녀는 전화를 받고 내용을 적어두는 일을 했는데, 별로 잘하지 못했어요. 전반적인 내용이야 알아듣죠. 내가 무슨 말을 하는지 알겠어요? 적어둔 내용이 가끔 말이 안 되는 경우도 있었죠. 문법이 너무 형편없어서 그랬다고 생각해요. 그 결과 아주 불행한 사태가 벌어지기도 했어요. 특히 기억에 남는 일이 있어요. 버로 씨라는 사람이 전화를 걸어서 망가진 울타리 때문에 엘바스턴 씨를 만나야겠다고 했어요. 그러면서 그 울타리를 고치는 건 자기 일이 아니라고 했어요. 그건 대지 맞은편에 있으니까 대지 경계선을 확인하고 변호사에게 자신의 책임 여부가 있는지 지시하겠다고요. 아주 애매한 내용이었지요. 내용을 설명하기보다는 오히려 더 혼란스럽게 만드는 거니까요."

나이트 양이 약간 웃으며 말했다.

"하녀에 대한 이야기라면 아주 오래전 일이네요. 하녀라는 단어를 들어본 지도 정말 오래 되었어요."

"아주 오래전 일이죠. 하지만 인간의 본성이란 예나 지금이나 크게 다를 바가 없어요. 그래서 같은 실수들을 반복하죠."

마플 양이 말을 멈추는가 싶더니 다시 덧붙였다.

"참, 그 아가씨가 본머스(영국 남부에 있는 휴양지 ― 옮긴이)에 잘 도착했다니 다행이죠?"

"그 아가씨라뇨? 누구를 말씀하시는 건가요?"

더못이 물었다.

"드레스 만드는 걸 좋아하고, 그날 주세페를 만나러 갔던 아가씨요. 이름이 뭐더라, 글래디스 뭐라던데."

"글래디스 딕슨요?"

"맞아, 그랬죠."

"지금 그녀가 본머스에 있다고 하셨습니까? 도대체 그걸 어떻게 아셨죠?"

"내가 거기로 보냈으니까요."

마플 양이 대답했다.

"뭐라고요? 마플 양께서요? 왜죠?"

더못이 그녀를 노려보았다.

"그녀를 만나서 돈을 좀 쥐여 주고 휴가를 가라고 했어요. 집에는 편지를 보내지 말라고 했죠."
"도대체 왜 그런 일을 하셨습니까?"
"그녀가 살해되기를 원하지 않았으니까요."
마플 양이 만족한 표정으로 그에게 눈을 껌뻑였다.

22장

이틀 후 나이트 양이 마플 양 앞에 아침 식사용 쟁반을 내려놓으면서 말했다.
"레이디 콘웨이께서 너무나 다정한 편지를 보내셨어요. 전에 그분에 대해 말했던 거 기억하세요? 얼마 안 되었지만……."
그녀가 자기 이마를 쳤다.
"가끔 오락가락하시죠. 기억력도 나빠져서 늘 친척도 못 알아보고 가 버리라고 하시니까요."
"기억력이 나빠졌다기보다 영리한 행동일 수 있어요."
마플 양이 말했다.
"그런 말씀도 다 하시고, 농담이 심하시네요. 랜디드노의 벨그레이브 호텔에서 겨울을 보내실 거라고 해요. 정말 훌륭한 장기 투숙자용 호텔이죠. 아름다운 대지와 아주 좋은 유리 테라스도 있어요.

제가 거기 와 주길 몹시 바라세요."

나이트 양이 한숨을 내쉬었다.

마플 양이 침대에서 몸을 똑바로 세웠다.

"나이트 양을 필요로 하는 데가 있다면, 거기에서 당신을 필요로 하고 또 나이트 양도 가고 싶다면……."

"아이, 못 들은 걸로 할게요. 아니, 그런 의도는 전혀 없었어요. 레이먼드 웨스트 씨가 뭐라고 하셨는지 아세요? 여기 일이 영구직이 될 수도 있다고 했어요. 제 의무를 완수하지 못한다는 건 꿈도 꿀수 없어요. 지나가는 말로 이야기하는 거니까 신경 쓰지 마세요."

나이트 양이 마플 양의 어깨를 툭 치며 덧붙였다.

"아무도 부인을 버리지 않을 거예요! 아니, 아니, 정말 아니라니까요. 애정으로 돌보고 늘 편안하고 행복하게 해 드릴게요."

나이트 양이 방에서 나갔다. 마플 양은 단호한 표정으로 쟁반을 노려볼 뿐, 아무것도 먹지 않았다. 마침내 그녀는 수화기를 들고 힘차게 다이얼을 돌렸다.

"헤이독 선생님?"

"그런데요."

"제인 마플이에요."

"무슨 일이죠? 제 의학적인 서비스가 필요한가요?"

"아뇨. 하지만 가능한 한 빨리 만나고 싶어요."

헤이독 의사가 도착했다. 마플 양은 여전히 침대에 앉아 그를 기다리고 있었다.

"부인은 건강의 화신 같은데요."

그가 불평하듯 말했다.

"그래서 선생님을 만나자고 한 거죠. 내가 아주 건강하다고 알려 드리려고요."

"의사를 부르는 이유치고 꽤 이상하군요."

"난 꽤 튼튼해요. 건강도 좋으니 돌봐 줄 사람을 상주시킨다는 건 말도 안 돼요. 매일 찾아와서 청소해 주는 사람이 있다면 다른 사람을 상주시킬 이유는 없겠죠."

"그럴 필요는 없지만 그래야 한다고 생각하는데요."

헤이독 의사가 말했다.

"선생님도 이제는 남의 일에 참견하는 노친네가 되어 가나 봐요."

마플 양이 매정하게 말했다.

"그런 말씀 마세요! 부인은 나이에 비해 아주 건강해요. 다만 노인들은 기관지염으로 기력이 좀 달리죠. 그렇기 때문에 부인 나이에 혼자 사는 건 위험해요. 저녁 때 계단이나 침대에서 떨어지거나 욕조에서 넘어졌다고 상상해 봐요. 바닥에 쓰러져 있어도 아무도 모를걸."

"상상으로는 무슨 이야긴들 못하겠어요? 나이트 양이 계단에서 떨어진 후에 내가 무슨 일이 생겼나 보려고 달려오다가 그 위로 넘어질 수도 있죠."

"절 협박해 봤자 소용없어요. 연세도 있으니 적절하게 보살핌을 받아야 해요. 지금 여자가 맘에 들지 않는다면 다른 사람으로 바꾸세요."

"그렇게 간단한 일이 아니랍니다."

"아님 예전에 고용했던 하인을 찾아보세요. 예전에 같이 살았고 맘에도 드는 사람으로요. 그 중닭 같은 여자가 부인의 신경을 건드린다는 거 압니다. 틀림없이 어딘가에 마음에 드는 늙은 하인이 있을 겁니다. 부인 조카가 요즘 최고의 베스트셀러 작가니까 적당한 사람을 구해 달라고 하면 조카가 알아서 해 줄 겁니다."

"물론 레이먼드는 아주 관대하니까 그런 일은 잘하겠죠. 그래도 적당한 사람을 구하는 건 쉽지 않아요. 젊은이들은 자기 일 때문에 바쁘고, 과거의 충실한 하인들은 유감이지만 이미 저세상 사람이 많답니다."

"음, 부인은 저세상 사람이 아니고 제대로 관리만 하면 훨씬 오래 살 수 있어요."

헤이독 의사가 일어났다.

"음, 더 이상 절 붙잡지 마세요. 부인은 지금 건강해 보이니까 괜히 혈압이나 맥박을 재거나 질문을 하지 않을게요. 부인은 과거처럼 여기저기 쑤시고 다니지는 못해도 동네의 흥미로운 사건을 알아보면서 생기를 얻죠. 이제 진짜 진료를 하러 가야 해요. 풍진이 열 건 정도 있고 백일해에 걸린 환자도 여섯 명이나 되죠. 단골 중에 성홍열 환자도 하나 있어요."

헤이독 의사가 씩씩하게 나갔다. 그러나 마플 양은 얼굴을 찌푸리며 앉아 있었다……. 의사가 한 말 중에서…… 뭐였더라? ……환자를 진료한다고……. 흔히 있는 동네 질병……. 동네 질병? 마플 양은 아침 쟁반을 일부러 멀리 밀쳐놓고 밴트리 부인에게 전화를 걸었다.

"돌리? 제인이에요. 묻고 싶은 게 하나 있어서요. 지금부터 잘 들어봐요. 헤더 배드콕이 마리나 그레그에게 지루한 이야기를 길게 늘어놓았다고 크래독 경감에게 말했던 거 사실이죠? 그녀가 수두가 걸렸는데도 병상에서 일어나서 마리나 그레그를 만나 사인을 받았다고 했나요?"

"대강 그런 뜻이었죠."

"수두가 정확한가요?"

"음, 그런 비슷한 거였어요. 당시 앨콕 부인이 보드카에 대해 떠들고 있어서 자세히 듣지는 못했어요."

마플 양이 숨을 내쉬었다.

"그녀가 백일해라고 말하지 않은 게 확실해요?"

밴트리 부인이 깜짝 놀란 듯 말했다.

"백일해라뇨? 당연히 아니죠. 백일해에 걸렸다면 분을 바를 필요가 없었을걸요."

"그래요, 그래서 당신이 그 부분을 지나쳤군요. 특별히 화장을 했다고 했나요?"

"음, 그걸 강조하더군요. 보통은 화장을 안 하는 여자니까요. 그건 그렇고 당신 말이 맞아요. 수두가 아니라……. 두드러기였던 모양이에요."

"당신이 그렇게 말하는 건 예전에 두드러기에 걸려서 결혼식에 참석하지 못한 적이 있어서 그래요. 돌리, 정말 못 믿겠어요, 당신 말은 정말 못 믿겠어요."

마플 양이 냉정하게 말했다.

밴트리 부인이 놀라서 "어머, 제인!"이라고 외치는데도 그녀는 쾅 소리가 나도록 수화기를 내려놓았다.

마플 양은 화가 난 듯 고양이가 재채기하는 것처럼 짜증스러운 소리를 냈다. 그녀는 하녀를 다시 구하는 문제를 되돌아보았다. 충실한 플로렌스? 그래, 과거 하녀의 화신이라고 할 플로렌스에게 편안하고 작은 자기 집을 떠나 세인트 메리 미드에 있는 과거 여주인을 돌봐 달라고 부탁하면 과연 좋다고 할까? 충실한 플로렌스는 언제나 헌신적이었지만 또한 자신의 작은 집도 무척 소중히 여겼다. 마플 양은 짜증스럽게 머리를 흔들었다. 그때 경쾌하게 문을 두드리는 소리가 들렸다.

"들어와요."

마플 양이 말하자 체리가 들어왔다.

"쟁반을 가지러 왔어요. 무슨 일 있으세요? 좀 불편해 보이세요."

"나는 너무 무기력해요. 늙고 무기력하다고요."

체리가 쟁반을 들면서 말했다.

"그런 말씀 마세요. 마플 양께서는 전혀 무기력하지 않아요. 이곳에서 마플 양에 대해 무슨 이야기를 하는지 모르실걸요! 개발 단지 사람들 모두 마플 양을 알아요. 또 마플 양이 해낸 온갖 특별한 일들도 알아요. 아무도 마플 양을 늙고 무기력하다고 보지 않아요. 오로지 그녀 때문에 그렇게 생각하시는 거예요."

"그녀라니?"

체리는 뒤쪽의 문을 향해 머리를 세게 끄덕였다.

"그 고양이 같은 나이트 양 말이에요. 그 여자 때문에 기분이 처져서는 안 돼요."

"그녀는 아주 친절해요. 정말 친절한걸요."

마플 양이 강한 어조로 덧붙였다.

"걱정이 많으면 고양이도 죽는다는 속담이 있잖아요? 친절이 지나치면 오히려 피곤할 수 있어요. 그건 원치 않으시죠?"

"아, 사람마다 다 문제야 있지요."

마플 양이 한숨을 내쉬었다.

"맞아요. 저도 불평해서는 안 되는데, 하트웰 부인 옆집에 계속 살다가는 후회할 일이 벌어질 거라는 생각이 가끔 들어요. 그 뚱한 표정의 늙은 고양이 같은 여자는 늘 소문만 떠벌리고 불평을 늘어놓죠. 짐도 상당히 피곤해하고. 어젯밤에 그 여자와 대판 싸웠어요. 우리가 「메시아」를 약간 크게 틀었거든요! 그렇다고 「메시아」를 문제삼을 수 있는 건가요? 종교적인 내용인데요!"

"그 부인이 문제를 삼았나요?"

"끔찍한 짓을 해 댔죠. 벽을 두드리고 소리도 지르고 막 그랬다니까요."

"음악을 꼭 그렇게 크게 들어야 하나요?"

마플 양이 물었다.

"짐이 그러는 걸 좋아해요. 소리를 끝까지 높이지 않으면 음악을 제대로 감상할 수 없다고 해요."

"그래도 음악적이지 않은 사람들에겐 좀 신경을 쓰는 편이 좋지 않겠어요?"

마플 양이 넌지시 말했다.

"집들이 너무 붙어 있어서 그래요. 무엇보다 벽이 얇아요. 새 건물이 그다지 맘에 들지 않아요. 겉으로는 깐깐하고 근사해 보이지만 자기 개성을 표시하려고 하면 벽돌처럼 절 깔아뭉개는걸요."

마플 양이 그녀에게 미소를 지었다.

"체리, 당신은 개성이 강하네."

"그렇게 생각하세요?"

체리가 기쁜지 웃었다.

"저기 말인데요."

체리가 말하다 말고 당황한 표정을 지으며 쟁반을 내려놓고 다시 침대로 다가왔다.

"저기, 제가 뭘 좀 부탁해도 될까요? '말도 안 돼.'라고 하실 것 같지만요."

"내가 뭘 해 주길 바라는 건가요?"

"꼭 그런 건 아니에요. 부엌 뒤편의 방들 말인데요, 요즘은 사용 안 하시죠?"

"그렇지."

"전에는 정원사 부부가 살았다고 들었어요. 제가, 아니 짐과 제가 그 방을 사용할 수 있을까 해서요. 여기 와서 살면 안 될까요?"

마플 양이 놀라서 그녀를 쳐다보았다.

"개발 단지에 있는 아름다운 새집은 어떻게 하고요?"

"이제 지겨워졌어요. 새로운 기계류를 좋아하지만 그건 어디에서도 구할 수 있죠. 할부로 물건을 구입하면 되니까. 또 여기에는 여유가 충분히 있고, 짐이 마구간 위의 방을 사용할 수 있으면 좋겠어요. 새로 고치고 모형 작업하던 걸 모두 거기 모아두면 늘 치울 필요도 없어요. 또 거기에서 음악을 틀면 마플 양께는 들리지도 않을걸요."

"진담이에요?"

"그럼요. 이 일에 대해 짐과 많은 이야기를 나누었어요. 또 그렇게 되면 짐은 언제라도 마플 양을 위해 이곳저곳을 수리할 수 있어요. 배관이나 목수일 같은 거 말이죠. 또 저는 나이트 양처럼 마플 양을 조금씩 돌봐 드릴 수도 있죠. 제가 좀 덤벙댄다고 생각하시는 거 알아요. 그래도 노력하면 침대 정리나 빨래도 잘할 수 있을 테고, 또 요리 하나는 잘하니까요. 어젯밤에 비프 스트로가노프(러시아식 소고기 요리 — 옮긴이) 요리를 했는데 별거 아니더라고요."

마플 양은 그녀를 찬찬히 들여다보았다.

체리는 열의가 넘치는 새끼 고양이 같았다. 생기가 넘쳐나고 인생의 즐거움이 뿜어져 나왔다. 마플 양은 충실한 플로렌스에 대해 다시 생각해 보았다. 물론 충실한 플로렌스라면 집안일을 더 잘할 것이다. (마플 양은 체리의 공언을 전혀 믿을 수 없었다.) 그러나 이제 플로렌스는 예순다섯, 어쩌면 그 이상일지도 모른다. 무엇보다 자신의 터전에서 나오고 싶어할까? 마플 양에 대한 충실한 헌신감에서 수락할지도 모른다. 그렇다고 마플 양이 그런 희생을 진심으로 원하는 것일까? 나이트 양의 양심적인 헌신에 이미 괴롭지 않았던가? 체리는 집안일은 엉망이지만 무엇보다 오고 싶어 했다. 더욱이 지금 이 순간에 마플 양이 가장 중요시하는 장점이 있었다. 따뜻한 마음과 생명력, 그리고 일상사에 대한 깊은 관심이었다.

"물론 나이트 양을 밀치고 싶지는 않아요."

체리가 말했다.

마플 양이 결정을 내리고 말했다.

"나이트 양에 대해선 걱정하지 말아요. 랜디드노의 호텔에 머무는 레이디 콘웨이라는 사람을 돌봐 주러 갈 거예요. 아주 즐거워하겠지. 세부적인 문제를 좀 더 정리해야 하고, 또 당신 남편과도 말을 해 봐야겠어요. 무엇보다 그러는 게 당신들에게 좋을지……."

"저흰 아주 좋아요. 그리고 제가 일을 제대로 할 거라는 것도 믿으셔도 돼요. 원하신다면 빗자루와 쓰레받기도 사용할게요."

마플 양은 이 특별한 제안에 웃음을 터트렸다.

체리가 다시 아침상을 집어 들었다.

"나가 봐야겠어요. 오늘 아침에 불쌍한 아서 배드콕에 대해서 이야기를 듣느라 좀 늦게 와서요."

"아서 배드콕이라니? 그에게 무슨 일이 있었나요?"

"아직 모르세요? 지금 경찰서에 가 있대요. 경찰이 '수사에 도움을 줄 수 있냐'면서 데려갔대요. 무슨 뜻인지 아시죠?"

"언제 그랬는데요?"

마플 양이 물었다.

"오늘 아침요. 예전에 마리나 그레그와 결혼한 적이 있어서 그런 것 같아요."

"뭐라고요! 아서 배드콕이 마리나 그레그와 결혼했었다고요?"

마플 양이 다시 몸을 세웠다.

"그렇다는데 아무도 몰랐죠. 업쇼 씨가 처음 말해 주었어요. 회사 일로 미국에 두어 번 출장을 다녀와서 그쪽 소문을 잘 알죠. 아주 오래전이고, 그녀가 배우 일을 시작하기 전이래요. 결혼하고 1년인가 2년 후에 그녀가 영화상을 탔나 봐요. 물론 그는 어울리는 상대가 아니었기 때문에 일찌감치 미국식으로 이혼하고 사라졌죠. 아서 배드콕은 그렇게 사라지는 남자 타입이니까요. 아무 소란도 떨지 않고 이름을 바꿔 영국으로 돌아왔대요. 전부 오래전 일이죠. 그런 일은 요즘엔 문제도 안 될 텐데, 경찰에서는 수사해 볼 만하다고 여긴 거 같아요."

"아, 안 돼, 아, 안 돼. 그런 일이 일어나서는 안 돼. 어떻게 행동할지만 알 수 있다면! 저기."

마플 양이 체리에게 손짓을 했다.

"저 쟁반을 들고 나가서 나이트 양을 불러 줘요. 이제 일어나야겠어요."

체리는 시키는 대로 했다. 마플 양은 약간 허둥대며 옷을 갈아입었다. 흥분할 때면 그런 일이 좀 버거웠다. 드레스 단추를 채우는데 나이트 양이 들어왔다.

"절 찾으셨어요? 체리가 그러는데……."

마플 양이 단호하게 그녀의 말을 잘랐다.

"인치를 불러 줘요."

"뭐라고 하셨어요?"

나이트 양이 놀라서 물었다.

"인치, 인치를 불러 줘요. 당장 오라고 전화를 걸어요."

"아, 알겠어요. 택시를 말하시는 거군요. 로버츠 아니었나요?"

"나에게 그는 인치이고 앞으로도 계속 그럴 거야. 어쨌든 전화를 걸어서 당장 오라고 해요."

"드라이브라도 하고 싶으신 건가요?"

"그냥 오라고 해요. 좀 빨리."

마플 양이 지시했다.

나이트 양은 의심하는 듯한 눈빛으로 그녀를 쳐다보고 시키는 대로 했다.

"우리 다 괜찮은 거죠, 그렇죠?"

그녀가 걱정스럽게 물었다.

"우리 둘 다 아주 기분이 좋지. 나는 특히 좋아요. 무기력은 나에게 어울리지 않고 한 번도 어울린 적이 없었어요. 사실 진즉에 행동에 나서야 했는데."

마플 양이 말했다.

"베이커 부인이 무슨 말을 해서 기분이 언짢으신 건가요?"

"아무것도 나를 언짢게 하지 못해요. 내 기분은 아주 좋아요. 그토록 어리석었다는 데 짜증이 나지만. 하긴 오늘 아침에 헤이독 의사 선생님한테서 단서를 얻을 때까지는 잘 몰랐지. 이제 내 기억이 맞는지 궁금한데, 의학책이 어디 있더라?"

마플 양은 나이트 양에게 비키라고 손짓한 후 단호하게 층계를 내려갔다. 찾던 책은 응접실 선반에 꽂혀 있었다. 마플 양은 책을 꺼내 색인을 찾아보고 '210쪽'이라고 중얼댄 후 문제의 페이지를 넘겨서 몇 분 읽다가 만족스러운 표정으로 고개를 끄덕였다.

"대단해. 아주 별난 일이야. 아무도 생각하지 못했을걸. 나도 두 가지 일을 합한 후에야 알았으니까."

마플 양은 머리를 흔들었고 양미간에 주름이 하나 잡혔다. 혹시 누군가가…….

마플 양은 많은 사람이 그 특정한 순간에 대해 증언한 것을 되새겨 보았다.

그녀는 곰곰이 생각하면서 두 눈을 크게 떴다. 누군가가 있긴 있다……. 그런데 과연 도움이 될까? 교구 목사에 대해서는 아무도 모른다. 상당히 예측하기 힘든 사람이다.

그럼에도 그녀는 전화기 앞으로 가서 다이얼을 돌렸다.

"안녕하세요, 목사님. 마플인데요."

"아, 마플 양이시군요. 뭐 도와 드릴 일이라도 있습니까?"

"사소한 일인데 도와주셨으면 해서요. 불쌍한 배드콕 부인이 죽은 그 축제 날에 대한 겁니다. 배드콕 부인이 도착했을 때 목사님이 그레그 양 옆에 계셨죠?"

"그래요. 바로 그 부부 앞이었으니까요. 정말 비극적인 날이었습니다."

"맞아요. 배드콕 부인이 그레그 양에게 버뮤다에서 만난 적이 있다고 이야기했어요. 아파서 침대에 누워 있었는데도 일부러 일어났다고요."

"그래요. 기억납니다."

"혹시 배드콕 부인이 자기가 아픈 이유를 뭐라고 말했는지도 기억나세요?"

"생각해 보죠. 어디 봅시다. 그래요, 뭐였더라, 맞아, 풍진이었습니다. 심각한 병이 아니니까 그 병에 걸려도 거의 아픈지도 모르죠. 내 사촌 캐롤라인이……."

"대단히 감사합니다, 목사님."

마플 양은 사촌 캐롤라인에 대한 기억을 단호하게 자르고 수화기를 내려놓았다.

마플 양의 얼굴에 경외심의 표정이 어렸다. 목사가 그런 내용까지 기억한다는 게 세인트 메리 미드의 대단한 미스터리이고, 목사가 잊기도 잘한다는 건 그보다 더 대단한 미스터리이다.

나이트 양이 버스럭거리며 들어와서 말했다.

"택시가 왔어요. 아주 낡고 깨끗하지도 않아요. 저런 걸 타셨다가는 병균이 옮을지도 몰라요."

"쓸데없는 소리."

마플 양은 모자를 눌러쓰고 여름 외투의 단추를 채운 후 대기 중인 택시로 갔다.

"로버츠, 좋은 아침이에요."

"좋은 아침입니다, 마플 양. 오늘 아침엔 이르시군요. 어디로 모실까요?"

"가싱턴 홀로 가 줘요."

"제가 같이 가는 편이 낫겠죠? 얼른 신발을 갈아 신을게요."

나이트 양이 말하자 마플 양이 단호하게 말했다.

"아니, 됐어요. 혼자 가겠어. 인치, 운전해요. 아, 로버츠였죠?"

로버츠 씨는 차를 몰면서 말했다.

"아, 가싱턴 홀요. 요즘은 거기고 어디고 다 변했죠. 다 개발 덕분입니다. 세인트 메리 미드에 그런 일이 일어나리라고는 생각도 못 했는데요."

마플 양은 가싱턴 홀에 도착하자마자 초인종을 누르고 제이슨 러드를 만나고 싶다고 했다.

주세페의 후임자로 온 다소 허약해 보이는 노인이 의심스러운 표정을 지었다.

"부인, 러드 씨는 약속 없이는 아무도 만나지 않습니다. 더군다나 오늘은 특히……."

"약속은 없지만 기다릴게요."

마플 양은 그렇게 대답한 후 노인을 지나 경쾌하게 홀로 들어가

의자에 앉았다.

"오늘 아침은 힘들겠는데요."

"그렇다면 오후까지 기다리죠."

새 집사가 당황하며 물러났고, 곧 젊은 남자가 마플 양에게 다가왔다. 그가 예의바르고 다소 미국인다운 즐거운 목소리로 인사하자 마플 양이 말했다.

"전에 개발 단지에서 본 적이 있어요. 블렌하임 클로스로 가는 길을 물어봤죠?"

헤일리 프레스턴이 사람 좋아 보이는 미소를 지었다.

"부인께서는 애써 주셨지만, 영 길을 잘못 가르쳐 주셨습니다."

"그랬나요? 아시다시피 클로스가 워낙 많아서요. 러드 씨를 만날 수 있을까요?"

"음, 지금은 상황이 너무 안 좋습니다. 러드 씨는 워낙 분주한 데다, 저기, 오늘 아침에는 일이 몰려서 도저히 시간을 못 내십니다."

헤일리 프레스턴이 말했다.

"바쁜 거 알아요. 기다릴 준비를 하고 온걸요."

"음, 그렇다면 무슨 일인지 미리 말씀해 주십시오. 러드 씨와 관련된 일은 제가 전부 처리하니까 우선 저에게 말씀하셔야 합니다."

"러드 씨를 직접 만나야 해요. 만날 때까지 여기서 기다리겠어요."

마플 양이 커다란 오크 의자에 버티고 앉아서 말했다.

헤일리 프레스턴은 멈칫했다가 뭔가 이야기를 꺼내려다가 결국 2층으로 올라갔다.

그는 트위드 양복을 입은 커다란 남자와 함께 돌아왔다.

"이분은 길크리스트 의사 선생님입니다. 저기……."

"마플 양입니다."

"아, 당신이 마플 양이군요."

의사가 대단히 관심 어린 표정으로 그녀를 쳐다보았다.

헤일리 프레스턴은 어느새 사라졌다.

"부인에 대해서는 헤이독 선생님에게 들었습니다."

길크리스트 의사가 말했다.

"헤이독 선생님과는 오랜 친구죠."

"그러시군요. 제이슨 러드 씨를 만나고 싶다고 하셨죠? 이유가 뭔가요?"

"꼭 그래야만 하니까요."

길크리스트 의사가 그녀를 꼼꼼히 쳐다보았다.

"만날 때까지 여기에서 진을 치실 건가요?"

"맞아요."

"알겠습니다. 그렇다면 러드 씨를 만날 수 없는 이유를 알려드리죠. 어젯밤에 그의 아내가 수면 중에 사망했습니다."

"사망했다고요! 어떻게요?"

마플 양이 소리쳤다.

"수면제 과다 복용이었죠. 몇 시간 동안은 신문에 이 소식을 알리고 싶지 않습니다. 그러니 당분간은 이 소식을 아무에게도 말하지 말라고 부탁드립니다."

"물론이죠. 사고였나요?"

"저는 그렇다고 생각합니다."

"자살일 수도 있죠."

"그럴 수도 있지만……. 그럴 가능성이 거의 없습니다."

"누가 그녀에게 약을 주었을 수도 있죠?"

길크리스트가 어깨를 으쓱했다. 그가 단언했다.

"그런 가능성은 희박합니다. 더욱이 입증하기 힘들죠."

마플 양이 한숨을 깊이 내쉬었다.

"알겠어요. 정말 안된 일이네요. 어쨌든 러드 씨를 더욱 만나야겠어요."

길크리스트가 그녀를 쳐다보았다.

"여기에서 기다리시죠."

23장

제이슨 러드는 길크리스트가 들어오는 것을 바라보았다.

"아래층에 한 노부인이 와 있습니다. 100세는 되어 보이는데 당신을 만나고 싶어 해요. 안 된다고 해도 들은 척도 안 하고 기다리겠다고 합니다. 오후까지 기다릴 것 같아요. 어쩌면 저녁까지 기다렸다가 너끈히 밤도 샐 것 같아요. 꼭 할 말이 있다고 합니다. 나라면 만나겠어요."

의사가 말하자 제이슨 러드가 책상에서 고개를 들었다. 창백하고 긴장되어 보였다.

"미친 사람인가요?"

"아뇨, 전혀."

"이유를 모르겠군요. 좋아요, 올려 보내요. 무슨 대수겠습니까?"

길크리스트가 고개를 끄덕이고 방에서 나가 헤일리 프레스턴을 불렀다.

헤일리 프레스턴이 다시 그녀 옆에 나타났다.

"마플 양, 러드 씨가 몇 분만 시간을 내겠다고 합니다."

"고마워요. 친절하기도 해라."

마플 양이 일어서며 물었다.

"러드 씨 밑에서 오랫동안 일했나요?"

"음, 2년 반 정도입니다. 전반적인 홍보 일을 맡았죠."

마플 양이 그를 꼼꼼히 쳐다보았다.

"당신을 보니까 제럴드 프렌치라는 사람이 생각나네요."

"그래요? 제럴드 프렌치가 뭘 했어요?"

"별로요. 하지만 그 사람은 말을 아주 잘했어요. 불행한 과거가 있었지요."

마플 양이 한숨을 쉬었다.

헤일리 프레스턴이 약간 불편해하며 말했다.

"어떤 종류의 과거였는지?"

"말하진 않겠어요. 그 사람이 그 이야기를 그다지 좋아하지 않았으니까요."

제이슨 러드는 마르고 연로한 부인이 다가오자 놀라서 물었다.

"저를 만나고 싶다고요? 무슨 일이죠?"

"부인이 돌아가셨다니 대단히 유감입니다. 무척 슬프시겠어요. 절대적으로 필요한 게 아니었다면 이렇게 끼어들지 않았을 거예요. 그런데 반드시 해결해야 할 게 있어요. 그렇지 않으면 결백한 사람이 고통을 겪을 테니까요."

"결백한 사람이라뇨? 무슨 말씀인지 모르겠습니다."

"아서 배드콕요. 그 사람이 지금 경찰서에서 조사를 받고 있어요."

"제 아내의 죽음과 관련해서 조사를 받는다고요? 말도 안 됩니다. 그 사람은 이 근처에 온 적도 없고 제 아내를 알지도 못했어요."

"그 사람은 그녀를 알고 있었어요. 한때 그녀와 결혼도 했던 사이니까요."

"아서 배드콕이? 하지만……. 그 사람은 헤더 배드콕의 남편이었죠. 혹시……."

그가 친절이 좀 과하게 말했다.

"잘못 아신 게 아닌지?"

"그는 두 사람 모두와 결혼했었죠. 당신 부인과는 아주 젊었을 때 영화계에 데뷔하기 전에 결혼했어요."

제이슨 러드가 고개를 저었다.

"아내의 첫 남편은 알프레드 비들이라는 사람입니다. 부동산업을 했는데, 성격이 맞지 않아서 곧 헤어졌어요."

"그 다음에 알프레드 비들은 배드콕으로 개명했고 여기에서 부동산 회사에 다녀요. 직업을 바꾸지 않고 늘 같은 일을 하는 사람들이 있다는 건 이상하죠. 그래서 마리나 그레그는 그 사람이 필요 없다고 느꼈을 거예요. 자기와 보조를 맞추지 못했으니까요."

"대단히 놀라운 이야기입니다."

"지금 나는 공상 소설을 쓰거나 상상하는 게 절대 아니랍니다. 진정한 사실을 말할 따름이죠. 이런 이야기는 마을에서는 빠르게 퍼져요. 가싱턴 홀까지 전해지는 데는 시간이 조금 더 걸리지만요."

제이슨 러드가 뭐라고 대답해야 할지 몰라 가만 있다가 그 사실을 받아들이며 물었다.

"제가 어떻게 하길 원하시나요?"

"당신 부부가 축제 날 손님들을 접대했던 계단에 서 보고 싶어요."

제이슨 러드는 마플 양을 의심스러운 눈초리로 쳐다보았다. 이 부인 역시 센세이션을 추구하는 사람이던가? 그러나 마플 양의 얼굴은 차분하고 진지했다.

"아, 원하신다면야. 이쪽으로 오시죠."

제이슨 러드는 그녀와 함께 층계 위로 가서 움푹 들어간 공간 앞에서 걸음을 멈추었다.

"밴트리 부부가 여기 살던 시절과는 많이 다른데요. 이게 맘에 들어요. 자, 어디 봅시다. 탁자들은 여기쯤에 있었을 거고 당신 부부는 여기 서서……."

마플 양이 말하자 제이슨이 한 곳을 가리켰다.

"아내는 여기 서 있었죠. 사람들이 계단을 올라오면 아내가 먼저 악수하고 제게 넘겨주었죠."

"그녀가 여기 서 있었군요."

마플 양은 마리나 그레그가 서 있던 곳으로 걸어가 아무 말 없이 꽤 오랫동안 그 자리에 서 있었다. 제이슨 러드는 당황스러웠지만 흥미로운 표정으로 그녀를 주시했다. 그녀가 오른손을 살짝 들었다.

손을 떠는 것처럼 보였다. 그러고는 아래에서 올라오는 사람들을 바라보듯이 계단 아래쪽을 내려다보다가 정면을 응시했다. 계단 중간쯤의 벽에 커다란 그림이 있었다. 이탈리아 옛 거장의 그림을 복제한 것이었다. 그림 양쪽으로 좁은 창이 나 있었는데, 하나는 정원을, 또 하나는 마구간과 풍향계를 보여 주었다. 그러나 마플 양은 그 어느 쪽도 보지 않고 그림에만 시선을 고정했다.

"항상 처음 들은 이야기가 맞게 마련이죠. 밴트리 부인은 당신 부인이 그림을 노려보면서 얼굴이 '얼어붙었다'고 했어요."

마플 양은 성모 마리아가 입은 화려한 붉은색과 파란색의 겉옷을 쳐다보았다. 마리아는 고개를 살짝 젖히고 아기 예수를 안고 웃고 있었다.

"자코모 벨리니의 「웃는 성모 마리아」군요. 종교적인 그림이면서 아이를 안은 행복한 어머니의 그림이죠. 그렇지 않나요?"

"그렇죠."

"이제 알겠어요. 잘 알겠어요. 모든 것이 아주 간단해요. 그렇지 않나요?"

마플 양이 제이슨 러드를 쳐다보았다.

"간단하다니요?"

"얼마나 간단한지 알 거라고 생각하는데요?"

그때 아래층에서 초인종이 길게 울렸다.

"잘 모르겠는데요."

제이슨 러드가 말하며 계단 아래를 내려다보았다. 여러 목소리가 들렸다.

"누군지 알겠어요. 크래독 경감님 아닌가요?"

마플 양이 물었다.

"그렇습니다. 크래독 경감님 같은데요."

"저 사람도 당신을 만나고 싶어 할걸요. 여기 와도 괜찮을까요?"

"저는 괜찮습니다. 그가 괜찮다고 할지……."

"괜찮다고 할걸요. 이제 지체하면 안 될 것 같아요. 모든 사건이 어떻게 벌어졌는지 알게 될 그런 순간이 왔으니까요."

"부인께서는 간단하다고 하셨죠?"

"너무 간단해서 아무도 깨닫지 못했던 거죠."

그때 늙은 집사가 계단 위로 나타났다.

"크래독 경감님이 오셨습니다."

"이쪽으로 오시라고 해요."

집사가 사라지고 잠시 후에 더못 크래독이 계단 위로 나타났다.

"아니, 여긴 어떻게 오셨죠?"

그가 마플 양에게 물었다.

"인치를 타고 왔죠."

마플 양이 말하자 늘 그렇듯이 다들 혼란스러워했다.

제이슨 러드는 그녀의 약간 뒤쪽에서 궁금하다는 듯이 자기 이마를 쳤고, 더못 크래독은 고개를 저었다.

"러드 씨에게 말하던 중이었죠. 그런데 집사가……."

마플 양이 말했다.

더못 크래독이 아래층을 내려다보았다.

"아, 알겠습니다. 집사는 엿듣지 못할 겁니다. 티들러 경사가 잘 처리할 겁니다."

"그렇다면 됐어요. 물론 방에 들어가서 이야기할 수도 있겠지만 여기가 더 좋아요. 바로 여기에서 그 사건이 벌어졌으니까 이해하기도 더 쉽죠."

"여기에서 축제가 일어났던 날이면 헤더 배드콕이 독살되었던 날을 말씀하시는 거군요."

제이슨 러드가 말했다.

"그래요. 제대로 보기만 한다면 아주 간단한 일이었죠. 그 사건은 헤더 베드콕의 인간성 때문에 벌어진 거였어요. 언젠가 헤더에게 그런 일이 벌어지리라는 건 피할 수 없는 일이었어요."

"무슨 말씀인지 잘 모르겠습니다. 전혀 이해가 가지 않는데요."

제이슨 러드가 말했다.

"아, 조금 설명이 필요하죠. 이 자리에 있던 내 친구 밴트리 부인이 당시 상황을 설명하면서 내가 젊었을때 아주 좋아하던 시를 인용했어요. 테니슨 경의「레이디 샬럿」이죠."

마플 양이 목소리를 약간 높였다.

거울이 양쪽으로 깨졌다.
'내게 저주가 내렸다.'고
레이디 샬럿이 외쳤다.

"밴트리 부인이 바로 그 모습을 본 거죠. 아니면 그걸 봤다고 생각했거나. 사실 '저주' 대신에 '불운'이라고 잘못 인용했지만, 아마 그 상황에서는 더 적절한 말이었겠죠. 그녀는 당신 부인이 헤더 배드콕에게 이야기하는 모습을 봤어요. 헤더 배드콕이 당신 부인에게 말하는 것도 들었고 당신 부인의 얼굴에 이 불운의 표정이 닥친 것도 봤어요."

"이미 여러 번 말한 내용 아닌가요?"

제이슨 러드가 물었다.

"그래요. 하지만 한 번만 더 해야겠어요. 당신 부인이 그런 표정을 지었을 때 그녀는 헤더 배드콕이 아니라 저 그림을 보고 있었어요. 한 어머니가 행복하게 웃으면서 행복한 아이를 안고 있는 그림이죠. 마리나 그레그의 얼굴에 불운의 전조가 보였지만 그 불운은 그녀에게 닥치지 않았어요. 그 불운은 헤더에게 향했으니까요. 헤더는 과거 한 사건에 대해 뻐기는 순간부터 그 불운을 내려 받았어요."

"좀 더 명확하게 설명하실 수 없습니까?"

더못 크래독이 묻자 마플 양이 그를 쳐다보았다.

"물론이죠. 당신이 전혀 모르는 것이 있어요. 헤더 배드콕이 실제로 무슨 이야기를 했는지 아무도 당신에게 말하지 않았으니까 몰랐을 거예요."

"아뇨, 증언을 들었습니다. 몇 사람이 여러 번 말했습니다."

더못이 항의했다.

"그렇죠. 그래도 당신은 몰라요. 헤더 배드콕이 당신에게 말하지 않았으니까요."

"제가 여기 도착했을 때 그녀는 이미 죽었으니까 말해 줄 수가 없었지요."

"맞아요. 당신은 그녀가 아팠는데도 침대에서 일어나 어떤 축하 파티에 가서 마리나 그레그를 만나 이야기를 나누고 사인을 받았다는 내용만 알고 있죠."

"압니다. 전부 들었어요."

크래독이 참지 못하고 말했다.

"당신은 중요한 구절을 듣지 못했어요. 아무도 그게 중요하다고 생각하지 않았던 거죠. 헤더 배드콕은 아파서 누워 있었어요. 풍진으로요."

"풍진이오? 그런데 도대체 그게 무슨 상관이죠?"

"그건 아주 사소한 병이죠. 사실 별로 아프지도 않아요. 발진하면 화장해서 쉽게 가릴 수 있고 미열도 별로 없어요. 원하면 밖에 나가서 사람들을 만나도 될 정도로 상태가 괜찮아요. 그래서 사람들은 풍진이라는 말을 대수롭지 않게 듣고 넘기죠. 예컨대 밴트리 부인은 헤더가 수두와 두드러기 때문에 아팠다고 했어요. 러드 씨는 감기라고 말했는데, 물론 일부러 그렇게 말한 거죠. 헤더 배드콕은 자기가 풍진이 걸렸는데도 침대에서 일어나 마리나를 만나러 갔다고 말했어요. 그리고 바로 그 말이 이 모든 사건의 열쇠죠. 풍진은 전염성이 아주 강해서 쉽게 걸려요. 또 명심해야 할 게 있어요. 여자가 처음 넉 달 내에 풍진에 걸리면……."

마플 양은 빅토리아 시대처럼 점잖을 빼며 다음 단어를 말했다.

"그러니까, 임신 중에 걸리면 대단히 심각한 결과를 초래할 수 있어요. 눈이 멀거나 정신지체아가 태어날 수 있지요."

마플양이 제이슨 러드에게 고개를 돌렸다.

"당신 부인이 정신지체아를 출산하고 그 충격에서 결코 헤어나지 못했다고 말해도 되겠죠? 부인은 언제나 아이를 갖고 싶어 했지만 마침내 아이가 태어나면서 비극이 시작되었어요. 부인으로서는 잠시도 잊을 수 없는 비극, 절대로 잊지 않을 비극이었고, 깊은 종양이나 편집증처럼 스스로를 갉아먹었죠."

"사실입니다. 마리나는 임신 초기에 풍진에 걸렸는데, 의사는 그 때문에 아이가 정신지체가 되었다고 했어요. 유전된 정신병이나 그런 건 전혀 아니었죠. 의사는 도움을 주려고 했지만 아내에게 도움이 되지 못했어요. 아내는 자기가 그 병에 어떤 식으로, 언제 누구를 통해 전염되었는지 알아내지 못했어요."

"맞아요. 어느 날 오후에 전혀 모르는 여자가 여기 계단을 올라와서 그 사실을 말해 주고 나서야 알게 되었죠. 더군다나 그 여자는 자기가 한 일을 자랑스럽게 여기면서 즐겁게 말했어요! 자기가 똑똑하고 용감해서 침대에서 일어나 화장으로 병색을 가리고 여배우를 만나 사인을 받았다고 떠벌렸어요. 평생 자랑해 온 일이었죠. 헤더 배드콕은 악의는 전혀 없어요. 한 번도 악의를 가진 적이 없지만, 헤더 배드콕 같은 사람은, 내 오래된 친구 알리슨 와일드도 그랬는데, 남에게 해를 끼칠 수 있어요. 그들은 친절하지만, 자신의 행동이 다른 이들에게 어떤 영향을 미칠까를 전혀 고려하지 않으니까요. 그녀는 자신에게 어떤 영향이 미칠까를 생각했지, 다른 사람들에게 어떨지는 단 한 번도 고려하지 않았어요."

마플 양이 고개를 살짝 끄덕였다.

"그래서 죽은 거죠. 과거라는 단순한 이유로요. 그 순간이 마리나 그레그에게 어떤 의미였을지 생각해 봐요. 러드 씨는 아주 잘 알걸요. 마리나는 자신에게 비극을 갖다 준 그 미지의 인간을 향해 그동안 일종의 증오감을 키워 왔어요. 그런데 여기에서 갑자기 그 사람과 대면한 겁니다. 더군다나 스스로 즐거워하고 만족하는 사람이었죠. 마리나는 참기 힘들었을 거예요. 만약 마음을 가라앉히고 편하게 생각할 여유가 있었다면⋯⋯. 하지만 그녀는 여유를 가질 생각도 못했어요. 그 여자를 처벌하고 죽이고 싶었죠. 불행히도 죽일 수단도 바로 옆에 있었어요. 그 악명 높은 칼모라는 약을 갖고 있었으니까요. 정확한 용량을 지키지 않으면 위험한 약이죠. 실행은 간단했어요. 그 약을 자신의 잔에 넣었죠. 우연히 누군가가 그녀의 행동을 봤다 하더라도 그녀가 원기를 얻거나 마음을 진정하려고 음료수에 약을 탄다고 여기고 신경도 안 썼을걸요. 누군가가 그녀의 행동을 보았을 수도 있지만 그랬을 것 같지는 않아요. 질린스키 양도 기껏해야 추측 정도겠죠. 마리나 그레그는 자기 잔을 탁자에 내려놓고 곧 헤더 배드콕의 팔꿈치를 쳐서 그녀가 자기 음료를 새 드레스에 흘리게 만들었어요. 바로 그 수수께끼 같은 순간이었죠. 사람들이 대명사를 제대로 사용하지 못하기 때문이었어요. 내가 당신에게 말했던 하녀가 떠올라요."

마플 양이 더못에게 덧붙였다.

"글래디스 딕슨이 헤더 배드콕의 드레스가 칵테일 때문에 상했을까 봐 걱정된다고 체리에게 말했다는 걸 들었어요. 글래디스는 그녀가 일부러 그랬다는 게 웃기다고 했어요. 그런데 글래디스가 말했던 '그녀'는 헤더 배드콕이 아니라 마리나 그레그였어요. 글래디스는 '그녀가 일부러 그렇게 했다.'고, 그녀가 헤더의 팔을 쳤다고 했어요. 우연이 아니라 일부러 그랬다는 겁니다. 마리나는 분명히 헤더 바로 옆에 서 있었어요. 그래서 그녀가 헤더의 드레스와 자기 드레스를 닦아내고 자기 칵테일을 헤더에게 주었다는 걸 우리 모두 알고 있죠. 사실."

마플 양은 신중하게 이어서 말했다.

"완전범죄였죠. 생각 없이 순간적인 충동으로 저질렀으니까요. 그녀는 헤더 배드콕이 죽기를 바랐고, 몇 분 후에 헤더 배드콕은 죽었어요. 그녀는 자신이 얼마나 심각한 일을 저질렀는지, 또 얼마나 위험한 일이었는지 그 당시에는 몰랐어요. 나중에야 깨닫고 두려워했어요. 너무나 두려워했죠. 자기가 자기 잔에 약을 타는 걸 누가 봤을까 봐 두려웠고, 자기가 일부러 헤더의 팔꿈치를 친 걸 보았을까 봐 두려웠어요. 또 자기에게 헤더를 독살했다고 비난할까 봐 두려웠어요. 그녀가 생각해낸 출구는 하나뿐이었죠. 그 살인이 자기를 겨냥한 것이고 자기가 희생자로 지목되었다고 주장하는 거죠. 처음에 의사에게 시도해 보고 남편에게는 말하지 말라고 했어요. 남편이 속지 않을 거란 걸 알았을 테니까요. 그리고 엉뚱한 짓을 벌이기 시작했어요. 자신에게 쪽지를 써서 이상한 장소와 이상한 순간에 놔두었죠. 영화사에서 자기 커피에 약을 타기도 했어요. 그런 방향으로 생각을 바꾸면 꽤 쉽게 찾아낼 수 있는 그런 일들을 했어요. 그런데 그걸 한 사람이 알아챘죠."

마플 양이 제이슨 러드를 쳐다보았다.

"그건 부인의 추리일 뿐입니다."

제이슨 러드가 말했다.

"원한다면 그런 식으로 말해도 좋아요. 그래도 진실을 말한다는 건 러드 씨 당신도 잘 알걸요. 당신은 처음부터 알았으니까요. 풍진을 언급하는 걸 들었으니까요. 그렇지만 얼마나 애를 써야 그녀를 보호할 수 있을지는 몰랐어요. 그저 살인 사건을 쉬쉬하는 걸로 끝나지 않았죠. 당신은 그 여자가 죽음을 자초했다고 생각했지만, 살인은 거기에서 멈추지 않았어요. 주세페가 죽었으니까요. 협박꾼이긴 해도 인간이었죠. 또 당신을 좋아했을 엘라 질린스키도 죽었어요. 당신은 미친 듯이 마리나를 보호하려고 했고, 또 그녀가 더 이상 해를 끼치는 것도 막으려고 했어요. 당신은 그녀를 안전하게 어디론가 데려가고 싶어 했어요. 늘 그녀를 지켜보고 더 이상의 일이 벌어지지 않기를 원했어요."

그녀는 말을 멈추고 제이슨 러드 옆으로 가서 그의 팔에 부드럽게 손을 얹었다.

"당신이 가여워요. 정말 가여워요. 얼마나 괴로웠을지 알아요. 부인을 진심으로 좋아했으니까요."

제이슨 러드가 약간 고개를 돌렸다.

"그거야 다들 아는 거죠."

마플 양이 부드러운 어조로 말했다.

"그녀는 너무나 아름다웠고 재능도 뛰어났죠. 사랑과 증오의 힘이 대단했지만 안정성이라고는 없었어요. 안정성이 없다면 누구라도 안된 일이죠. 그녀는 과거를 과거로 넘기거나 미래를 있는 그대로 보지 못하고 자기 상상으로만 봤어요. 배우로서는 대단했지만 여자로서는 불행했지요. 정말 뛰어난 스코틀랜드의 메리 여왕이었죠. 절대로 그녀를 잊지 못할 거예요."

티들러 경사가 갑자기 계단에 나타났다.

"경감님, 잠시 이야기해도 되겠습니까?"

크래독이 몸을 돌렸다.

"곧 돌아오겠습니다."

크래독이 제이슨 러드에게 말하고 계단 쪽으로 갔다.

마플 양이 그의 등 뒤에서 말했다.

"불쌍한 아서 배드콕은 이 일과 아무 관계도 없다는 거 명심하세요. 그 사람은 오래전에 결혼했던 여자를 잠시 보고 싶어서 축제에 왔을 뿐이에요. 그녀는 그를 알아보지도 못했을 거예요, 그렇죠?"

마플 양이 제이슨 러드에게 묻자 그가 고개를 끄덕였다.

"그런 것 같아요. 저에게 아무 말도 하지 않았으니까요."

그가 생각에 잠겨 덧붙였다.

"그를 알아보았을 것 같지 않습니다."

"몰랐을 거예요. 어쨌든 그가 그녀를 죽이고 싶다거나 하는 문제에서는 상당히 결백해요. 명심하세요."

마플 양이 계단을 내려가는 더못 크래독에게 덧붙였다.

"그는 위험하지 않다고 장담합니다. 경찰로서는 그가 마리나 그레그의 첫 번째 남편이라는 걸 알아냈으니 그 점을 수사하는 건 당연한 절차죠. 그에 대해서는 걱정하지 마세요, 제인 이모님."

크래독이 낮게 중얼대며 서둘러 계단을 내려갔다.

마플 양이 제이슨 러드에게 고개를 돌렸다. 그는 먼 곳을 바라보며 멍하니 서 있었다.

"그녀를 한번 봐도 될까요?"

마플 양이 물었다.

그는 잠시 마플 양을 쳐다보다가 고개를 끄덕였다.

"그럼요. 부인은…… 아내를 잘 이해하시는 것 같아요."

그가 몸을 돌리자 마플 양이 그 뒤를 따라갔다. 그가 커다란 침실로 들어가 커튼을 약간 밀쳤다.

마리나 그레그는 눈을 감고 두 손을 포갠 자세로 하얀 조개 모양의 침대에 누워 있었다.

마플 양은 레이디 샬럿이 카멜롯으로 가는 배에 바로 저렇게 누워 있었을 거라고 상상했다. 그리고 그 옆에 울퉁불퉁하고 못생긴 얼굴의 남자가 생각에 잠겨 서 있었다. 현대의 란슬롯이라 불릴 만한 남자였다.

마플 양이 부드럽게 말했다.

"그녀로서는 다행이네요. 그녀가…… 약물 과용을 했다는 것이. 사실 죽음이야말로 유일한 도피처니까요. 맞아요, 그녀가 약물을 과용했다는 건 참 다행이에요. 혹시…… 누가 약물을 준 걸까요?"

순간 두 사람의 시선이 마주쳤지만 그는 아무 말도 하지 않았다. 잠시 후 그가 띄엄띄엄 말했다.

"그녀는……. 너무나 아름다웠고……, 너무나 많은 고통을 겪었어요."

마플 양은 움직이지 않는 그 여자를 되돌아보며 시의 마지막 행을 부드럽게 인용했다.

그가 말했다.

"그녀는 아름다웠어.

하느님, 자비를 베푸소서,

레이디 샬럿에게."

〈끝〉

옮긴이 | 한은경

서울대 영어영문학과를 졸업하고 동대학원에서 박사학위를 받았다. 현재 서울대학교 언어교육원 선임 연구원이다. 역서로는 『사랑의 역사』, 『최후의 템플기사단』, 『환관탐정 미스터 야심』 등이 있다.

애거서 크리스티 전집

깨어진 거울

3판 1쇄 찍음 2021년 7월 2일
3판 1쇄 펴냄 2021년 7월 9일

지은이 | 애거서 크리스티
옮긴이 | 한은경
발행인 | 박근섭
편집인 | 김준혁
책임편집 | 정미리
펴낸곳 | 황금가지

출판등록 | 2009. 10. 8 (제2009-000273호)
주소 | 135-887 서울 강남구 신사동 506 강남출판문화센터 5층
전화 | 영업부 515-2000 **편집부** 3446-8774 **팩시밀리** 515-2007
홈페이지 | www.goldenbough.co.kr

도서 파본 등의 이유로 반송이 필요할 경우에는 구매처에서 교환하시고
출판사 교환이 필요할 경우에는 아래 주소로 반송 사유를 적어 도서와 함께 보내주세요.
06027 서울 강남구 도산대로 1길 62 강남출판문화센터 6층 민음인 마케팅부

ⓒ ㈜민음인, 2013. Printed in Seoul, Korea
ISBN 978-89-8273-753-4 04840
ISBN 978-89-8273-700-8 04840 (set)

㈜민음인은 민음사 출판 그룹의 자회사입니다.
황금가지는 ㈜민음인의 픽션 전문 출간 브랜드입니다.